Jürgen Seibold

Endlich Endzeit

Max gab Tim das Zeichen, dann zischte es kurz, und die beiden nahmen die Beine in die Hand. Hinter der nächsten Hecke gingen sie in Deckung und warteten.

Keine zwei Minuten später stand Rainer Ernst in der Tür seines Elternhauses und sah verblüfft auf das kleine Feuer vor sich. Kurz sah es so aus, als würde er das Feuer austreten wollen, doch er zog seinen rechten Fuß im letzten Moment wieder zurück und verschwand im Haus. Gleich darauf kam er mit einem Eimer wieder und löschte die Flamme vorsichtig mit Wasser.

Als die Papierknäuel vor ihm nur noch rauchten, musterte er, was darunter gelegen hatte: ein beachtlicher Hundehaufen oder mehrere zusammengesuchte Häufchen – jedenfalls genau die Sorte Lausbubenstreich, die Ernst noch rechtzeitig vermutet hatte.

Er sah sich suchend um. Als er nichts entdeckte, rief er einfach auf gut Glück: »Hat nicht geklappt, ihr Nasen! Den Trick kenne ich noch aus meiner Kindheit – denkt euch lieber mal etwas Neues aus!«

Insgeheim hoffte Ernst natürlich, dass ihnen keine bessere Idee kam. Er wollte schon wieder hineingehen, als ihm noch einfiel, dass er keine Lust hatte, am Nikolaustag Hundekot wegzuschaffen.

»Ich geh jetzt rein«, rief er, »und wenn ich nachher wieder rauskomme, ist dieser Scheiß hier verschwunden, ist das klar? Sonst muss ich mit euren Eltern reden!«

»Pfff«, machte Tim und grinste seinen Freund vielsagend an. »Der weiß doch gar nicht, wer wir sind.«

Max wollte ihm schon widersprechen, da rief Ernst noch hinterher: »Ach, und Max … grüß mir deinen Vater, ja?«

Damit schlug die Tür am Wohnhaus zu, und Tim sah seinen Freund mit offenem Mund an.

»Tja«, sagte Max, »der ist Kripomann, und kein schlechter. Und wenn hier im Dorf was faul ist, weiß er meistens, wer dahintersteckt, und klärt das direkt mit dem.«

Tim staunte.

»Na ja, mich hatte er auch schon ein paar Mal am Wickel.«

»Und jetzt?«

Max zuckte mit den Schultern und stand auf.

»Putzen.«

Damit trabte er mit hängenden Schultern in die nächste Seitenstraße, um von zu Hause Kehrschaufel und Besen und etwas Altpapier zu holen.

Klaus Schneider hatte im Wohnzimmer einige Geschenke aufgebaut, und Sybille war gerade rausgegangen, um den kleinen Rainald zu holen. Den Nikolausabend wollten sie ganz ruhig zu dritt zu Hause feiern, und um den Kleinen nicht zu erschrecken, hatten sie für diesmal noch auf einen Besucher mit künstlichem Bart und prall gefülltem Jutesack verzichtet. Ein bisschen schade fand Schneider das, aber er hatte noch immer nicht den Bogen raus, wie er seine Frau in Dingen umstimmen konnte, die mit ihrem Sohn zu tun hatten.

Plötzlich stand Rainald in der Tür, sah die Geschenke, strahlte seinen Vater an, dann seine Mutter, und schon huschte er auf die bunt verpackten Geheimnisse zu, die sich dort in der Ecke des Wohnzimmers türmten. Sybille schlenderte zu ihrem Mann heran, nahm ihn lächelnd in den Arm, und Schneider hatte sofort vergessen, worüber er gerade noch enttäuscht gewesen war.

Rainer Ernst zupfte sich den Bart zurecht, knöpfte den dicken Mantel zu und besah sich prüfend im Wandspiegel.

»Sieht klasse aus!«, rief Sabine vom Wohnzimmer herüber und lachte. »Aber wenn du nachher wieder zu mir aufs Sofa kommst, kommt dieses Gestrüpp aus dem Gesicht!«

»Geht klar«, brummte Rainer Ernst mit verstellter, tiefer Stimme und schob noch ein kräftiges »Hoho!« hinterher, dann war er durch die Tür verschwunden. Sabine hörte ihn noch mit den schweren Stiefeln die Treppe hinunterpoltern, dann fiel die Haustür ins Schloss.

Gut zwei Monate hatten sie gebraucht, bis sie das traurige Ende von Sabines Schwangerschaft verwunden hatten. Dann arrangierten sie sich mit der Tatsache, dass das Kind in ihr gestorben war und dass niemand mit Sicherheit sagen konnte, was letztlich schuld daran gewesen war. Der Arzt hatte auf einen Infekt getippt, irgendetwas völlig Undramatisches – und es dauerte seine Zeit, bis sie das für sich akzeptieren konnten.

Inzwischen fühlte sich Sabine ihrem Freund noch näher als zuvor. Sie begann sich bereits nach einen zweiten Versuch zu sehnen, und Ernst ließ sich gerne überreden. Kurz: Seit ein paar Wochen hatten sie wieder ein sehr erfülltes und sehr schönes Privatleben.

Während sich Sabine voller Vorfreude auf den kommenden Abend unter ihre Wolldecke kuschelte, stapfte Rainer Ernst draußen durch die Dunkelheit. Vor der Haustür war von dem Lausbubenstreich keine Spur mehr zu sehen, und als er in die Seitenstraße linste, in der Max und seine Familie wohnten, sah er den Jungen gerade noch mit seinem Kumpel im Haus verschwinden.

Ernst grinste. Noch vor ein paar Jahren hatte er für die Schupps ebenfalls den Nikolaus gegeben, aber mit einem schimpfenden Bärtigen brauchte Max heute keiner mehr zu kommen. Ernsts Weg führte ihn heute Abend zur Familie von Rolf Wiedmann, einem Schulfreund. An der Hauptstraße musste er kurz warten. Ein alter Kleinwagen kam herbeigeflitzt, das Fenster auf der Beifahrerseite wurde heruntergekurbelt, und ein junger Mann grölte mit schwerer Zunge etwas zu Ernst heraus. Der winkte kurz zurück, rief »Hohoho!« und sprang lachend zur anderen Seite hinüber. Es musste komisch wirken, abends am Straßenrand den Nikolaus auf eine Lücke im Verkehr warten zu sehen.

Kurz darauf hatte er das Haus der Wiedmanns erreicht. Er kramte die Glocke hervor, schlenkerte sie ein paar Mal hin und her und stampfte die kleine Treppe vor der Haustür hinauf. Dann hämmerte er kräftig gegen die Tür, trat einen Schritt zurück und wartete.

»Wart mal, ich kann nicht mehr!«

Arnie Weißknecht schnaufte wie ein Walross. Die Strecke vom Ebnisee herauf hatte ihn geschlaucht, und nun stand er breitbeinig da, schwitzend und keuchend. Er wischte mit dem Ärmel über die Stirn und pumpte sich die kalte Luft in die Lungen, bis er husten musste. Den Reißverschluss der dick gefütterten Winterjacke hatte er halb aufgezogen, darunter kam ein knallgelber Strickpulli zum Vorschein, der sich über einer beachtlichen Wampe spannte.

»Tja, Arnie«, sagte der andere Mann, »du solltest auf dein Gewicht achten, dann würdest du nicht so schnell schlappmachen. Das hat Xumucane dir schon immer gesagt.«

»Ja, ich weiß, das hast du«, brachte Arnie mühsam hervor. »Aber das lohnt sich jetzt ja wohl nicht mehr, oder?«

»Stimmt auch wieder.«

»Und jetzt hab ich vor allem eins: Durst!«

Arnie atmete noch einmal tief durch, dann nickte er hinauf zum Dorf.

»Und jetzt gehen wir vollends da rauf, Xumucane, okay? Wolfram wird schon droben auf uns warten. Ich will ein Weizen, und dann hätte ich auch gegen einen schönen, großen Rostbraten nichts einzuwenden. Und du zahlst, das hast du mir vorhin versprochen.«

Damit stapfte Arnie an dem anderen vorbei und hielt auf den Ortsrand von Ebni zu. Der andere folgte ihm breit grinsend.

»Ja, und Xumucane hält sein Wort, wie du weißt.«

An einem Bauernhof lösten sie den Bewegungsmelder aus, und ein greller Scheinwerfer erleuchtete die mondlose Nacht und das seltsame Paar, das auf dem Weg zur Hauptstraße war. Arnie war dick und etwas untersetzt, sein schulterlanges Haar war vom Schweiß verklebt und schien auch schon länger nicht mehr gewaschen worden zu sein. Der andere, der sich Xumucane nannte und von sich in der dritten Person sprach wie ein Indianerhäuptling in den Büchern von Karl May, war gut zwei Meter groß, klapperdürr, sein schütteres, nackenlanges Haar stand wirr vom Kopf ab, und aus seinem glatt rasierten Gesicht stach eine spitze Nase himmelwärts.

Gedämpftes Hundegebell war aus einem der umliegenden Schuppen zu hören, dann hatten die beiden Männer die Straße erreicht, und hinter ihnen verlöschte das grelle Hoflicht wieder.

Rainer Ernst war froh, wieder an der frischen Luft zu sein. Zwar scheuerte der eiskalte Wind schon nach ein paar Sekunden schmerzhaft auf seiner Gesichtshaut, aber die schwüle Hitze im Wohnzimmer hatte ihm in seinem warmen Kostüm doch sehr zugesetzt. Egal, das war's wert gewesen: Der kleine Jan hatte den bärtigen Besucher mit so leuchtenden Augen angesehen, dass sich Ernst sehr beherrschen musste, den Jungen nicht einfach an sich zu drücken und ihm zu verraten, dass sich hinter der Maskerade der beste Freund seines Vaters verbarg.

Auf der Straße war es nun etwas ruhiger geworden. Ernst trottete zum gegenüberliegenden Gehweg hinüber. Direkt vor ihm gingen zwei Männer vorbei: einer dick und etwas kleiner als Ernst, der andere auffallend groß und hager. Ernst wollte sich schon den Spaß machen und ihnen ein gutmütiges »Hohoho!« zurufen, da bemerkte er, wie der Dicke, der sich nach einigen Schritten zu Ernst umgedreht hatte, nach unten griff, mit der rechten Hand etwas Altschnee aus einem Haufen schaufelte und den Schneeball flink in seine Richtung warf. Das kam so überraschend, dass Ernst glatt vergaß, sich zu ducken – der Schneeball landete schwungvoll mitten in seinem Gesicht.

Der Dicke lachte und stieß den Hageren, der sich ebenfalls umgedreht hatte, vor Vergnügen in die Seite. Um den Mund des Hageren spielte ein leichtes Lächeln, aber mehr Regung zeigte er nicht.

Ernsts künstlicher Nikolausbart hatte zwar den meisten Schnee abgehalten, aber ein Teil der kalten Pampe war hinter den Bart geraten, und ein anderer rutschte ihm innerhalb der

Kapuze bis auf die Schultern. Schnell schlug er die Kapuze zurück, zog den falschen Bart am Gummiband über den Kopf, beugte sich nach vorn und schüttelte den Schnee aus Gesicht und Kragen. Den Mund wischte er ebenfalls ab, ein stechender Geschmack blieb trotzdem auf den Lippen zurück, und Ernst wollte lieber gar nicht so genau wissen, woher dieser Geschmack stammte.

Dann hob er den Kopf und wollte gerade zu einer Schimpftirade ansetzen, als er den Dicken schon wieder mit der rechten Hand ausholen sah.

»Spinnt ihr denn total?«, schrie Ernst, und der verdatterte Dicke ließ vor lauter Schreck den Schneeball fallen. »Was, wenn da ein Stein dringesteckt hätte?«

Ernst war stinksauer, und das war ihm anzusehen. Mit einer geballten Faust – die andere hielt noch immer den Jutesack auf seinem Rücken fest – ging er nun langsam auf die beiden Männer zu, leicht nach vorne gebeugt, als wollte er sich gleich auf sie stürzen.

Der Dicke bekam es mit der Angst zu tun, drehte um und rannte davon. Der Hagere nickte Ernst noch kurz mit einem spöttischen Lächeln auf den Lippen zu, dann wandte auch er sich ab und nahm mit großen Schritten Kurs auf das Schwobastüble.

Zornig wie er war, dachte Ernst einen Moment lang daran, den beiden zu folgen und sie im Lokal noch einmal zur Rede zu stellen. Doch eigentlich hatte er gar keine Lust, mitten in seinem alten Lieblingslokal für Aufregung zu sorgen – und ihm fiel ein, dass daheim schon Sabine auf ihn wartete. Und die Abende mit ihr waren zuletzt wirklich sehr schön gewesen.

Er streifte sich den Bart wieder über, zog die Kapuze nach vorn und tappte nach Hause. Hinter den kratzigen Kunsthaaren breitete sich ein erwartungsvolles Lächeln auf seinem Gesicht aus.

Freitag, 7. Dezember 2012

Das Telefon klingelte, und Rainer Ernst rappelte sich mühsam auf. Der Radiowecker zeigte fünf Uhr dreißig – das war eindeutig zu früh nach dem gestrigen Abend. Sabine lag leise schnarchend neben ihm und machte nicht den Eindruck, als nähme sie den Klingelton überhaupt wahr. Sie wirkte sehr entspannt, fast schien ein leichtes Lächeln auf ihrem Gesicht zu liegen. Ernst rollte sich unter der Bettdecke hervor, schlurfte in den Flur hinaus und nahm das Gespräch an.

»Mhm?«, brummte er.

Kollege Schneider war am anderen Ende. Den Hintergrundgeräuschen nach zu urteilen, saß er im Auto und hatte die Freisprecheinrichtung eingeschaltet.

»Was ist denn so früh?«, fragte Ernst.

»Wir haben Arbeit«, sagte Schneider knapp. »Ich bin gleich bei Ihnen und nehm Sie mit.«

»Wohin?«

»Sie könnten eigentlich genauso gut hinlaufen: Nicht weit vom Ebnisee wurde ein Toter gefunden, ein Jäger hat ihn heute früh entdeckt.«

»Hier? Bei mir? Am See?«

»Nicht ganz am See, aber das erklär ich Ihnen unterwegs. Ich brauch noch fünf Minuten und warte draußen vor Ihrem Haus, dann muss ich um diese Uhrzeit niemanden wachklingeln.«

»Niemanden außer mir, meinen Sie?«

Schneider lachte.

»Ja, Herr Ernst, niemanden außer Ihnen.«

Damit legte der Kollege auf, und Ernst zog sich schnell an. Für Sabine legte er eine Notiz auf den Küchentisch, dann zog er leise die Wohnungstür hinter sich zu und ging nach unten.

Schneiders Porsche stand schon da, und Ernst hatte sich noch nicht einmal angeschnallt, als der Sportwagen auch schon auf die Hauptstraße einbog und das kurze Stück hinunter zum See fuhr. Schneider bog in die Uferstraße ein und folgte dem Weg am See vorbei bis in das dahinterliegende Waldstück.

»Ist nicht mehr weit«, sagte Schneider. »Der Kollege in der Zentrale meinte, dass die Stelle nicht mal fünfhundert Meter von der Nordspitze des Sees entfernt liegt. Das ist doch hier die Nordspitze, oder?«

Ernst nickte, Schneider fuhr noch ein Stück weiter, und sie kamen an einem dreckbeschmierten Jeep vorbei, der am Wegrand stand.

»Da muss es sein.«

Schneider deutete auf zwei Streifenwagen, einen weißen Transporter und einen Leichenwagen, die hintereinander am Waldrand standen. Sie gingen an den Fahrzeugen vorbei und sahen vom Weg auf eine Wiese hinunter, die sich bis hinüber zu einer etwa achtzig Meter entfernten Baumreihe ausbreitete.

In der Nähe der Bäume umgrenzten mehrere Zelte ganz unterschiedlicher Bauart einen kleinen Platz, in dessen Mitte über Nacht offenbar ein Lagerfeuer gebrannt hatte. Als sie das erste Zelt erreicht hatten, hing noch Rauch in der Luft, und ein beißender Gestank hatte sich überall ausgebreitet. Die Feuerstelle selbst konnten die beiden Kommissare von ihrer Position aus noch nicht sehen: Sie war verdeckt von einigen Männern, die sich in der Lücke zwischen zwei Zelten zu schaffen machten.

»Raus Leute werden immer schneller«, sagte Schneider und ging zu einem Mann in einem weißen Overall, der drei anderen in derselben Aufmachung knappe Anweisungen gab.

Als der Schneider und Ernst bemerkte, klopfte er einem der Kollegen noch auf die Schulter und wandte sich den beiden Neuankömmlingen zu. »Na, kann man schon wach sein?«

Frieder Rau war in der Kriminalpolizeidirektion Waiblingen Leiter der Spurensicherung, die offiziell Kriminaltechnik hieß, und sein Hang zu Späßen und Sprüchen lockerte die Atmosphäre an Tat- oder Fundorten meistens auf – diesmal verzog allerdings keiner der beiden müden Kommissare eine Miene.

»Eigentlich nicht«, brummte Ernst und lugte zu der Stelle hinüber, wo er die Reste des Lagerfeuers vermutete, aber zwei von Raus Mitarbeitern und zwei uniformierte Polizisten nahmen ihm die Sicht.

»Was haben wir?«

Schneider trat von einem Bein aufs andere, es war kalt so früh am Morgen, und der Atem der Männer bildete kleine, weiße Wölkchen vor ihren Mündern.

»Der Tote ist ein Mann, und Selbstmord können wir definitiv ausschließen.«

Frieder Rau sah Ernst und Schneider kurz an, ließ ein freches Grinsen aufblitzen und drehte sich dann mit einem Schulterzucken um, als keiner der beiden reagierte.

»Kommt mal mit, ich zeig ihn euch.«

Er ging um das Zelt rechts von ihnen herum, ein etwas windschief aufgebautes altes grünlichgraues Stoffzelt mit einem großen Vordach, und führte die beiden Kollegen zu einem schmalen Korridor, der mit rotweißem Trassenband markiert war. Außerhalb des abgesteckten Weges waren überall kleine Tafeln zu sehen, die im Boden steckten. Dort hockten Beamte aus Raus Abteilung und fotografierten Fußspuren, kleine Holzstücke und andere Details.

Als die drei Männer den Platz erreicht hatten, auf den hin die kreisförmig aufgestellten Zelte ausgerichtet waren, sahen sie den Toten vor sich. Ernst hielt kurz den Atem an, Schneider sah fragend zu Rau hin, dann ließ er seinen Blick über die seltsame Szenerie schweifen.

Das Lagerfeuer schwelte nur noch leicht, der Tote lag rücklings auf den Resten des Feuers. Vom Kopf bis etwa zum Unterleib musste er anfangs im Feuer gelegen haben, er sah fürchterlich aus. Die Kleider waren verbrannt, der ganze Körper war geschwärzt, nur vorne im unteren Bauchbereich und noch etwas deutlicher auf den Oberschenkeln war die Haut ein wenig heller – dunkelbraun bis … nun ja: Schneider kam zunächst ein Grillhähnchen in den Sinn, als er die Farbe der Oberschenkel zu definieren suchte. An den weniger dunklen Stellen waren deutlich Bläschen zu sehen, die sich auf der Haut gebildet hatten. Insgesamt sah die Leiche eher wie eine Mumie oder ein Außerirdischer aus als wie ein Mensch.

Der Körper war von der Hitze des Lagerfeuers aufgedunsen, die Lippen dick und aufgeplatzt, im ganzen Gesicht war keine natürliche Proportion mehr auszumachen. Die Knie waren gebeugt, als hätte der Tote O-Beine, und die an der Hüfte anliegenden Arme waren durch die von der Hitze erzeugte Körperspannung ebenfalls leicht angeknickt. »Fechterstellung« hatte das ein Rechtsmediziner mal genannt – ein Begriff, der Schneider auch nach Jahren sofort wieder parat war. Feuerleichen boten neben Wasserleichen die schlimmsten Anblicke, das hatte er schon während seiner Zeit bei der Karlsruher Kripo gelernt. So etwas vergaß man nicht so schnell. Leider.

»Habt ihr irgendwo einen Ausweis oder etwas anderes gefunden, was uns herausfinden lässt, wer das ist?«, fragte er Rau. Durch den bloßen Anblick war dieser Tote nicht mehr zu identifizieren, das stand fest.

»Bisher nicht, aber falls er so etwas in der Jacke hatte, würde es jetzt auch nichts mehr helfen. Ein Ausweis oder irgendwelche Papiere überstehen so etwas nicht.«

Schneider nickte enttäuscht.

»Allerdings sieht es so aus, als würde dort, wo sich vermutlich im Liegen die Jackentasche befunden hat, halb unter dem Leichnam noch etwas befinden, das nicht verbrannt ist. Vielleicht der Teil eines Autoschlüssels, mal sehen. Das könnte helfen.«

»Tja, dann wie üblich: Zahnprofil machen und mit allen Zahnärzten in der Gegend abgleichen.«

»Ja«, brummte Rau, »und darauf hoffen, dass der Tote tatsächlich hier in der Gegend zum Zahnarzt gegangen ist.«

Aus der Brust des Toten ragte ein metallener Spieß empor, eine gut einen Meter lange Stange mit einem mehreckigen Querschnitt, die am einen Ende mit einer Spitze endete – etwa so wie ein überdimensionaler Nagel. Der Spieß war von hinten durch ihn hindurchgetrieben worden, die Spitze ragte etwa zwei Handbreit aus dem Toten.

Die Haare waren verbrannt, nur ein Teil hatte die Hitze überstanden und war mit etwas verklebt, wahrscheinlich mit den Resten einer Wintermütze aus widerstandsfähigem Synthetikstoff. Ein kleines Stück seitlich der Leiche waren zwei dicke Handschuhe zu sehen, offenbar ordentlich übereinander abgelegt. Die Handschuhe waren mit einem dünnen Schneefilm bedeckt.

Doch das Seltsamste an dieser Leiche war der Umstand, dass seine Jeans zusammen mit einer langen und einer kurzen Unterhose bis zu den Knöcheln heruntergezogen war – und diese Kleidungsstücke waren auch die einzigen, die der Hitze des Feuers standgehalten hatten, sie waren wohl weit genug davon entfernt gewesen.

Zwischen den Beinen war zwar noch zu erkennen, dass es sich bei dem Toten um einen Mann handelte, aber mehr war dem verkohlten Stumpen an Information vermutlich nicht mehr zu entlocken. Die Schamhaare waren weg, die Haut verbrannt.

»Erfroren ist er jedenfalls nicht«, sagte Rau. »Und die Stange, die in ihm steckt, stammt wohl von dem Stapel dort hinten.«

Er deutete auf einige Eisenpfähle, die zwischen zwei Zelten auf einem kleinen Haufen abgelegt waren.

»Die nimmt man zum Beispiel auf Baustellen, wenn man eine Befestigung für ein Trassenband braucht, wie wir es auch hier am Tatort verwenden. Sieht ganz danach aus, als sei er mit heruntergelassenen Hosen ermordet worden und dann tot oder sterbend nach hinten aufs Feuer gekippt – wobei das etwas seltsam ist, denn die Stange wurde von hinten auf ihn geworfen oder gestoßen, da hätte ihn der Schwung eigentlich nach vorne stürzen lassen müssen. Aber da finden wir sicher noch ein paar Antworten – und Frau Dr. Wilde kann euch nach der Obduktion alles ganz genau erzählen.«

Ernst zuckte zusammen, als er den Namen hörte. Die attraktive Rechtsmedizinerin hatte er zuletzt vor mehr als einem Jahr gesehen, ausgerechnet hier am Ebnisee. Sie hatten sich zufällig getroffen, zumindest glaubte Ernst das, und Zora hatte ihm an einem ihrer früheren Treffpunkte das ziemlich eindeutige Angebot gemacht, ihre heftige Affäre fortzusetzen. Aber inzwischen fand Ernst sein Leben mit Sabine hinreichend prickelnd, obendrein auch schön bequem – und so hatte er erst gar nicht versucht, wieder mit der wilden Zora Kontakt aufzunehmen. Auch sie hatte sich nicht mehr gemeldet, beruflich hatte sich seither auch keine Überschneidung mehr ergeben, und Ernst war ganz froh, dass die Geschichte auf diese Art anscheinend eine Zeit lang vor sich hinschlief.

Da hatte er sich wohl zu früh gefreut: Es sah ganz danach aus, als würde ihn der aktuelle Mordfall dazu zwingen, sich doch noch mit seinen Gefühlen Zora gegenüber auseinanderzusetzen.

»Ein bisschen dauert's schon noch, die Herren«, sagte Zora und drängte sich an den drei Männern vorbei. Sie trug einen Koffer, setzte ihn neben der Feuerstelle im trassierten Bereich auf dem Boden ab und kramte etwas daraus hervor.

Ernst sah ein wenig ängstlich zu ihr hin. Beziehungsstress konnte er im Moment nicht brauchen, und so früh am Morgen ohnehin nicht. Sabine wollte unbedingt schwanger werden, Ernst half ihr gerne dabei – aber wie er Zora so vor sich neben der Leiche kauern sah, gingen ihm die alten Bilder wieder durch den Kopf. Er rieb sich über die Stirn und versuchte, sich ganz auf den Toten zu konzentrieren.

Wer war der Mann? Was hatte er bei dieser Kälte mit heruntergelassenen Hosen hier draußen zu suchen? Und warum standen hier mitten im Winter Zelte?

»Wissen Sie denn schon ungefähr, wann der Mann starb?«

Schneider hatte Zora Wilde bei der Arbeit zugesehen und ein wenig abgewartet, aber die Rechtsmedizinerin beachtete die Kripobeamten nicht weiter.

»Heute Nacht, vermutlich ziemlich spät am Abend.«

Das hatte sie gesagt, ohne sich zu Schneider umzudrehen. Nun wandte sie sich an Rau.

»Herr Rau, haben Ihre Leute schon die Temperatur der Glut gemessen?«

»Natürlich. Gleich vorhin, als wir kamen, und vor ein paar Minuten wieder – damit sollten wir nachher eine ganz gute Schätzung darüber hinbekommen, wann zuletzt nachgeschürt wurde. Wobei es hilfreich wäre, wenn wir wüssten, wie viel Holz für das Feuer aufgeschichtet war. So, glaube ich, werden wir nicht viel mit unserem Temperaturverlauf bestimmen können.«

»Sollen wir die Leute vom CSI rufen?«

Sie grinste, Rau verzog kurz das Gesicht.

»Nein, war nur Spaß, Herr Rau. Ich lach mich immer scheckig, wenn ich diese Fernsehfritzen drauflosbantieren sehe, herrlich! Mein Kollege Börne aus dem Münsteraner Tatort ist ja wenigstens noch schön arrogant, und der Kölner Tatort-Rechtsmediziner ist vom Fach – aber sonst …«

Sie kicherte, nickte Rau schließlich zu: »Sehr gut, Herr Rau, danke.«

Damit beugte sie sich wieder über die Leiche. Wortlos besah sie die Einstichstelle des Metallpfahls, dann beugte sie sich etwas tiefer über den Mann und musterte den Unterleib des Toten.

Ernst überlegte fieberhaft, wie er Zora gegenüber möglichst unbefangen auftreten konnte, aber es fiel ihm kein passender Spruch ein. Dann war die Gelegenheit auch schon vertan: Zora richtete sich wieder auf, drehte sich zu den drei Männern um, deutete auf das verbrannte Glied, grinste einen nach dem anderen an, sagte schließlich kurz »Autsch!« und widmete sich danach gleich wieder mit finsterem Lächeln ihrer Arbeit.

Rau musste ein Lachen unterdrücken, Schneider sah etwas genervt drein, und Ernst schluckte und wusste gar nicht mehr, wohin mit seinem Blick. Er war überzeugt, dass Zoras Bemerkung auf ihn gemünzt war und dass sie ihn einen Moment länger als die anderen beiden angesehen hatte.

Arnie Weißknecht war noch nie in seinem Leben so lange so schnell gelaufen. Zwischendurch geriet er ins Stolpern, schlug sich die Knie an einem Stein an oder schrammte mit den Händen über den teilweise gefrorenen Boden. Er rappelte sich wieder hoch, rannte und tappte schnaufend weiter, immer weiter in den Wald hinein.

Am frühen Morgen hatte er am Nordende des Sees eine Tür aufgehebelt und aus dem Lagerraum der Waldschenke ein paar Flaschen Cola und einige Schokoriegel geklaut. Einen Teil hatte er gleich an Ort und Stelle vertilgt, zwei Flaschen und die restlichen Süßigkeiten stopfte er in die Jackentaschen und ging vorsichtig zurück zum Waldrand. Dort hatte er zwischen dem dichten Unterholz oberhalb des Zeltlagers gehockt und gewartet, was passieren würde.

Irgendwann kam ein Mann aus dem Wald und ging zielstrebig zu den Zelten. Arnie kannte seinen Namen nicht, aber es war derselbe Typ, der sich immer so aufgespielt hatte, wenn sie sich mal ein bisschen Holz von diesem Jägerstand beim Zeltlager fürs Feuer genommen hatten. Vorsichtig schlich sich Arnie in einem weiten Bogen zu ihm hin, immer darauf achtend, ein paar Schritte vom Waldrand entfernt im Schatten der Bäume zu bleiben.

Da taumelte der Mann auch schon wieder rückwärts aus dem Zeltlager, den Blick fest auf das fast erloschene Lagerfeuer gerichtet. Er zückte sein Handy und rief ganz aufgeregt jemanden an. Danach stand er noch ein, zwei Minuten da und starrte aufs Lagerfeuer, bevor er seine Jacke enger um sich zusammenraffte und davonstapfte.

Arnie schlich wieder zurück und sah ihm nach, als er auf dem Weg in Richtung See einen Geländewagen öffnete und sich hineinsetzte. Arnie zog sich noch etwas tiefer in den Wald zurück und kroch schließlich in der Nähe der Zelte aus einem dornigen Gestrüpp hervor. Er sah auf das Lagerfeuer, sah die Leiche, wurde blass und blasser, schluckte und rannte wie von Sinnen den Waldweg entlang, die Zelte, das Lagerfeuer und den Toten in seinem Rücken, den Spazierweg in Richtung Gallengrotte vor sich.

Jetzt wurde er langsamer, und sein Schnaufen wurde lauter und keuchender. Er sah sich um: Niemand war hinter ihm auf dem Weg, um diese Zeit lag der Wald normalerweise noch völlig verlassen. Er schnappte nach der kalten Luft, versuchte vor allem durch die Nase zu atmen. Dann trollte er sich wieder und trottete in langsamerem Tempo weiter in den Wald hinein.

»Sagen Sie mal, Herr Rau«, fragte Klaus Schneider, als er und Ernst mit dem Kriminaltechniker der Feuerstelle wieder den Rücken kehrten, »sind die Leute bei Ihnen im Rems-Murr-Kreis so vernarrt ins Camping, dass sie sogar im Winter hier draußen übernachten?«

Schneider hatte sich gut eingelebt zwischen Stuttgart und dem Schwäbischen Wald, er hatte in einem der Dörfer ein Haus gebaut und kam prima mit den Kollegen zurecht – aber sich selbst sah er noch immer in erster Linie als Karlsruher, nicht als Schwabe.

»Zumindest heute Nacht scheint dort niemand geschlafen zu haben. Gegen zwei, halb drei hat es leicht geschneit, die genaue Uhrzeit für diesen Ort müssen wir noch abfragen. Als wir heute früh hier ankamen, haben wir auf dem Zeltplatz nur die Fußspuren des Jägers gefunden, der den Toten entdeckte. Und in den Zelten haben wir niemanden angetroffen.«

Schneider blieb stehen und musterte den Eingang des Zelts direkt neben ihm.

»Da könnt ihr ruhig rein«, sagte Rau. »Mit dem sind wir als Erstes fertig geworden – für die anderen brauchen wir noch ein bisschen. Wir haben euch sogar unser Licht dringelassen. Ich muss dann wieder. Bis nachher!«

Damit war er um die nächste Ecke verschwunden.

Eine Biergarnitur stand unter dem Vordach und nahm den größten Teil der überdachten Fläche ein, daneben standen zwei Gasflaschen und ein Campingkocher auf einem Holzbrett.

Schneider schlüpfte durch den Zelteingang. Drinnen war es zwar windgeschützt, aber fast genauso kalt wie draußen – zum Glück, denn schon bei diesen Temperaturen stank es in dem Zelt barbarisch. In einer Ecke lagen alte Socken und benutzte Unterwäsche herum, daneben stapelten sich im grellen Licht eines tragbaren Scheinwerfers halb geleerte Raviolidosen und andere Essensreste.

Entlang der gegenüberliegenden Zeltwand stand eine Bierbank, darauf lagen ein paar Zettel, beschwert mit Steinen. Schneider hob einen der Steine hoch und nahm sich einen Zettel: Es waren Schwarzweißkopien auf gelbem Papier, und es ging irgendwie um einen Mayakalender und den darin prophezeiten Weltuntergang. Schneider hielt Ernst das Blatt kopfschüttelnd hin und sah sich weiter um.

In der Mitte des Zelts stand ein wackliger Campingtisch mit drei Klappstühlen. Auf dem Tisch lagen ein altmodisch wirkender Füller, Tintenpatronen und Büroklammern in einem Kästchen aus hellem Holz, daneben lag ein Buch mit schwarzem Einband und der Aufschrift »Xumucane k-p'eñal, 2012«.

Schneider hatte schon beim Betreten des Zelts Einmalhandschuhe angezogen. Er öffnete vorsichtig das Buch. Vor der ersten Seite war die Kopie eines Monatskalenders für Dezember 2012 eingelegt. Die Tage sechs, neun, dreizehn, achtzehn, neunzehn und einundzwanzig waren dick angekreuzt. Schneider blätterte weiter.

Das Buch enthielt Texte in einer fürchterlichen Handschrift, offenbar mit dem Füller geschrieben und an manchen Stellen leicht verschmiert. Alle Einträge waren datiert und mit unleserlichen Signaturen versehen, die sich ähnelten und alle mit einem großzügig hingepinselten X begannen, also passend zum Buchtitel durchaus »Xumucane« bedeuten konnten. Der erste Eintrag stammte vom einundzwanzigsten Dezember 2011, die weiteren Texte waren der Datierung zufolge in den seither vergangenen Monaten entstanden. Mal stand für jeden Tag etwas im Buch, mal gab es eine Lücke von ein, zwei Tagen oder auch einmal von mehreren Wochen.

Schneider überflog ein paar der Einträge. Soweit er die Texte auf die Schnelle überhaupt entziffern konnte, waren es schwülstig formulierte Notizen, und die meisten schienen auf etwas zuzulaufen, das sich am einundzwanzigsten Dezember 2012 ereignen sollte.

Ein Hollywood-Film kam Schneider in den Sinn, der den Weltuntergang für dieses Datum in starken Bildern inszeniert hatte. Gut möglich, dass der Schreiber dieser Zeilen den Film zu oft gesehen hatte.

Er blätterte zu den neuesten Einträgen, und tatsächlich gab es für den 6. Dezember einen längeren Eintrag.

»Sieht ganz so aus«, sagte Schneider zu dem neben ihm stehenden Ernst, »als würden wir hier ein paar nützliche Infos finden.«

Er tippte auf den letzten Eintrag im Buch.

»Aber das schau ich mir lieber im Büro an – die Sauklaue kann man bei diesem Licht nun wirklich kaum entziffern.«

Er hielt Ernst das Buch hin.

»Xumucane k-p'eñal, 2012«, las der sich halblaut den Titel vor. »Klingt nicht gerade nach einem einheimischen Verfasser.«

Das Wohnmobil stand einsam auf dem Waldparkplatz. Sam Schauffler schälte sich aus seinem Schlafsack und schlüpfte in seinen Fleecepulli, so schnell er konnte. Er würde mal eine Runde drehen, die Bewegung an der frischen Luft würde ihm sicher guttun. Die Standheizung machte das Schlafen hier draußen auch mitten im Winter erträglich, aber mollig warm war es im Inneren des Fahrzeugs trotzdem nicht.

Draußen lag eine dünne Schneeschicht auf dem Grillplatz, den er zwischen den Bäumen hindurch sehen konnte und hinter dem sich eine Wiese den sanften Hang hinunter bis zum Waldrand erstreckte. Sam war dort gestern ein wenig herumgestromert, hatte seine Umgebung erkundet und sich dabei wieder gefühlt wie ein kleiner Junge, der auf den Spuren von Winnetou und Old Shatterhand großen Abenteuern entgegenschlich.

In seinem Beruf als Privatdetektiv konnte Sam sein altes Faible manchmal tatsächlich ausleben, auch wenn es – um ehrlich zu sein – natürlich nur bedingt abenteuerlich war, fremdgehenden Ehemännern mit dem Fotoapparat aufzulauern und dabei stundenlang auf den richtigen Moment für den entlarvenden Schnappschuss zu warten. Diesmal klang der Auftrag spannender. Mit Maya-Fans und einem prophezeiten Weltuntergang hatte er schließlich nicht alle Tage zu tun.

Sam sah auf die Uhr: kurz vor sechs. Es war nicht das erste Mal, dass er in dieser Nacht aufwachte, aber nun hatte es wohl keinen Sinn mehr, sich erneut zum Einschlafen zu zwingen. Er stopfte sich Zigaretten und Feuerzeug in die Jackentasche, zog die Tür auf, holte ein paar Mal tief Luft und kletterte aus dem Wohnmobil.

Der Mann mit dem dicken Anorak stand etwas abseits und trank aus einem Becher, den er mit beiden Händen hielt und aus dem es unablässig dampfte.

»Sind Sie Herr Heger?«

Schneider streckte die Hand aus, der andere nickte ihm nur zu und nahm noch einen Schluck.

»Tut gut bei der Kälte, was?«

»Ja«, sagte Heger und sah abwechselnd die beiden Kommissare an und auf die kleine Zeltsiedlung hinüber. Er wirkte nicht allzu verfroren, dafür aber sehr nervös.

»Wann haben Sie den Toten denn entdeckt?«

»So gegen vier, ich war gerade auf dem Weg zu meinem Wagen.«

»Ist das der Jeep dort vorne?«

»Ja.«

»Und davor waren Sie auf der Jagd?«

»Nein, ich hab mich nur umgesehen. Gerade jetzt im Winter muss man ein Auge auf die Tiere haben. War aber so weit alles okay, also wollte ich wieder heim. Wenn es gut läuft, kann ich mich vor der Arbeit noch ein, zwei Stunden hinlegen. Aber heute kann ich das wohl knicken.«

»Tut mir leid, aber wir müssen möglichst alles wissen, was Ihnen aufgefallen ist.«

»Ist ja gut. Los, fragen Sie schon, allmählich würde ich wirklich gerne nach Hause.«

»Wo im Wald waren Sie?«

Heger sah ihn verständnislos an.

»Ich meine: Wo sind Sie aus dem Wald wieder herausgekommen, als Sie zu Ihrem Wagen wollten?«

»So etwa fünfzig, sechzig Meter von meinem Wagen aus in Richtung See – dort mündet ein Wildwechsel auf den Weg, da kam ich raus.«

Schneider dachte kurz nach.

»Da kommen Sie aber hier eigentlich gar nicht vorbei, wenn Sie von diesem Wildwechsel zu Ihrem Wagen gehen.«

»Was wollen Sie damit sagen?«

Heger hatte seine Tasse etwas sinken lassen und sah Schneider angriffslustig an.

»Nichts weiter. Ich will mir das nur vorstellen können. Sie kommen also dort hinten aus dem Wald« – er deutete mit ausgestrecktem Arm in die entsprechende Richtung – »und gehen zu Ihrem Wagen. Und dann entdecken Sie hier« – er zeigte hinter sich auf die Zelte – »den Toten.«

Heger nahm wieder ein Schluck, sagte aber nichts.

»Selbst wenn Sie sich bei Ihrem Jeep noch einmal nach allen Seiten umgesehen haben sollten: Die Zelte sind von dort aus doch gar nicht zu sehen.«

»Mir ist das Feuer aufgefallen.«

»Das aber gegen vier schon weitgehend heruntergebrannt war, nehme ich an.«

»Ich hab's trotzdem gesehen. Ohne gute Augen sind Sie hier draußen aufgeschmissen.«

»Gut, dann haben Sie das bereits stark heruntergebrannte Feuer entdeckt und sind rübergegangen, richtig?«

»Ja. Offenes Feuer im Wald – das geht gar nicht, auch nicht im Winter. Und nachts schon gleich gar nicht!«

»Also sind Sie rüber und wollten nach dem Rechten sehen.«

»Ja, und das Feuer wollte ich vollends löschen und dann diesen Deppen mal ordentlich Bescheid stoßen.«

»Welchen Deppen?«

»Na, diesem Maya-Spinner und seiner ganzen Gang!«

Heger war richtig laut geworden. Er schien zu wissen, wer dort zeltete – und er schien diese Leute nicht zu mögen.

»Welche Maya-Spinner?«

Heger biss sich auf die Unterlippe. Er schien es zu bereuen, was ihm da gerade in seiner Wut entschlüpft war.

»Sie kennen diese Leute, Herr Heger?«

Der Jäger zuckte mit den Schultern.

»Jetzt reden Sie schon, Mann. Uns ist es auch kalt, und ich dachte, Sie wollen so schnell wie möglich nach Hause?«

Heger sah zu Boden, doch als ihn Schneider gerade noch einmal drängen wollte, begann er endlich doch noch zu erzählen.

»Wir Jäger haben's zur Zeit nicht leicht.«

»Ach du meine Güte«, dachte Schneider, aber er sagte nichts und konnte es sich sogar verkneifen, genervt mit den Augen zu rollen.

»Wenn ich meine Runde durch den Wald mache, sehe ich alle paar Tage eine dieser Schweinereien. Die sägen uns die Hochsitze an, werfen uns Müll in den Ansitz, lassen ihre Hunde auf Kirrungen scheißen oder zündeln an unseren Luderplätzen.«

Schneider verstand kein Wort, wollte Heger aber auf keinen Fall unterbrechen. Auch Ernst schwieg zunächst – aber der letzte Begriff ließ ihm dann doch keine Ruhe.

»Luderplätze?«, fragte er. »Was ist das denn?«

Schneider grinste. Er hatte zwar keine Ahnung von der Jagd, aber er vermutete doch sehr, dass Heger nicht das meinte, was man sich als Laie im ersten Moment darunter vorstellen mochte.

»Sie haben keine Ahnung, oder?«

Heger sah die beiden Kommissare an.

»Vom Jagen nicht«, sagte Schneider und wurde wieder ernst. »Erklären Sie's uns halt, aber machen Sie's kurz.«

»Also … ein Luderplatz ist eine Stelle, zu der wir Füchse und Marder mit Innereien und anderen Fleischstücken locken. Eine Kirrung ist im Prinzip dasselbe, nur legen wir dort Lockfutter für unsere Vegetarier aus – für die Rehe und so, aber Wildschweine lassen sich das genauso schmecken, die fressen eh alles. Was ein Hochsitz ist, werden Sie wohl wissen – und ein Ansitz ist ähnlich, nur eben nicht so hoch. Da habe ich mir droben beim Kleinkastell an der Straße nach Fornsbach einen gebaut, von dort aus habe ich einen prima Blick auf den kleinen Wanderparkplatz, und direkt daneben ist eine Kirrung, da habe ich heute Nacht wieder ein paar alte Äpfel hingeworfen. Meinen Ansitz sehen Sie aus ein paar Schritten Entfernung schon kaum mehr – richtig schön mit Zweigen auf der Zeltplane und allem. Bin gespannt, wann sie mir den kaputt machen.«

Heger schnaubte.

»Wie lange zelten diese Leute denn schon dort hinten?«

»Seit zwei Wochen stehen die Zelte, aber ob dort drin jemand übernachtet, kann ich Ihnen nicht …«

Heger verstummte mitten im Satz, Schneider nickte ihm kurz zu.

»Sehen Sie, Herr Heger, nun sind wir doch schon ein kleines Stück weiter. Sie haben diese Campingfreunde also schon eine Weile beobachtet, und vermutlich wollten Sie zum Abschluss Ihrer Runde durch den Wald auch noch nach diesen Leuten sehen. Das Feuer war zu diesem Zeitpunkt schon so weit heruntergebrannt, dass Sie es von hier auf gar keinen Fall sehen konnten. Ich bin kein Jäger, aber ich nicht blöd.«

Heger biss sich wütend auf die Lippe.

»Sie wollten also nachsehen, was die Leute im Zeltlager dort hinten gerade machten. Ist das so richtig, Herr Heger?«

»Ja. Gleich, nachdem die ersten Zelte hier standen, habe ich sie dabei erwischt, wie sie an meinem Hochsitz rumgemacht haben. Beim ersten Mal konnte ich sie noch wegscheuchen, aber inzwischen sind die meisten Bretter abgerissen – die werden wohl auch noch die Stützen verheizen.«

»Haben Sie sie angezeigt?«

»Nein.«

»Warum nicht?«

»Ich hab sie vor ein paar Tagen mal zur Rede gestellt, da haben sie mich nur ausgelacht und von ihrem Weltuntergang gefaselt, auf den sie sich hier vorbereiten.«

»Aha?«

»So ein langer Lulatsch, der sich sehr wichtig vorkommt und wohl so eine Art Anführer ist, hat mir das erklärt. Er hat mir seinen Namen genannt, irgendetwas Exotisches, aber mit diesem Firlefanz fang ich nichts an. Sie haben mir Tee angeboten, und ich dachte schon, wir könnten nun vielleicht mal vernünftig miteinander reden – na ja, gebracht hat's letztlich nichts. Diesem Typen und seinen Leuten ist eh alles wurscht: Am einundzwanzigsten Dezember geht seiner Meinung nach die Welt unter, und vor einer Anzeige hätte er deshalb auch keine Angst – seine Zeit auf Erden sei ohnehin begrenzt, und dann hätte hier niemand mehr Macht über ihn.«

Heger schüttelte den Kopf und lachte freudlos auf.

»Wahrscheinlich war der nicht einmal betrunken, als er mir den Quatsch erzählt hat. Ich saß mit ihm und zwei seiner durchgeknallten Kumpels in einem der Zelte, es stank nach Räucherstäbchen und alten Klamotten, und überall lagen leere Dosen herum.«

»Ein Zelt mit Vordach?«

»Ja, und unter dem Vordach steht eine Biergarnitur.«

»Xumucane … Nannte sich der Mann so?«

»Kann sein, weiß nicht.«

»Sie haben also mit ihm geredet – und warum hat's nichts gebracht, wie Sie sagen?«

»Weil die stur geblieben sind. Die wollten weder ihre Zelte abbrechen noch wollten sie meinen Jägerstand in Ruhe lassen. Und weil sie ständig diesen einundzwanzigsten Dezember erwähnten, bin ich schließlich raus und hab sie sitzen lassen mit ihren Spinnereien und ihrem Tee. Hat übrigens scheußlich geschmeckt, eine fürchterliche Brühe mit viel Kräuterzeugs drin und all so etwas. Bäh!«

Heger verzog angewidert das Gesicht.

»Und dann hab ich mir gedacht: Wart ich halt noch die paar Tage.«

»Worauf?«

»Na, auf den Weltuntergang, von dem diese Freaks faseln. Und wenn sie dann am zweiundzwanzigsten Dezember aufwachen und merken, dass die Welt nicht untergegangen ist und sie noch immer mitten im arschkalten Winter im Schwäbischen Wald hocken, dachte ich mir, dann werden sie sich schon trollen. Und danach bau ich mir halt einen neuen Jägerstand – was soll's, ist wirklich nicht der erste, den mir irgendwelche Deppen kaputt gemacht haben. Und hier ist es eh ganz praktisch.«

Er deutete auf das Bauernhaus, das nicht weit von ihnen ein paar Meter vom Feldweg zurückgesetzt stand.

»In der linken Hälfte des Gebäudes und in dieser Scheuer daneben ist das Depot des Forstamts untergebracht. Neue Hochsitze bauen wir direkt hier am Weg und bringen sie dann an ihren Bestimmungsort – da hab ich's ja in dem einen Fall wirklich nicht weit.«

»Und was wollten Sie dann heute früh bei diesen Leuten? Bis zum einundzwanzigsten Dezember ist es ja noch ein paar Tage hin.«

»Ich … Da war …«

»Ja?«

Heger dachte nach, es war offensichtlich, dass er sich fast wieder verplappert hätte, und nun suchte er händeringend nach der rettenden Idee.

»Ich … Ich hab das Feuer gesehen, das habe ich Ihnen doch schon erzählt. Also bin ich hin, um nachzusehen.«

»Das hatten Sie schon erwähnt, ja. Aber im Schnee wäre ein fast heruntergebranntes Feuer doch wohl keine Gefahr mehr für den Wald gewesen, oder?«

»Nein, das nicht, aber …«

»Aber?«

»Es hat mir halt keine Ruhe gelassen.«

Schneider musterte ihn, sagte aber nichts.

»Das Feuer, meine ich«, schob Heger schließlich nach.

»Natürlich das Feuer, was denn sonst?«

Heger zuckte mit den Schultern. Schneider wartete noch kurz, dann ließ er es für den Moment gut sein.

»Geben Sie mir noch Ihre Telefonnummer? Wir haben sicher noch Fragen an Sie – aber dann könnten Sie jetzt nach Hause fahren und sich etwas aufwärmen.«

Heger kramte einen ausgebeulten Ledergeldbeutel hervor und zog nach kurzem Suchen eine zerknitterte Visitenkarte heraus: Er wohnte demnach in Althütte, für einen Jäger passenderweise in einer Straße namens Am Rotwäldle. Schneider sah ihm nach, wie er mit großen Schritten seinem Jeep zustrebte und dabei den Mantelkragen hochschlug.

»Was glauben Sie, was er wirklich bei den Zelten wollte?«, fragte Ernst, als der Jäger sich in seinen Wagen wuchtete und umständlich zu wenden begann.

»Keine Ahnung, aber er wird es uns schon noch verraten.«

Xumucane stand hinter einem dicken Baumstamm und sah Heger ebenfalls nach. Der Jäger hatte ziemlich lange mit den beiden Männern gesprochen, und sie waren vermutlich von der Polizei. Sonst hätte ihnen einer der Männer im weißen Overall den Toten am Lagerfeuer wohl nicht so bereitwillig gezeigt.

Einer der beiden sah sich um, und Xumucane drückte sich noch etwas tiefer in den Schatten des Waldes, um nicht entdeckt zu werden. Dann wandten sich die Männer ab und hielten auf den Bauernhof zu, der in Richtung des Sees lag.

Xumucane schob den Ärmel seiner Jacke weit nach hinten, ein Stück oberhalb des Handgelenks kam eine etwas klobige, teuer wirkende Armbanduhr zum Vorschein. Es war Zeit, die letzten Vorbereitungen für die Gäste zu treffen, die er in den nächsten Tagen erwartete. Wolfie war für heute und morgen schon mit Arbeit zugedeckt und musste sich sputen, wenn er alles fertig haben wollte, bis am Sonntag die ersten Teilnehmer eintreffen würden. Aber seinen zweiten Helfer hatte er seit gestern Nacht nicht mehr gesehen.

»Wo bleibt nur Arnie?«, dachte er. Und er hoffte, dass sich Arnie Weißknecht wenigstens jetzt vernünftig benahm.

Schneider und Ernst warteten einen Moment, dann klingelten sie erneut. Über der Tür öffnete sich ein Fenster, ein junger Mann schaute schlaftrunken heraus.

»Sind Sie noch ganz dicht?«, schimpfte er, als er die beiden ihm Unbekannten unten stehen sah. »Wenn Sie mir um diese Zeit was verkaufen wollen, jage ich Sie mit der Schaufel vom Hof, das kann ich Ihnen sagen!«

»Wir wollen Ihnen nichts verkaufen, keine Sorge. Wir sind von der Kriminalpolizei, und wir haben ein paar Fragen an Sie.«

»Von der Kripo?«

Der junge Mann erschrak.

»Ich … Ich komm gleich runter, Moment bitte.«

Das Fenster schlug zu, und im Haus brach hektische Betriebsamkeit aus.

»Lena, schnell, die Bullen stehen vor der Tür!«

Es rumpelte, irgendwo wurde ein Schrank oder ein Regal verschoben, dann waren Schritte auf der Treppe zu hören, und endlich schwang die Haustür auf.

Der Mann vor ihnen war nun hellwach, aber die verstrichenen fünf, sechs Minuten hatte er nicht dazu genutzt, sich anzuziehen.

»Mein Name ist Klaus Schneider, und das ist mein Kollege Rainer Ernst.«

Der Blick des jungen Mannes irrlichterte zwischen den beiden Beamten hin und her, und als Ernsts Name genannt wurde, sah er kurz fragend zu ihm hin. Der Mann kam Ernst vage bekannt vor: Das schmale Gesicht mit dem dünnen Bartflaum erinnerte ihn an jemanden, aber er kam gerade nicht darauf, an wen.

»Und Sie sind …?«, fragte Schneider.

»Kai Hummel«, sagte der junge Mann.

Nun wusste Ernst wieder, woher er den Mann kannte: Kai Hummel war seinem deutlich älteren Bruder Klaus wie aus dem Gesicht geschnitten, der ein paar Jahre lang gemeinsam mit Ernst Volleyball gespielt hatte und heute in Welzheim wohnte – wobei sich Klaus inzwischen mit Halbglatze, Mondgesicht und Doppelkinn sehr zu seinem Nachteil verändert hatte.

Hinter Hummel war eine etwa gleichaltrige Frau getreten, die ein weites T-Shirt über den Jeans trug. Beide standen barfuß im Flur, die Haare verwuschelt und die Gesichter blass.

»Und das«, Hummel deutete auf die Frau, »ist Lena, meine Freundin.«

Sie nickte und murmelte: »Lena Lohrmann.«

»Könnten wir kurz reinkommen? Wir haben ein paar Fragen an Sie, und hier draußen ist es lausig kalt. Wir stehen schon eine ganze Weile draußen, da wäre es wirklich nett, wenn Sie uns …«

»Aber klar doch«, beeilte sich Lena Lohrmann zu versichern. »Kommen Sie rein, es ist halt nicht besonders aufgeräumt bei uns, aber wenn Sie das nicht stört.«

Sie ging den Kommissaren voraus die Treppe hinauf, Hummel schloss die Tür und trabte hinterdrein.

Oben führte Lohrmann sie in eine geräumige, einfach eingerichtete Küche und bot ihnen Platz am Esstisch an. Der Raum war hell, und die Fenster gingen zum Feldweg hin. In nordwestlicher Richtung schloss sich eine große Scheune an den Wohntrakt an, von hier aus war die Wiese, auf der die Leiche auf dem Lagerfeuer lag, also nicht zu sehen.

»Trinken Sie einen mit?«, fragte Hummel und hielt die Glaskanne der Kaffeemaschine hoch.

»Ja, gern«, sagte Schneider und sah sich um. Eine Tür führte in einen Nebenraum, vielleicht eine Art Speisekammer, aber ein altertümlicher Küchenschrank war vor den Durchgang geschoben worden.

»Ist das nicht etwas unpraktisch?«, fragte er und deutete auf den Schrank.

Hummel und seine Freundin zuckten zusammen und sahen sich an. Schneider stand auf, Ernst folgte ihm.

»Kommen Sie, Herr Hummel, wir helfen Ihnen, den Küchenschrank wieder an seinen Platz zu rücken. Lange steht er da ja wohl noch nicht, nehme ich an.«

»Ich … Wir …«

»Das Schrankrücken war draußen deutlich zu hören«, sagte Schneider und grinste. »Die Bullen-Warnung übrigens auch …«

»Oh …«, machte Hummel und packte mit an.

»Tut uns leid«, sagte Lena Lohrmann und kümmerte sich um den Kaffee, während die drei Männer den Küchenschrank in seine ursprüngliche Position zurückschoben.

»Darf ich?«, fragte Schneider der Form halber und ging durch die Tür – dahinter befand sich tatsächlich ein Vorratsraum. Ernst folgte ihm interessiert, Hummel blieb dicht hinter ihnen und beobachtete sie besorgt.

In der Speisekammer stapelten sich Kartons, in Obstkisten lagerten Kartoffeln, Zwiebeln und nicht etikettierte Wein- und Schnapsflaschen. Hinter der Tür waren einige niedrige Holzkisten gestapelt, aus denen spitze Blätter mit gezacktem Rand hervorlugten, die hier offenbar getrocknet wurden. Schneider sah Ernst an, dass er die Pflanzen ebenfalls sofort erkannt hatte. Ein leichtes Lächeln huschte über das Gesicht des Kollegen, dann kehrten sie in die Küche zurück. Sie hatten einen Mord zu ermitteln, da nahmen sie ein paar Handvoll selbstgezogenes Hanf zwar zur Kenntnis, aber fürs Erste mussten sie den beiden jungen Leuten daraus keinen Strick drehen.

»Sagen Sie mal, Herr Hummel: Kennen Sie eigentlich die Leute, die dort hinten auf der Wiese am Waldrand zelten?«

Hummel schluckte und sah ein paar Mal unsicher zu Schneider hin, dann schien er zu dem Schluss zu kommen, dass die Polizisten sein Hanflager nicht entdeckt hatten.

»Nicht so richtig. Wir sehen die halt ab und zu vom See her am Haus vorbeigehen, aber über Nacht sind die, glaube ich, noch nie geblieben. Ist ja auch viel zu kalt zum Zelten.«

Lena Lohrmann stellte Tassen auf den Tisch und wartete, bis jeder eine genommen hatte. Der Kaffee war stark und dampfte. Schneider und Ernst nickten der Frau dankend zu.

»Ich kenn zwei von denen«, sagte sie schließlich. »Wenn auch eher nur dem Namen nach.«

»Aha? Und können Sie uns die Namen sagen?«

»Der Arnie ist mit dabei, Arnie Weißknecht, der wohnt drüben in Gschwend. Und dann noch sein durchgeknallter Kumpel, der seit einiger Zeit den Maya-Freak gibt. Der nennt sich … hm … tut mir leid, ich komm grad nicht drauf.«

»Xumucane und so weiter?«

»Ja, so ähnlich. Eigentlich völlig bescheuert, der Manne.«

»Wie: der Manne?«

»Na, dieser Xumu… soundso heißt in Wirklichkeit Manne Meier, stammt aus Welzheim und geistert seit ein paar Jahren als Untergangsprophet hier durch die Gegend.«

»Ach? Und ›Manne‹ steht für Manfred, nehme ich an?«

»Ja«, warf Ernst nun ein. »Manfred Meier, Bestsellerautor von eigenen Gnaden, Prophet des nahenden Weltendes – darauf, dass der hinter diesem Xumucane steckt, hätte ich auch selbst kommen können. Ich kenn ihn bisher nur vom Hörensagen, ab und zu hat er Plakate zu seinen Büchern und zu seinen Vorträgen aufgehängt. Volker Reezer, der Postenleiter in Welzheim, hat mir mal von ihm erzählt. Sie können ihn nachher gleich fragen, er ist auch schon hier.«

»Wie: ein Postenleiter, um diese Zeit schon?«

»Ja«, lachte Ernst. »Als es vor ein paar Jahren mal spätabends einen versuchten Raub in Seiboldsweiler gab, wurde er nicht sofort informiert, sondern bekam die Info erst am nächsten Morgen im Büro. Ich will's mal so ausdrücken: Reezer hat mit dem betreffenden Kollegen im Revier Schorndorf recht eindringlich gesprochen, und seither wird er über wichtige Vorfälle in seinem Zuständigkeitsbereich zu jeder Tages- und Nachtzeit unterrichtet.«

»Der gefällt mir«, schmunzelte Schneider. »Aber Sie hatten gerade von Meier erzählen wollen.«

»Reezer hat ihn für einen harmlosen Spinner gehalten, der ein Händchen für den sicheren Griff ins Klo hat.«

»Das heißt?«

»Erzähl ich Ihnen nachher, war aber all die Jahre nichts Schlimmes darunter.«

»Und woher kennen Sie diesen Meier?«, wandte sich Schneider wieder an Lena Lohrmann.

»Ich bin in Welzheim aufgewachsen, Manne auch. Wir sind zwar altersmäßig ein paar Jahre auseinander, aber eine Tante von ihm wohnt neben meinen Eltern, und von denen höre ich ab und zu, was er wieder ausgeheckt hat.«

Sie tippte sich grinsend an die Stirn.

»Und jetzt geht's wohl um diese Maya-Prophezeiung, um den Untergang der Welt kurz vor Weihnachten. Ich kann Ihnen aber nicht sagen, ob er wirklich dran glaubt oder ob er damit nur Geld verdienen will. Der lässt sich für Kohle die verrücktesten Sachen einfallen.«

»Immerhin hat er mehrere Bücher über das Thema geschrieben«, fügte Ernst hinzu. »Reezer hat mir mal eins gezeigt – wirres Zeug, voller Rechtschreibfehler und mit einem Cover, das nicht viel hermacht. Erscheinen wohl im Eigenverlag.«

»Haben Sie schon mit ihm gesprochen, seit die Zelte dort draußen stehen?«, fragte Schneider.

»Nein«, sagte Lena Lohrmann. »Ich glaube auch nicht, dass er weiß, wer hier wohnt. Und wie gesagt: So genau kennen wir uns gar nicht.«

»Hat es Sie denn nicht interessiert, was sich dort draußen auf der Wiese tut?«

»Nein, eigentlich nicht. Wir wollen hier vor allem unsere Ruhe, nicht wahr, Kai?«

Hummel lächelte sie an und nickte.

»Und die Wiese dort drüben gehört nicht zum Hof, also geht es uns auch nichts an, was dort passiert. Mannes Leute lassen uns in Ruhe, also können sie meinetwegen machen, was sie wollen. Aber … warum wollen Sie das denn alles wissen? Hat Manne etwas ausgefressen?«

»Zwischen den Zelten wurde ein Toter gefunden.«

»Oh, scheiße! Übernachten dort doch welche bei der Saukälte? Puh, das stell ich mir echt übel vor, da draußen zu erfrieren … brrr!«

»Nein, übernachtet hat in den Zelten wohl keiner, und erfroren ist der Tote auch nicht.«

Lena Lohrmann sah Schneider fragend an, aber der erklärte nichts weiter.

»Haben Sie gestern Abend oder heute Nacht irgendetwas Ungewöhnliches bemerkt?«

Sie dachte nach, sah Kai Hummel an, der zuckte nur mit den Schultern.

»Wir sind früh ins Bett«, sagte sie, »aber warten Sie … Irgendwann heute früh, sehr früh, kam ein Wagen angefahren. Es klang so, als würde er ein Stück weiter vorne an der Straße anhalten und parken. Dann wurde eine Tür zugeschlagen, danach war wieder Ruhe. Ich habe aber nicht auf die Uhr gesehen, und ich bin auch gleich wieder eingeschlafen.«

»Und gestern Abend ist Ihnen nichts aufgefallen?«

Die beiden jungen Leute schüttelten den Kopf.

»Haben Sie niemanden zu den Zelten gehen sehen? Oder haben Sie das Lagerfeuer bemerkt? War Party dort draußen?«

»Nein, tut mir leid. Die Zelte sind von hier aus durch die Bäume dort drüben verdeckt, das sehen Sie ja selbst. Also wäre uns auch kein Lagerfeuer aufgefallen. Und Party … na ja, so würde ich das nicht nennen, was dort drüben abgeht.«

»Sie wissen, was dort vor sich geht? Ich dachte, Sie interessieren sich nicht für diesen Maier und seine Leute?«

»Das nicht, aber wir sind irgendwann natürlich schon einmal ein Stück den Weg entlanggegangen und haben uns die Zelte abends mal angesehen. Ist zwei, drei Tage her, und wir wollten noch einen Spaziergang machen, weil die Nacht so schön klar war. Da haben wir zwischen den Zelten ein paar Gestalten sitzen und herumgehen sehen, war aber alles ganz ruhig. Es war keine Musik zu hören, die schienen nur ein bisschen zu quatschen und dabei um ihr Lagerfeuer herumzuhocken. Wir standen vielleicht zehn, fünfzehn Minuten am Waldrand und haben hinübergesehen. In einem der Zelte zu unserer Seite hin verschwand ein Pärchen, und soweit es im Gegenlicht des Feuers zu erkennen war, kamen die gleich zur Sache. Na ja, da sind wir halt auch wieder heim. Wir sind ja keine Spanner.«

»Sind diese Leute denn mit Autos gekommen, haben die vielleicht neben den Zelten geparkt?«

»Nein, da standen keine Autos, soweit wir das sehen konnten. Ich vermute, die sind zu Fuß vom See herübergekommen, dort gibt es ja Parkplätze. Oder sie haben den Weg vom Dorf herunter genommen.«

Sie deutete auf den Weg, der gegenüber des Hofs nach oben führte.

»Da hinauf ist es nicht weit nach Ebni.«

»Ich weiß«, sagte Ernst, »ich bin von hier. Und wir kennen uns auch, gell, Herr Hummel?«

Kai Hummel trat von einem Bein aufs andere, lächelte verlegen und nickte.

»Er ist ein Kumpel von Klaus«, erklärte er seiner Freundin. »Hat mit ihm Volleyball gespielt, und ab und zu kam er auch zu uns nach Hause, das ist aber schon ein paar Jahre her.«

»Sagen Sie Ihrem Bruder schöne Grüße. Ich hoffe, es geht ihm gut.«

»Ja, ist schon okay, aber wir haben nicht mehr so den ganz engen Kontakt. Mein Bruder ist … nun ja … etwas spießiger drauf als ich.«

Ernst zückte eine Visitenkarte.

»Rufen Sie mich einfach an, wenn Ihnen noch etwas einfällt – oder wenn Sie etwas Ungewöhnliches beobachten.«

Hummel nickte.

»Können wir noch Ihre Telefonnummer haben? Falls wir noch Fragen haben.«

»Ja, klar. Moment, bitte.«

Er ging in die Küche zurück, riss einen Zettel aus einem Block und kritzelte seinen Namen und die Festnetznummer hin.

»Hier, bitteschön.«

»Gut, danke, dann frühstücken Sie mal in Ruhe zu Ende. Wir müssen dann auch wieder los.«

Hummel hatte sich wie beiläufig vor die Speisekammer und die Kisten mit dem getrocknetem Hanf gestellt, und Schneider grinste kurz, als er sich an ihm vorbeidrücken musste, um wieder in die Küche zu kommen.

Lena Lohrmann begleitete die Kommissare hinaus, und als Schneider noch einmal zurückschaute, sah er Hummel, der ziemlich geschafft an der Verandatür lehnte und sich über die Stirn wischte.

Schneider und Ernst marschierten zum Zeltplatz hinüber, um zu sehen, wer inzwischen alles dort eingetroffen war – und wer ihnen die Adressen der beiden Männer besorgen konnte, von denen Lena Lohrmann erzählt hatte. Auf halbem Weg kamen ihnen Polizeihauptmeister Volker Reezer und Polizeimeisterin Katja Ohser vom Posten Welzheim entgegen. Zwischen ihnen ging ein hagerer, gut zwei Meter großer Mann, dem deutlich anzusehen war, dass er im Moment überall anderswo lieber gewesen wäre.

»Das ist Herr Manfred Meier aus Welzheim«, stellte Reezer den dürren Lulatsch vor. »Rainer, ich hab dir schon mal von ihm erzählt.«

»Da schau her«, sagte Ernst und drehte sich zu Schneider. »Ihn kenne ich allerdings schon: Er und sein Kumpel haben mich mit Schnee beworfen, als ich gestern Abend im Nikolauskostüm auf dem Heimweg war.«

»Wie: im Nikolauskostüm?«

»Na ja, ich mach für die Kinder von Freunden manchmal den Nikolaus. Und als ich gestern fertig war und wieder nach Hause ging, bin ich Herrn Meier und einem anderen, kleineren, dickeren Mann begegnet. Sie waren, wie es aussah, auf dem Weg zum Schwobastüble, und da haben sie mich mit einem Schneeball beworfen.«

»Stimmt, das waren ja Sie«, meldete sich der Lange zu Wort und grinste.

»Wir haben gerade von Ihnen gesprochen«, sagte Ernst zu ihm. »Wie nennen Sie sich nochmal?«

»Ich bin Xumucane k'peñal«, sagte Maier mit rauer Stimme. »Meinen bürgerlichen Namen habe ich abgelegt.«

»Na ja«, versetzte Schneider, »ganz so einfach geht das ja nicht. Gemeldet, nehme ich an, sind Sie noch als Manfred Meier.«

»Gemeldet … pfff!«

»Und was machen Sie hier draußen? Warum zelten Sie hier mitten im Winter?«

»Xumucane bereitet sich und seine Freunde vor. Wir reinigen uns spirituell, damit alle bereit sind, wenn es so weit ist.«

»Lassen Sie mich raten: Sie warten auf den Weltuntergang.«

Meier nickte feierlich und verschränkte die Arme vor der Brust.

»So, so«, sagte Schneider und musterte den Mann vor sich. Meier trug weite Hosen, bequem aussehende Schuhe, und unter seiner Winterjacke lugte ein dicker Pulli mit Zopfmuster hervor. Allzu mayamäßig sah das alles nicht aus.

»Dann sind Sie also Maya-Fan?«

»Xumucane ist kein … Fan.«

Er spuckte das Wort förmlich aus.

»Xumucane ist gläubig, und er hat sich mit anderen Gläubigen zusammengefunden. Dort drüben …« – er deutete in Richtung der Zelte – »… treffen wir uns und beraten, tauschen uns aus und wägen unsere Gedanken ab. Xumucane versucht den anderen dabei den richtigen Weg zu weisen.«

»Aha«, machte Schneider und musste sich sehr beherrschen, diesen Spinner nicht zurechtzuweisen. »Und einem haben Sie einen ziemlich endgültigen Weg gewiesen, finde ich: Wir haben auf Ihrem Lagerfeuer einen Toten gefunden.«

Meier schluckte und schwieg.

»Dann nennen Sie mir doch bitte mal die Namen der anderen – und, wenn's geht, nicht ihre Spielnamen.«

»Ihre Spiel-?«

Meier schien echt empört zu sein, aber Schneider winkte ab.

»Herr Reezer, Frau Ohser, bringen Sie Herrn Meier doch bitte nach Waiblingen in die Direktion. Wir werden uns nachher noch ausführlich mit ihm unterhalten.«

Damit wandte er sich ab und ging zum Zeltlager, Ernst im Schlepptau.

Staatsanwalt Kurt Feulner saß schon im Besprechungsraum, als Schneider und Ernst kamen.

An den Tischen, wie üblich zu einem U zusammengestellt, das sich zur Wand mit Beamer, Flipchart, Pinnwand und dem großen modernen Touchscreen hin öffnete, hatten sich alte Bekannte versammelt. Frieder Rau, der Leiter der Kriminaltechnik. Rolf Binnig natürlich, der Leitende Kriminaldirektor. Markus Berner und Frank Herrmann von der Pressestelle, zwischen sich eine neue Kollegin, Susanne Forberger, die als Vorbereitung der durch die Polizeireform veränderten Zuständigkeiten aus Schwäbisch Hall gekommen war, um die Abläufe in der Waiblinger Pressestelle besser kennenzulernen.

Zora Wilde von der Rechtsmedizin unterhielt sich angeregt mit dem neben ihr sitzenden Alexander Maigerle, der sich inzwischen zum engsten Mitarbeiter von Schneider und Ernst gemausert hatte. Außerdem waren Sabine Mayer und Hella Wiermann anwesend, zwei bewährte Schreibkräfte, sowie Stefan Roeder, Wilfried Rosen und Heydrun Miller von der Kripo. Und die frischgebackene Kriminaloberkommissarin Jutta Kerzlinger hatte sich wie immer einen Platz direkt neben ihrem Kollegen Henning Brams gesichert – sie hatte nicht den stärksten Magen, und Brams hatte immer Kaugummis oder Hustenbonbons einstecken, die ihr über die brutalsten Tatortfotos hinweghalfen. Reezer beugte sich zu Ohser hin und erklärte ihr flüsternd den üblichen Ablauf einer solchen Besprechung.

»So, dann sind wir also vollständig«, sagte Feulner und nickte den beiden neu eingetroffenen Kommissaren kurz zu. »Und es sieht ja ganz danach aus, als würde sich diese Ermittlungsgruppe nicht mehr allzu oft treffen müssen.«

Feulner wirkte ausnehmend gut gelaunt.

»Die Identität des Toten müssen wir noch klären«, begann er. »Aber Herr Reezer hat dazu schon eine Vermutung.«

Er lud den Beamten mit einer Handbewegung dazu ein, fortzufahren.

»Ich halte es für möglich, dass das Mordopfer Hansjochen Röhm ist«, sagte Reezer. »Der ist Gemeinderat in Gschwend und Betreiber einer kleinen Druckerei, die er von seinem Vater übernommen hat. Erkannt habe ich ihn natürlich nicht mehr, so, wie er da verbrannt auf dem Feuer lag – aber die Spurensicherung hat in der Asche direkt unterhalb der Hüfte des Toten die Reste eines Autoschlüssels gefunden. Der Plastikanteil ist zusammengeschmolzen, aber der metallene Schlüssel selbst ist erhalten – allem Anschein nach der Schlüssel zu einem älteren VW-Lieferwagen.«

»Ja, so sieht es aus«, meldete sich Rau zu Wort. »Und wir haben das gleich den Kollegen vom Revier weitergegeben, die sich daraufhin in dem ganzen Bereich um den Ebnisee herum nach einem abgestellten Fahrzeug umsahen, zu dem der Schlüssel passen könnte.«

»Und auf einem Waldparkplatz oberhalb des Sees, ein Stück die Straße Richtung Kaisersbach entlang und dann kurz vor dem Kreisel links rein: Dort stand ein Lieferwagen, die Seiten mit Werbung für die Druckerei Röhm beschriftet, und gemäß Halterabfrage auf Hansjochen Röhm zugelassen.«

»Wie wahrscheinlich alle Fahrzeuge der Druckerei«, gab Schneider zu bedenken. »Also könnte es genauso gut ein Mitarbeiter gewesen sein, der sich den Wagen für den Abend ausgeliehen hat.«

»Ja, das ist wahr. Aber die Druckerei hat, wie mir die Kollegen gesagt haben, mehrere Fahrzeuge: schicke, kleine Flitzer, mit denen tagsüber Druckvorlagen abgeholt und Kleinauflagen ausgeliefert werden – und die Transporter der Druckerei, die ich bisher auf den Straßen gesehen habe, waren relativ neu. Also würde ich als Mitarbeiter wohl eher eines der anderen Fahrzeuge ausleihen, damit bleibt die alte Karre eher für den Chef.«

»Das kenn ich, das klingt plausibel«, warf Binnig grinsend ein, einige quittierten die Bemerkung ihres Vorgesetzten mit leisem Lachen.

»Wenn Sie einverstanden sind, würde ich mal unter einem Vorwand bei seiner Frau vorfühlen, ob Röhm seit heute Nacht verschwunden ist. Die Kollegen vom zuständigen Revier in Schwäbisch Gmünd kenne ich ganz gut – die haben sicher nichts dagegen, wenn ich das selbst mache.«

»Warum unter einem Vorwand?«

Schneider verstand nicht ganz, warum der Kollege so umständlich vorgehen wollte.

»Frau Röhm ist nicht mehr besonders gut beieinander. Sie hat's mit den Nerven, schon seit ein paar Jahren, und ich möchte es ihr gerne ersparen, dass wir sie womöglich ohne Grund aufregen. Noch gibt es ja die Möglichkeit, dass Röhm gar nicht der Tote ist.«

Schneider nickte. Er sah Reezer an, dass Frau Röhm es nicht nur ganz allgemein mit den Nerven hatte, und er fand es sehr umsichtig von ihm, eine möglicherweise selbstmordgefährdete Frau etwas behutsamer anzupacken.

»Hätte Meier denn ein Motiv, diesen Röhm umzubringen?«, fragte Feulner dazwischen. Der Staatsanwalt wirkte ungeduldig, als wolle er diese Sitzung möglichst schnell hinter sich bringen – vermutlich, um so früh wie möglich mit einer Erfolgsmeldung an die Öffentlichkeit gehen zu können.

Reezer zuckte mit den Schultern.

»Er hat früher mal die Bücher von Meier gedruckt, aber ob es da Ärger gab oder ob Meier ihm etwas schuldig geblieben ist … keine Ahnung. Inzwischen druckt Meier längst anderswo. Mit diesen Internet-Druckereien kann Röhm preislich nicht mithalten.«

»Könnten sie darüber Streit bekommen haben?«

»Vielleicht, aber warum gerade heute Nacht? Meier lässt schon lange nicht mehr bei Röhm drucken.«

»Na ja, das finden wir auch noch heraus«, sagte Feulner. »Zurück zu unserem Tatort und zu unserem Verdächtigen. Die Kollegen von der Kriminaltechnik haben an der Leiche und überall rund ums Lagerfeuer Spuren von diesem Manfred Meier gesichert. Wollen Sie kurz was dazu sagen, Herr Rau?«

»Kann ich gerne machen. Von den Spuren her deutet tatsächlich alles auf Meier hin. Auf den anderen Stangen, die zu einem Haufen gestapelt waren, haben wir etwas von ihm gefunden – Meier könnte diesen Eisenpfahl tatsächlich vom Stapel genommen und dann in der Hand gehalten haben. Dazu kommen, wie Herr Feulner gerade schon erwähnt hat, jede Menge Fußspuren, die wir rund ums Lagerfeuer unter der Schneedecke sichern konnten.«

»Sehr schön, Herr Rau, vielen Dank. Außerdem haben sich Herr Brams und Frau Kerzlinger in der Nähe von Meiers Wohnhaus umgehört.«

Er nickte den beiden aufmunternd zu.

»Meier behauptet, er sei gestern Nacht die ganze Zeit zu Hause gewesen«, fasste Brams zusammen. »Aber er lebt allein, da wird es schwierig mit dem Alibi. Dazu kommt, dass er gestern spät am Abend noch von einer Nachbarin gesehen wurde, wie er aus dem Haus ging und mit seinem Auto wegfuhr. Meier hat einen alten Opel, flaschengrün, an ein paar Stellen zerbeult und angerostet. Dieses Auto stand gestern Nacht auf dem gebührenpflichtigen Parkplatz am Ablauf des Ebnisees.«

Er drehte sich zu Schneider hin: »Das ist dort, wo die Straße von Ebni nach Kaisersbach an ihrer tiefsten Stelle eine Kurve um die Seespitze beschreibt – da rechts rein ist der Parkplatz.«

Schneider verkniff sich einen Kommentar. Er mochte Badener sein, aber den Ebnisee hatte er nicht zum ersten Mal besucht, und natürlich hatte er sein Auto auf den Parkplatz gestellt, den man als motorisierter Besucher als Ersten sah.

»Eine Streife«, fuhr Brams, nun wieder an alle gewandt, »kam gegen halb zwei vorbei und sah nach, was es mit dem verlassen dastehenden alten Auto auf sich hatte. Es saß niemand drin, und alles schien so weit okay, aber routinemäßig notierten sich die Beamten das Kennzeichen, und vom Schorndorfer Revier wurde anschließend noch geprüft, ob das Auto als gestohlen gemeldet wurde. Als die Streife zwei Stunden später noch einmal am Parkplatz vorbeikam, war das Auto wieder weg. Und als wir heute früh zu dem Toten auf dem Lagerfeuer gerufen wurden, glichen die Kollegen im Revier die Berichte der vergangenen Nacht ab und machten unter anderem auch eine Halterabfrage zu dem geparkten Opel – Treffer.«

»Tja, auch Glück muss man mal haben«, sagte Feulner und lehnte sich lächelnd zurück. »Ich schlage vor, unsere Presseabteilung formuliert schon mal eine Mitteilung, aber warten Sie bitte mit dem Rausmailen noch, bis wir Meiers Geständnis haben – sicher ist sicher. Herr Schneider, Herr Ernst, Herr Maigerle: Können Sie sich diesen Meier mal vornehmen?«

Die drei nickten.

»Außerdem wollten Herr Binnig und ich Sie, Herr Schneider, mit der Leitung der Ermittlungsgruppe betrauen – haben Sie da irgendwelche Einwände?«

»Nein, wenn ich dafür nicht im Büro festhänge und draußen mitermitteln kann, ist mir alles recht.«

Feulner grinste.

»Dass Sie diesen Job etwas anders angehen, als es üblich ist, weiß ich ja schon. Machen Sie nur.«

»Danke.«

»Wollen wir der Soko trotzdem noch einen Namen geben? Im Grunde genommen sind wir ja mit der Arbeit schon fertig, bevor sie richtig begonnen hat – aber ... na ja ... irgendwie gehört so ein Name doch dazu, nicht wahr?«

Er grinste in die Runde.

»Wie wär's mit ›Weltuntergang‹? Oder ›Soko Maya‹?«, schlug Maigerle vor, und er machte dazu ein betont ernsthaftes Gesicht, aber einige in der Runde lachten trotzdem los.

»Also bitte!«, mahnte Feulner.

Susanne Forberger hob die Hand, als wolle sie sich in der Schule zu Wort melden.

»Nicht so förmlich, Frau Forberger«, ermunterte sie der Staatsanwalt.

»Sollen wir nicht einen Bezug zum See nehmen? Oder zu Ebni, dem Dorf direkt daneben?«

»Bitte nicht«, seufzte Ernst. »Das hauen mir meine Nachbarn sonst noch in ein paar Jahren um die Ohren, glauben Sie mir.«

Sie sah ihn fragend an.

»Der Kollege wohnt in Ebni«, erklärte Schneider.

»Ich schlage ›Soko Lagerfeuer‹ vor«, warf Pressechef Herrmann ein. »Wir können den Journalisten kaum vorenthalten, wo wir den Toten gefunden haben. Da werden sich vermutlich einige drauf stürzen, ist ja auch spektakulär zu beschreiben – und das hätten wir dann mit dem Soko-Namen schon mal abgefeiert. Da müssen wir vielleicht gar nicht mehr so eindeutig auf die heruntergelassenen Hosen eingehen.«

»Gut«, nickte Feulner. »Dann ist das auch schon besprochen. Und wenn es weiterhin so gut läuft wie bisher, dann sollten wir heute am Nachmittag der Presse schon einen Erfolg melden können. Das kann sich sehen lassen, nicht wahr?«

Er sah noch einmal zufrieden in die Runde und wollte gerade aufstehen, als ihm das betrübte Gesicht von Kriminaltechniker Frieder Rau auffiel.

»Was ist denn noch, Herr Rau? Sie sehen nicht sehr zufrieden aus.«

»Alle Spuren, über die wir bisher gesprochen haben, deuten tatsächlich auf Manfred Meier als Täter hin – aber es gibt auch andere Spuren.«

»Gut«, sagte Feulner. »Dann schießen Sie mal los. Wir wollen uns ja nicht vorwerfen lassen, wir hätten uns zu früh und ohne Not auf einen Verdächtigen eingeschossen.«

Rau stand auf und schaltete den Touchscreen ein. Der Fundort der Leiche wurde sichtbar. Die Zelte. Der übel zugerichtete Tote, der rücklings auf dem Lagerfeuer lag. Der verbrannte, verkohlte und verformte Körper. Jutta Kerzlinger, die bisher noch recht entspannt an ihrem Platz gesessen hatte, versteifte sich, atmete ein paar Mal tief durch und wurde etwas bleich. Henning Brams kramte in seiner Tasche und reichte ihr einen Kaugummi.

»Wie Sie wissen, hat es in der Nacht am Ebnisee geschneit. Laut Wetteramt hat der Schneefall am See etwa von halb drei bis dreiviertel drei gedauert, danach blieb es trocken bis zu unserem Eintreffen. Damit müsste der Mord vor halb drei passiert sein, und die ersten Eindrücke von Frau Dr. Wilde bestätigen das.«

Die Rechtsmedizinerin nickte.

»Ja, wir können von etwa ein Uhr dreißig als Tatzeitpunkt ausgehen, plus minus eine Stunde. Nach der Obduktion heute Mittag kann ich es noch etwas genauer sagen.«

»Danke«, fuhr Rau fort. »Also: keine Spuren auf dem frisch gefallenen Schnee, aber wir konnten darunter Einiges sichern. Ich warte noch auf die Antwort eines Kollegen vom LKA, der ein wahrer Crack im Einordnen von Abdrücken auf angefrorenem Boden ist – aber schon jetzt würde ich mich darauf festlegen, dass Manfred Meier und der Tote nicht die Einzigen waren, die sich zum Tatzeitpunkt am Lagerfeuer befanden.«

»Na ja«, wandte Feulner ein, »da entscheiden ja schon ein paar Minuten Abweichung, ob jemand die Tat begangen oder miterlebt hat oder eben nicht. Und so genau wird es auch Ihr Stuttgarter Kollege nicht sagen können, oder?«

»Das wohl nicht, aber wenn die Spurenlage nicht mehr eindeutig oder nicht mehr ausschließlich auf Meier hinweist ...«

Er ließ den Satz unvollendet und zuckte mit den Schultern.

»Gut, Herr Rau, ist klar. Und sonst?«

»Wir haben mehrere sich überlagernde Schuhspuren gefunden, die Schuhgrößen, soweit wir sie definieren konnten, scheinen darauf hinzuweisen, dass Meier als Letzter am Lagerfeuer herumgelaufen ist.«

»Was darauf hindeutet, dass er der Mörder ist – schließlich war er länger auf den Beinen als das Opfer, nicht wahr?«

»Das wäre eine mögliche Erklärung. Aber auch Fußspuren von Meier sind von anderen überlagert.«

»Auch das ist nicht überraschend. Erstens könnte er mit seinem späteren Opfer hin und her gegangen sein – möglicherweise hat er ihn gekannt, der andere hat Meier bei den Zelten besucht. Und zweitens gibt es von Meier natürlich auch ältere Fußabdrücke – schließlich scheint er das Zeltlager ja organisiert zu haben.«

Rau nickte.

»Und genau das könnte auch der Grund dafür sein, dass wir überall seine Spuren finden. Er muss also nicht zwingend auch der Mörder sein.«

»An der Leiche und an dieser Eisenstange können wir wahrscheinlich keine verwertbaren Spuren mehr finden, oder?«

»Nein, und selbst wenn: Meier könnte das spätere Mordopfer auch einfach nur begrüßt haben – etwa mit einer Umarmung. Da käme DNA überall hin, auf die Kleider, die Haare, die Hände, die Haut am Nacken, was weiß ich. Und die Stange … damit könnte er irgendwann hantiert haben, hat sie vielleicht gestapelt, wollte mit ihnen noch das Camp absperren. Es gibt viele Gründe, warum er die Stange hätte anfassen können. Das genau ist das Problem mit solchen Spuren: Sie können auf ganz unterschiedliche Weise dort hingelangt sein. Aber wie gesagt: Da werden wir an Leiche und Stange nichts mehr finden können.«

»Schneider, Ernst und Maigerle werden das schon aus Meier herausbekommen. Macht Ihnen denn noch etwas Kopfzerbrechen, Herr Rau?«

»Ja. Ich zeig's Ihnen.«

Er drehte sich zum Touchscreen um und holte eine zweite, detaillierte Aufnahme auf den Schirm. Am oberen Bildrand waren noch die entblößten Unterschenkel des Toten zu sehen, davor war der Boden vom Schnee befreit worden. Dort waren schwach die sich überlagernden Abdrücke von Schuhen zu sehen.

»Wir gehen davon aus, dass der Mann auf dem Lagerfeuer von hinten getötet wurde. Die Eisenstange wurde ihm mit viel Schwung in den Rücken gestoßen und trat vorne wieder aus. Danach wurde der Sterbende mit Hilfe der Eisenstange festgehalten und schließlich rückwärts auf das Lagerfeuer gezogen. Wenn wir das richtig vermuten, war es also wie folgt: Die Stange dringt von hinten ins Opfer ein, durchstößt den Oberkörper, kommt vorne wieder heraus, wird dann durch den Ruck nach hinten wieder ein Stück zurückgezogen und schließlich, wenn der Mann rücklings auf dem Lagerfeuer landet, wieder etwas nach vorne herausgedrückt.«

Jutta Kerzlinger kaute emsig und starrte tapfer auf das Foto an der Wand.

»Also haben wir einen Täter, der hinter dem Opfer steht.«

»Ja, Herr Rau, das ist uns allen klar«, drängte Feulner. »Kommen Sie doch bitte endlich auf den Punkt!«

»Der Täter oder meinetwegen auch die Täterin steht also hinter dem Opfer und ersticht ihn über das Lagerfeuer hinweg. In diesem Moment steht das Opfer also mit dem Rücken zu seinem Mörder und hat die Hosen heruntergezogen. Mitten in einer kalten Winternacht. Wozu?«

»Vielleicht musste er dringend pinkeln?«

»Aber würde er dann nicht etwas vom Feuer weggehen, wo es weniger hell ist? Ich jedenfalls würde lieber irgendwo im Schatten der Zelte pinkeln als direkt am Lagerfeuer. Und ich würde dafür sicher nicht die Hosen ganz herunterlassen – das wär mir viel zu kalt.«

Feulner blies die Backen auf und zuckte mit den Schultern.

»Ich glaube, dass das Mordopfer etwas ganz anderes im Sinn hatte, als zu pinkeln.«

Maigerle schaltete am schnellsten und grinste.

»Schauen Sie, Herr Feulner«, setzte Rau noch einmal an und wandte sich dem Touchscreen zu, »wenn das Opfer nun jemanden vor sich gehabt hätte, der ... ich meine: die ihm ... nun ja ...«

Nun stockte auch Rau ein wenig, Kerzlinger prustete los, Maigerle grinste noch etwas breiter, ein paar andere räusperten sich. Feulner sah kurz tadelnd in die Runde.

»Aber geht man nicht auch dafür eher ins Zelt oder etwas weiter weg vom Lagerfeuer?«

»Vielleicht sollte das Feuer etwas wärmen«, mutmaßte Rau, »oder die andere Person wollte mehr Licht ... was weiß ich. Da sind die Geschmäcker ja ganz verschieden.«

»Trotzdem: ich weiß nicht ... mitten im Winter, draußen auf dieser Wiese?«

Feulner schüttelte sich.

»Wir wissen ja noch nicht, ob es dazu gekommen ist oder ob es überhaupt geklappt hätte«, merkte Rau an.

»So wie das Feuer beim Opfer auch untenrum gewütet hat, wird da vermutlich auch die Obduktion keine endgültige Klarheit bringen.«

Zora hatte den Satz ganz lässig dahingesagt, aber ihre rauchige Stimme und das Thema sorgten doch dafür, dass Ernst ein wenig unruhig auf seinem Stuhl herumrutschte. Er vermied es sorgfältig, die Rechtsmedizinerin anzusehen, und hielt seinen Blick starr auf den großen Bildschirm gerichtet.

»Wie auch immer«, fuhr Rau nach einer kurzen Pause fort, »wir hätten damit mindestens einen Zeugen oder eine Zeugin für den Mord.«

»Falls sie dann noch«, begann Feulner, unterbrach sich kurz und korrigierte sich: »Falls sie oder er dann noch anwesend war.«

»Davon würde ich ausgehen. Erstens bleibt in einer Dezembernacht wohl niemand länger mit heruntergelassenen Hosen stehen als unbedingt nötig – und zum anderen ...«

Rau rief ein weiteres Bild auf, das den Boden zu Füßen der Leiche noch detaillierter zeigte.

»... zum anderen hätte ich irgendwo hier Blutspritzer erwartet.«

Er beschrieb mit beiden Händen einen Korridor, der sich von den Schuhen des Toten ausgehend verbreiterte.

»Wir haben den Schnee hier überall vorsichtig entfernt, das sehen Sie auf dem Foto. Wir konnten Schuhspuren sicherstellen, aber kein Blut. Viel hatte ich nicht erwartet, vielleicht nur zwei, drei Tropfen – aber hier haben wir gar nichts gefunden.«

»Sie könnten die Tropfen auch übersehen haben«, wandte Feulner ein, und er hob sofort beschwichtigend die Hände, als der Kriminaltechniker den Kopf schüttelte. »Kein Vorwurf, Herr Rau! Wenn die Blutspuren klein genug sind, haben Ihre Leute sie vielleicht mit dem Schnee weggewischt ... könnte das nicht sein?«

»Nein, bis zum Einsetzen des Schneefalls wäre sehr wahrscheinlich etwas davon in die Erde eingesickert, diese Flecken hätten meine Leute nicht übersehen.«

»Gut, dann also nicht. Ich will Ihrer Mannschaft ja auch gar nicht am Zeug flicken. Aber das Fehlen der erwarteten Blutspritzer allein beweist für Sie, dass zum Zeitpunkt des Mordes jemand vor dem Mann gestanden oder meinetwegen gekniet haben soll?«

Rau nickte. Wilde schaltete sich ein.

»Ich glaube zwar wie Herr Rau, dass sich zum Zeitpunkt des Todes jemand vor dem Opfer befunden hat – aber fehlende Blutspritzer sollten Sie dafür lieber nicht als Indiz nehmen.«

Sie stand auf und klickte sich zwei Bilder zurück, bis die Leiche wieder ganz zu sehen war. Sie tippte auf den aus der Brust ragenden Eisenpfahl.

»Sehen Sie? Das Eisen hat das Herz durchbohrt, was erklären kann, warum der Tote nicht noch versucht hat, sich in seinen letzten Augenblicken irgendwie vom Lagerfeuer herunterzubewegen. Eine solche Wunde führt sehr schnell zum Tod, aber der Stichkanal wird von der Eisenstange auch gleich wieder abgedichtet. Da kann es sein, dass mit der Spitze vorne ein oder zwei Blutstropfen aus dem Körper geschleudert werden – aber es muss nicht sein, und mehr spritzt auf keinen Fall. Wenn Sie also keine Tropfen oder Flecken auf dem Boden vor der Leiche gefunden haben, muss das nicht zwingend bedeuten, dass jemand, der sich vor dem Opfer befand, Blutspritzer gewissermaßen abgefangen hat.«

Rau sah etwas enttäuscht aus.

»Und wenn Sie sich vorstellen, dass der Mörder mit diesem Eisen eine richtige Sauerei angerichtet hätte, wäre die Verletzung beispielsweise der Halsschlagader oder irgendwo im Lendenbereich sehr stark blutend gewesen und hätte sicher auch eine vor dem Opfer befindliche Person eingesaut – aber dann hätte das Opfer noch lange genug gelebt, um sich vor der Hitze des Feuers in Sicherheit zu bringen.«

»Wir haben also eine tödliche, aber nicht stark blutende Wunde«, fasste Feulner zusammen.

»Zumindest nicht nach außen.«

»Okay, nicht nach außen. Also nicht zwingend Blutflecken auf dem Boden vor dem Toten.«

Wilde nickte.

»Und bevor wir uns womöglich zu Unrecht auf diese Geschichte mit der zweiten Person einschießen: Könnte der

Mann nicht auch ermordet worden sein – und danach hat ihm jemand die Hosen heruntergezogen?«

Rau schüttelte den Kopf, er rief ein weiteres Foto auf, das die angekohlten Unterschenkel des Toten und die heruntergelassenen Hosen zeigte, zusätzlich zu einigen Brandflecken waren auch andere Verschmutzungen zu sehen.

»Wir haben hier Rückstände von Exkrementen gefunden. Bei einem so schnellen Tod, wie ihn unser Opfer vermutlich erlitten hat, entleeren sich Darm und Blase manchmal sofort. Das wäre buchstäblich alles in die Hose gegangen. Aber der Slip und die darüber getragene lange Unterhose waren nur von oben und von außen beschmutzt, auch nur sehr wenig – also waren sie zu diesem Zeitpunkt schon heruntergezogen.«

»Tut mir leid«, wandte Wilde ein, »heute bin ich hier wohl die Spaßbremse, aber wir müssen schon alle auf einem guten Stand sein mit unseren Informationen. Erstens ist es nicht zwingend, dass sofort alles aus dem Mann herausläuft – das haben Sie ja schon erwähnt, Herr Rau. Und wenn es passiert, müssen keine großen Mengen hervortreten, der Mann steht ja zum Zeitpunkt seines Todes nicht körperlich unter Hochdruck. Aber eines stimmt natürlich: Wenn die Unterhose nur von außen oder am oberen Hosenbund beschmutzt und innen komplett sauber ist, dann muss das zu einem Zeitpunkt herausgelaufen sein, als die Hosen schon runtergezogen waren.«

»Was für eine Sauerei!«

Feulner atmete tief durch. Kerzlinger kaute wie verrückt, Schneider und Ernst sahen sich nachdenklich an.

Christa Häbele hatte Arnie Weißknecht erst droben beim kleinen Kastell gesucht, dann auf den Hochsitzen der Umgebung, und schließlich kraxelte sie vorsichtig das letzte schmale Wegstück zur Gallengrotte hinunter. Bevor sie losgefahren war, hatte sie noch einen ordentlichen Schluck Rotwein genommen, der sie etwas entspannte, aber nun erleichterte ihr der Alkohol den strammen Marsch durch den Wald nicht gerade.

Der Erdboden war hart gefroren, der Schnee auf dem Trampelpfad machte den Abstieg noch tückischer, aber Schritt für Schritt schaffte sie es doch nach unten, bis sie endlich vor den großen, mit grünem Moos und mit Schnee überzogenen Steinbrocken stand, die hier wie achtlos hingeworfen übereinander lagen. Senkrechter Fels bildete den Hintergrund der Grotte, sie ähnelte eher einem Gesteinsabbruch als einer Höhle. Rechts stand die Felswand frei vor ihr, knapp über dem Boden hatte jemand etwas in den Stein gemeißelt, das nur noch undeutlich zu entziffern war. »20.8.18«, stand dort, und: »Einmal wird Friede sein.«

Christa sah sich um, Arnie war nicht zu sehen. Sie kletterte um einige Steinbrocken herum und spähte in den kleinen Tunnel, der sich in den freien Räumen unter den aufgetürmten Felsstücken bildete. Dort fand sie ihn: eingezwängt zwischen den Felskanten, auf altes Laub gebettet, eingewickelt in mehrere Decken, und trotzdem schlotternd und bibbernd.

»Arnie, komm da raus, du holst dir ja den Tod!«

Er sah erschrocken zu ihr hin, und fast wirkte es, als müsste er sich erst besinnen, wen er da vor sich sah. Dann huschte ein wehmütiges Lächeln über sein Gesicht.

»Hallo, Christa«, krächzte er.

Seine Stimme klang heiser, vermutlich hatte er sich schon längst eine ordentliche Erkältung zugezogen.

»Jetzt komm schon raus, Arnie. Wir müssen dich ins Warme bringen. Ich mach dir was Heißes zu trinken oder eine Suppe, aber jetzt komm erst mal raus da.«

Arnie schüttelte den Kopf.

»Los, raus mit dir!«

Sie hatte einen scharfen Ton angeschlagen, und Arnie zuckte kurz zusammen.

»Auf, Arnie, komm bitte jetzt her zu mir«, fügte sie etwas weicher hinzu.

Schließlich kam Bewegung in ihn, umständlich schälte er sich aus seinen Decken, wickelte sie zu einem dicken Bündel, das er sich unter einen Arm stopfte. Mit dem anderen stützte er sich ab, wuchtete sich hoch und mühte sich zu Christa hinauf, die ihre Arme um sich geschlungen hatte und nun ebenfalls zu frieren begann. Die Wanderung durch den Wald hatte sie während der Suche nach Arnie leidlich warm gehalten, aber wie sie da stand, in der verschneiten Grotte, drang die Dezemberkälte nun doch durch ihre Jacke.

»Was machst du nur hier draußen?«, fragte sie ihn, als er endlich neben ihr stand. »Meinst du, das hilft dir?«

Arnie zuckte mit den Schultern.

»Gehen wir?«

Er nickte und machte Anstalten, den Wanderweg in Richtung Ebnisee einzuschlagen. Doch schon nach wenigen Schritten blieb er wieder stehen. Christa war ihm nicht gefolgt.

»Nicht da lang, Arnie. Wir gehen hier rauf, ich hab meinen Wagen oben am Parkplatz beim kleinen Kastell stehen.«

Damit machte sie sich wieder an den Aufstieg, und Arnie folgte ihr.

»So, Herr Meier, nun erzählen Sie uns mal, was gestern Nacht passiert ist.«

Schneider und Maigerle saßen im Vernehmungsraum nebeneinander am Tisch, vor sich Bechertassen mit dampfendem Kaffee, gegenüber den Tatverdächtigen Manfred Meier. Ernst lehnte wie üblich im Rücken des Befragten an der Wand und hatte die Hände in die Hosentaschen gesteckt.

Meier schwieg, verschränkte die Arme und sah über Schneider und Maigerle hinweg. Er fixierte mit starrer Miene einen Punkt an der Wand. Schneider musterte ihn eine Zeitlang, dann stand er auf, ging zur verspiegelten Glasscheibe hinüber, lehnte sich an und betrachtete Meier eine Weile im Profil.

»Der hat zu viele Indianerfilme gesehen«, ging es ihm durch den Kopf.

Buschige Augenbrauen, markante Wangenknochen, ein fast ausgezehrtes Gesicht, das etwas längere, allerdings schon schüttere Haar: Mit etwas Fantasie konnte man sich Manfred Meier durchaus als Freizeitindianer oder als Amateurdarsteller in einem Maya- oder Apachen-Melodram vorstellen. Die eigentümliche Himmelfahrtsnase passte allerdings nicht so ganz ins Bild, und auch die Augen blickten längst nicht so stoisch geradeaus, wie sich das Karl May einst gedacht hatte.

Schließlich wandte Meier den Kopf und sah Schneider fragend an.

»Ich wollte Sie nur mal im Profil sehen«, sagte der und setzte sich wieder. »Von vorn wirkt Ihr Auftritt als wortkarger Indianer nicht halb so imposant wie von der Seite.«

Maigerle gönnte sich ein spöttisches Lächeln. Ein verärgertes Zucken spielte um Meiers Mundwinkel.

»Was bedeutet denn Ihr indianischer Künstlername?«

»Indianisch? Sie haben echt keine Ahnung, Mann! Und es ist auch kein Künstlername: Ich bin Xumucane –«

»Ja, schon recht, meinetwegen. Aber wie wird man als Manfred Meier zu diesem Xumucane? Bitte erleuchten Sie uns.«

Einen Moment lang wollte Meier Schneider wegen seines spöttischen Tonfalls angehen, dann überlegte er es sich anders und schluckte seinen Ärger hinunter.

»Xumucane und Ixpiyacoc sind göttliche Urahnen der Maya. Viele sprechen ihre Namen auch Xmucane und Xpiacoc aus, aber das ist für deutsche Zungen dann doch etwas zu schwer. Die beiden gelten als die ältesten Maya-Götter, und sie werden als Tageshüter im Popol Vuh erwähnt.«

Schneider hörte ruhig zu und versuchte, Manfred Meiers Sermon zum einen Ohr hinein- und zum anderen hinausgehen zu lassen, ohne deshalb eine wichtige Information zu verpassen. Ernst beobachtete das Profil des Mannes, das sich in der großen Glasscheibe spiegelte. Meier war ganz bei der Sache, er redete mit teils bebender Stimme, und Maigerle hatte Mühe, angesichts der pathetischen Belehrung ernst zu bleiben.

»Popol Vuh?«, fragte Schneider dazwischen, um Interesse zu heucheln. »Mein großer Bruder hatte mal eine Platte von denen. War das nicht so eine Krautrockband, irgendwann in den Siebzigern?«

Maigerle sah den Kollegen erstaunt an. Er hatte gar nicht gewusst, dass Schneider sich für Musik interessierte. Allerdings sagte ihm der Name der Band nichts – Rhythm&Blues und Soulrock wie Maigerles Band Midnight Men konnten die nicht gespielt haben.

»Popol Vuh«, deklamierte Meier mit erhobener Stimme, »ist das heilige Buch der Quiché-Maya, und in ihm sind die uralten Überlieferungen gesammelt. Ein Werk von großer Weisheit.«

Er schloss die Augen, seine Kiefern mahlten, dann begann er einen Art Singsang: »Are uxe' ojer tzij …«

»Danke, Herr Meier«, unterbrach ihn Schneider. »Das reicht für unsere Zwecke schon aus, glaube ich. Xumucane hat also in den Siebzigern keiner deutschen Band angehört, das habe ich jetzt verstanden.«

Meier sah den Kommissar kurz irritiert an, doch als Schneider ihm ermunternd zunickte, fuhr er fort.

»Als Tageshüter beschwor Xumucane die Sonne jeden Morgen aufzugehen, und jeden Abend beschwor er sie unterzugehen. Das war natürlich eine zentrale Rolle in der Maya-Mythologie.«

»Ach, du meine Güte«, dachte Schneider. »Als ob das die Sonne nicht alleine schaffen würde …«

»Sie als … Laie …« – er sprach das Wort sehr verächtlich aus, vielleicht um sich schadlos zu halten für den spöttischen Unterton, den sich Schneider für seine Zwischenbemerkungen nicht ganz verkneifen konnte – »… müssen sich die Tageshüter wie Schamanen, wie Heilkundige vorstellen, Weise, die den Lauf der Welt und die Kraft der Dinge, der Heilpflanzen und Kräuter kennen.«

»Und so einer sind Sie auch? Oder warum haben Sie sich Ihren Künstlernamen von diesen Tageshütern geborgt?«

»Mein Name ist nicht Xumucane, das würde ich mir nie anmaßen. Respekt vor den Traditionen, Achtung vor den Ahnen ist ein wesentlicher Bestandteil meiner Überzeugung.«

Meier ließ eine Pause, während der er Schneider mit einem verächtlichen Blick bedachte.

»Mein Name ist Xumucane k-p'eñal – das bedeutet in Ihrer Sprache so viel wie ›Ich, Xumucanes Sohn‹.«

»Ach so«, brummte Schneider. Allmählich hatte er die Faxen dicke mit diesem Maya-Darsteller. »Und das halten Sie für bescheidener? Ich nehme an, ›Sohn‹ ist nicht wörtlich gemeint, sondern Sie fühlen sich als eine Art spätgeborener Tageshüter.«

Meier schnaubte.

»Jetzt kommen Sie bitte mal auf den Punkt, Herr Meier. Ihr ganzes Maya-Gedöns interessiert mich nicht allzu sehr. Wir haben es hier mit einer Leiche zu tun, wir befinden uns in Deutschland, und Sie sind des Mordes verdächtig. Das sollte Ihnen langsam klar werden – können wir diesen ganzen Firlefanz nicht einfach mal weglassen?«

»Xumucane soll gemordet haben?«

Entrüstet setzte er sich stocksteif hin und verschränkte die mageren Arme vor der Brust wie ein trotziges Kind.

»Wie kommen Sie denn auf so etwas?«

»Alles deutet darauf hin.«

»Was zum Beispiel?«

Schneider beachtete seine Frage gar nicht.

»Was haben Sie dort draußen getrieben? Warum stehen dort Zelte? Wer war außer Ihnen noch dort draußen gestern Nacht?«

»Wer sagt, dass ich gestern Nacht …?«

»Lassen Sie diese Spielchen, Herr Meier. Sie waren bei den Zelten, da müssen wir gar nicht darüber reden. Aber was haben Sie da gemacht?«

Meier schloss die Augen, er schien sich zu sammeln.

»Herr Meier?«

»Xumucane bereitet alles für die Gläubigen vor«, sagte er mit bemüht ruhiger Stimme und fixierte nun wieder wie vorhin den Punkt an der Wand.

»Meinetwegen. Und wer sind diese … Gläubigen? Die Namen wollten Sie mir noch nennen – es wäre mir recht, wenn Sie sich gleich nachher an die Liste setzen.«

»Das ist eine Gruppe von Menschen, die sich mir angeschlossen haben, denen ich Wege zur Erleuchtung weisen möchte und die mit mir auf den großen Tag hinleben wollen.«

»In diesen Zelten?«

Meier nickte.

»Mitten im Winter?«

»Den Zeitpunkt haben nicht wir gewählt, sondern die Ahnen.«

»Sie meinen wirklich, vor langer Zeit haben sich ein paar Götter in Mittelamerika hingesetzt und haben sich vorgestellt, dass Sie und Ihre Leute mitten im Dezember 2012 am Ebnisee zelten?«

Maigerle kicherte leise, Ernst grinste. Meier sah weiterhin stur geradeaus, aber sein Blick blitzte wie vor aufkeimender Wut.

»Sie warten hier also auf den Weltuntergang?«

Keine Antwort.

»Das haben Sie uns jedenfalls heute morgen draußen auf der Wiese erzählt. Gibt es irgendeine Überlieferung, dass die Wiesen um den Ebnisee vom Untergang verschont werden und – was weiß ich? – zusammen mit Kaisersbach, Welzheim und Gschwend irgendwie die drohende Katastrophe überstehen?«

Meier schwieg, aber er sah aus, als würde er gleich platzen.

»Oder kommen die Berglen auch noch davon? Winnenden? Backnang? Schwäbisch Hall? Das würde die Menschen dort sicher interessieren.«

»Spotten Sie ruhig! Xumucane und die Gläubigen werden nicht verschont, aber wir werden vorbereitet sein!«

Meier hatte die Sätze fast geschrien, nun atmete er schwer, beruhigte sich mühsam wieder und versuchte die kümmerlichen Reste seiner anfangs stoischen Miene zu wahren.

»Wir treffen uns hier, um uns vorzubereiten. Aber das können Sie natürlich nicht verstehen. Es geht nicht darum, dem Untergang zu entgehen, sondern für ihn gewappnet zu sein.«

»Und zwischendurch gönnen Sie sich ein Bierchen im Schwobastüble?«

Die Frage des bis dahin nur schweigend zuhörenden Ernst kam so überraschend, dass Meier unwillkürlich zu ihm herumfuhr und ihn erschrocken ansah.

»Dass dort Maya-Riten abgehalten werden, wäre mir neu – aber einen guten Rostbraten und ein frisch gezapftes Bier gab es dort schon immer.«

»Auch Xumucane muss essen und trinken. Außerdem haben wir mit der Wirtin besprochen, wie die Gläubigen verpflegt werden – sie treffen ab Sonntag ein, dann sollen sie im Zeltlager meditieren und ihr Bewusstsein schärfen, aber das Frühstück und den Mittagstisch wollen wir im Lokal einnehmen. Manche werden auch im Schwobastüble ein Zimmer bekommen, die anderen schlafen in den Zelten.«

»Ach«, machte Schneider, »dann wird das so eine Art Weltende all inclusive?«

Meier schüttelte unwillig den Kopf.

»Sie nehmen das nicht ernst, oder?«

»Nein, sollte ich?«

»Am einundzwanzigsten Dezember diesen Jahres wird in der Langen Zählung des Maya-Kalenders zum ersten Mal seit mehr als fünftausend Jahren wieder der Ausgangstag des dreizehnten Baktun-Zyklus erreicht. Und so, wie dieser Tag nach Überzeugung der Maya damals der Ausgangspunkt der aktuellen Schöpfung war, wird auch der nächste den Übergang in eine neue Phase der Schöpfung darstellen. Darauf bereiten wir uns vor.«

»Ja, was denn nun: Endet die Welt nun am einundzwanzigsten Dezember 2012 – oder geht alles einfach wieder von vorne los?«

»Die bestehende Welt endet, eine neue wird geboren. Aber wie wir Menschen den Übergang erleben oder überleben, das ist ungewiss.«

Schneider beugte sich zu Meier hin und senkte seine Stimme.

»Was aber absolut gewiss ist, Herr Meier: Wenn Sie hier noch vor dem einundzwanzigsten Dezember heil rauskommen wollen, um Ihren Weltuntergang nicht zu verpassen, dann sollten Sie jetzt mit uns reden. Dann sollten Sie uns jetzt zügig erzählen, was genau sich in der vergangenen Nacht auf Ihrem Zeltplatz abgespielt hat.«

Meier schwieg.

»Sie sollten uns sagen, wer sich außer Ihnen und Ihrem Opfer noch am Lagerfeuer aufgehalten hat. Und …«

Schneider wartete kurz, dann versuchte er einen Schuss ins Blaue.

»… und Sie sollten uns sagen, was Hansjochen Röhm mitten in der Nacht zu Ihrem Zeltlager geführt hat!«

Meier sah ihn lange an, dann ließ er sich auf die Stuhllehne zurücksinken.

»Xumucane sagt jetzt gar nichts mehr. Xumucane will seinen Anwalt sprechen.«

»Ist Meiers Anwalt inzwischen da?«

Ernst nickte, stellte zwei Kaffeebecher auf Schneiders Schreibtisch und zog sich einen der Besucherstühle heran.

»Ich nehme an, ihn wird Meier nicht so mit seinem Maya-Kram vollquatschen wie uns.«

Schneider nahm einen Kaffee und trank vorsichtig von dem dampfenden Gebräu.

»Was halten Sie denn von unserem Verdächtigen?«

»Ich bin mir nicht sicher, ob er einen Knall hat – oder ob er mit dieser Maya-Masche nur einen guten Schnitt machen will«, antwortete Ernst. »Immerhin: Falls er schauspielert, gibt er sich viel Mühe damit. Reezer ist jedenfalls überzeugt davon, dass Meier diese Weltuntergangsgeschichte eher als lukratives Geschäftsmodell sieht. Und auch diese Frau Lohrmann, die mit ihrem Freund das Haus in der Nähe des Zeltlagers bewohnt, hat ja angedeutet, dass Meier schon einige verrückte Ideen hatte, mit denen er Geld verdienen wollte.«

»Vielleicht ist es ja auch irgendetwas dazwischen. Ich habe unlängst gelesen, dass Karl May mit den Jahren selbst geglaubt hat, dass er der von ihm erfundene Old Shatterhand war. Meier hat ja auch Bücher geschrieben, wie Sie mir erzählten. Wenn einer lange genug herumspinnt, fällt er irgendwann sicher auch auf sich selbst rein, könnte ich mir vorstellen.«

»Ich würde gerne herausfinden, wie dieses Endzeittreffen finanziell geregelt ist – und ob sich das für Meier so sehr lohnt, dass sich daraus ein Motiv ergibt.«

Schneider nickte.

»Gehen Sie mit ins Schwobastüble?«, fragte Ernst. »Ich wollte da eh mal wieder essen, da könnten wir heute Abend das Nützliche mit dem Angenehmen verbinden und die Wirtin fragen, was Meier und sein Kumpel Weißknecht gestern Abend mit ihr zu besprechen hatten.«

»Gern, am besten fragen wir auch Maigerle noch, dann können wir uns nebenbei auch noch ein paar Ansatzpunkte für unsere weiteren Ermittlungen überlegen. Meier macht auf mich nicht den Eindruck, als würde er den Mord so schnell gestehen – falls er ihn überhaupt begangen hat.«

»Feulner ist sich seiner Sache ziemlich sicher.«

»Kann ich mir vorstellen. Mir ist der Gedanke ja auch sehr sympathisch, dass wir diesen seltsamen Mordfall im Handumdrehen wieder vom Tisch haben. Aber ich hatte ihn vorhin am Telefon, und ich konnte ihn überzeugen, dass er die Presse bisher noch nicht über den Namen unseres Verdächtigen informieren soll.«

Schneider sah auf die Uhr.

»Ich muss jetzt auch los, in einer halben Stunde beginnt die Pressekonferenz. Da will Feulner mich und Rau dabei haben, und wir müssen noch kurz abstimmen, was wir nun rausgeben und was nicht.«

Er trank seinen Kaffee aus und stand auf.

»Ich habe noch eine Bitte an Sie, Herr Ernst: Könnten Sie wohl jemanden auftreiben, der uns diese Maya-Mythologie erklärt? Meier erwähnte vorhin, dass seine Freaks ab übermorgen hier eintreffen – da würde ich gerne etwas besser darüber Bescheid wissen, was die sich mit Blick auf das nahe Weltende so zusammenfantasieren. Sonst ist mit denen sicher kein vernünftiges Gespräch möglich, und vor allem im Hinblick auf die wirtschaftlichen Hintergründe dieser seltsamen Zusammenkunft, die Sie ja auch angesprochen haben, sollten wir mit diesen Leuten reden. Machen Sie mit diesem Experten am besten auch gleich einen Termin aus – vielleicht schon für morgen? Die Uhrzeit ist mir egal, ich werd's mir schon einrichten können. Das Wochenende können wir sowieso vergessen, solange Meier nicht gestanden hat.«

Kurz darauf googelte sich Ernst durch die Welt der Maya-Gläubigen und -Kundigen, klickte krude Pamphlete weg und durchstöberte Verzeichnisse mit Vokabeln und Grammatikregeln, erfuhr, dass rund 60 verschiedene Sprachen im Kulturkreis der Maya kursierten, und fand jede Menge mehr oder weniger verständlicher Informationen zum Maya-Kalender. Schließlich stieß er auf ein Dokument mit dem Titel »Einführung in die Mayasprache Ch'ol«, das sehr fundiert wirkte und 2009 und 2010 Studieninhalt am Lateinamerika-Institut und Institut für Ethnologie der FU Berlin gewesen war.

Aber Berlin – da würde der Dozent, der die »Einführung« verfasst hatte, wohl kaum eben mal an den Ebnisee kommen. Für den Fall, dass sie sich mit einer telefonischen Auskunft begnügen mussten, speicherte Ernst das Dokument, dann suchte er weiter. Etwa zehn Minuten später wurde er fündig: Ein gewisser Fridolin Haab, Ethnologe mit Bachelor-Abschluss und mittlerweile als Lektor in einem Sachbuchverlag in Stuttgart angestellt, wurde in einem Zeitungsartikel zu dem Kinofilm »2012« befragt, und in seinen Antworten zerlegte er das Halbwissen über den vermeintlich bevorstehenden Weltuntergang kenntnisreich, charmant und ohne jede Überheblichkeit. Die Verlagsseite war schnell aufgerufen, und kurz darauf hatte Ernst den Lektor am Telefon und erklärte ihm sein Anliegen.

»Echt? Sie haben wirklich solche Typen bei sich in der Nähe? Cool!«

»Na ja, für uns ist es nicht unbedingt cool – wir ermitteln schließlich in einem Mordfall.«

»Ja, schon klar, aber ... was wollen Sie denn wissen?«

»Mein Kollege Schneider ist gerade nicht greifbar, aber wenn wir uns vielleicht morgen treffen könnten, würden wir uns gerne beide von Ihnen ein paar Hintergründe dieser ganzen Maya-Kalender-Geschichte erklären lassen, ein bisschen Mythologie für Einsteiger, gewissermaßen.«

»Kein Problem, morgen hab ich erst abends wieder etwas vor.«

»Würde es Ihnen etwas ausmachen, wenn wir das nicht am Telefon besprechen, sondern uns treffen könnten? Mein Kollege und ich können natürlich gerne zu Ihnen nach Stuttgart kommen, oder Sie fahren zu uns raus. Ganz, wie es Ihnen lieber ist.«

»Meine Stuttgarter Wohnung ist nicht gerade auf Besuch ausgerichtet, und meine liebsten Cafés hier in der Stadt sind im Winter nicht so der Bringer für Besprechungen. Aber ich würde sehr gerne zu Ihnen an diesen See kommen. Ebnisee sagten Sie? Muss ich mir gleich mal online ansehen. Und dort stehen Zelte, in denen dieser Xmucane seine Jünger unterbringen will?«

»Er nennt sich Xumucane, aber sonst stimmt alles. Und zwischen den Zelten ist auch der Mord geschehen.«

»Okay, Xmucane oder Xumucane – zulässig sind beide Schreibweisen. Aber das würde ich mir wirklich gern mal ansehen, vielleicht fahre ich dann später noch einmal hin, wenn die anderen eingetroffen sind und sich auf den einundzwanzigsten Dezember vorbereiten. Eine solche Gelegenheit kommt ja hier in der Gegend wohl so schnell nicht wieder.«

Er lachte. Ernst fand den Ethnologen sehr sympathisch, und er klang noch etwas jünger als die 34 Jahre, mit denen ihn die Verlagshomepage auswies.

»Wann würde es Ihnen denn passen?«

»Irgendwas ab mittags, und gegen siebzehn Uhr sollte ich wieder in meiner Wohnung sein. Am besten mailen Sie mir kurz Ihre Kontaktdaten.« Er gab seine griffige Mailadresse durch. »Dann schau ich mir kurz die Strecke zu Ihnen raus an und maile Ihnen, wann es für mich am besten wäre. Okay?«

Damit hatte Fridolin Haab auch schon aufgelegt. Die Antwort auf Ernsts Mail kam nach zwei Minuten, und Ernst bestätigte direkt danach das Treffen am Ebnisee: Haab würde Schneider und Ernst am Samstag gegen dreizehn Uhr auf dem Parkplatz treffen, mit ihnen das Zeltlager von Meier/Xumucane und seinen Leuten besichtigen und ihnen bei dieser Gelegenheit eine Schnellbleiche in Maya-Mythologie verpassen.

Schneider hatte noch etwas Zeit, und der Song, der gerade aus den Lautsprecherboxen dröhnte, entspannte ihn zusätzlich. Alexander Maigerle hatte ihm eine CD in die Hand gedrückt, auf der mit rotem Filzstift »Midnight Men 2012« gekritzelt war. Der Kollege war vor kurzem mit seiner Band in einem Studio gewesen und hatte einige Coverversionen, aber auch eigene Songs aufgenommen. Der Bluesrock »Gisela«, den Maigerles Musiker immer als Zugabe spielten, durfte natürlich nicht fehlen, und eine fröhlich geschmetterte Rockhymne auf eine »Unsinkable Molly« oder so ähnlich machte gute Laune. Aber mehr noch behagte ihm eine sehr zurückgelehnte Nummer, die langsamen Soul und kratzigen Rhythm&Blues verband. Die Titel der eingespielten Stücke waren nirgendwo verzeichnet, also merkte sich Schneider von der schönen Ballade fürs Erste einige Textpassagen, die Maigerle mit angenehm rauer Stimme zum langsam federnden Rhythmus sang. »Tune low your thoughts and come to me«, hieß es da. Schneider nahm lächelnd den Fuß vom Gas und ließ seinen Porsche gemächlich vom Kappelbergtunnel hinunter in den Stuttgarter Kessel rollen.

Ein älterer Opel dröhnte auf der Überholspur an Schneiders Sportwagen heran und bremste direkt neben ihm stark ab. Zwei junge Männer auf den vorderen Sitzen stießen sich an und deuteten lachend auf den dahinschleichenden Porsche. Der Beifahrer kurbelte das Seitenfenster herunter, rief gröhlend etwas zu Schneider herüber, aber der hatte keine Lust, sich im Dezemberwind zu erkälten, nur um irgendwelche Frechheiten besser verstehen zu können.

Nun machte der Beifahrer noch ein paar obszöne Gesten, und der Fahrer trat das Gaspedal durch, sodass der Opel einen kleinen Satz nach vorne machte und eine gewaltige schwarzgraue Abgaswolke hinter sich ließ. Schneider überlegte sich gerade, ob er den beiden nachfahren und sie wegen ihrer dämlichen Vollgaseinlage zur Rede stellen sollte – da gab die sich auflösende Abgaswolke den Blick auf einen Streifenwagen frei, der sich unbemerkt von den beiden Männern hinter dem alten Opel auf der linken Spur eingefädelt hatte und nun die Verfolgung des Wagens aufnahm.

Maigerles Band wiederholte nun den Refrain des langsamen Stückes ein paar Mal, und Schneider sang noch grinsend lauthals mit, als er schon in Höhe des Fußballstadions auf die B10 einbog.

»Na, so gut drauf heute?«

Schneiders gute Laune fiel sogar Krüger auf, dem unverwüstlichen Sektionsgehilfen im Robert-Bosch-Krankenhaus, der im Innenhof des Krankenhauses auf der Rampe stand und den Kommissar mit einem breiten Grinsen begrüßte. Diesmal stand sein Kollege Spike neben ihm, den alle immer nur mit dem Vornamen anredeten. Die beiden waren ein kurioses Paar: Krüger blass und dünn, Spike groß und kräftig und mit milchkaffeebrauner Haut.

»Kollege Maigerle hat mir die neue CD seiner Band mitgegeben, sind tolle Songs drauf. Da hat schlechte Laune keine Chance.«

»Ach, Ihr Kollege macht auch Musik?«, sagte Krüger. »Wir haben ab und zu einen Bestatter hier, der auch Hobbymusiker ist. Gottfried Froelich, soll sehr gut sein als Pianist, aber spielen gehört habe ich ihn noch nicht.«

»Witzig, Herr Krüger, dass Sie das erwähnen. Maigerle und Froelich kennen sich nämlich, und ich habe ihn auch schon getroffen, während eines Konzerts von Maigerles Band. Der ist etwas … äh … vollschlank, oder?«

Krüger lachte und beschrieb mit den Händen einen imposanten Kreis um seine magere Hüfte. Spike stand still daneben und grinste.

»Ist denn Frau Dr. Wilde schon drin?«, fragte Schneider.

Krüger nickte nur, zog einen Kaugummi aus der Tasche, pfriemelte das Papier ab und steckte sich den Streifen in den Mund.

»Ach, jetzt fällt mir erst auf, dass Sie heute gar nicht rauchen – ist was?«

»Na ja«, sagte Spike, »seine bessere Hälfte hat's ihm verboten.«

»Genau, jetzt versuch ich's halt damit.«

Krüger hielt das Kaugummipapierchen hoch.

»Viel Erfolg, Herr Krüger. Kommen Sie gleich mit?«

»Nein, ich will nur noch kurz zu Ende …«

Er unterbrach sich, dann grinste er und ging mit Schneider ins Gebäude hinein. Spike blieb draußen und lachte.

»Quatsch, Kaugummi kauen darf man drin ja. Sehen Sie? Ich hab das Rauchen noch nicht ganz aus dem Kopf.«

Munter plaudernd erreichten Krüger und Schneider den Sektionssaal. Sie zogen sich die Schuhschoner aus blauem Plastik über und gingen zu den Rechtsmedizinern, die sich an dem Toten vom Maya-Zeltlager zu schaffen machten.

»Guten Tag, Frau Dr. Wilde«, sagte Schneider und nickte der Ärztin kurz zu. Sie nickte zurück, hatte aber keine Hand frei für eine ausführlichere Begrüßung. Sie war gerade mit dem Unterkörper des Leichnams beschäftigt, und Schneider wahrte etwas Distanz, um nicht gleich zu Beginn allzu genaue Einsichten zu bekommen. Außerdem hatte er schon erlebt, dass Rechtsmediziner ungehalten reagierten, wenn er als Beobachter zu nah an den Tisch mit dem Toten trat und so womöglich die Untersuchung störte.

Schneider ließ den Raum und seine Einrichtung auf sich wirken. Er mochte Obduktionen nicht, aber immerhin blieben ihm derbe Witze oder zotige Anspielungen bei solchen Gelegenheiten erspart – in seinem Berufsalltag hatte er nicht mit Rechtsmedizinern zu tun, die so flapsig oder makaber zu Werke gingen wie die, die in bestimmten »Tatort«-Folgen aufzutauchen pflegten.

Eine Seite des Raumes wurde von Milchglasscheiben eingenommen, die viel Licht hereinließen, aber die Toten vor Blicken von außerhalb schützten. Darunter stand ein etwa hüfthohes, metallisch glänzendes Regal, das ebenfalls fast die ganze Länge der Wand einnahm. An der gegenüberliegenden Wand hing ein sehr großes Waschbecken aus Metall.

Die Sektionstische selbst waren ebenfalls aus Metall, mit einer polierten Platte als Leichenauflage in der Mitte, drum herum sorgten kleine Löcher in der Oberfläche dafür, dass alle austretenden Flüssigkeiten abfließen konnten.

Der Geruch war erstaunlich dezent. Nach jeder Obduktion wurde gründlich ausgewischt, mit Putzmitteln, die nicht parfümiert waren, und während der Untersuchungen verhinderte eine leistungsfähige Lüftungsanlage den ärgsten Gestank. Trotzdem hing ein Hauch von Aschearoma in der Luft, unter das sich eine Spur Männerschweiß mischte und eine weitere Note, über deren Herkunft Schneider gar nicht nachdenken wollte.

Der Leichnam lag nackt auf dem Rücken. Die Kopfhaut war aufgeschnitten, die verbliebenen, mit den Resten einer Mütze verklebten Haare waren teils mit der Haut zur Seite geklappt. Einer der Mediziner präparierte gerade das Gehirn in einem weißen Plastikeimer, der stark an die Eimerchen erinnerte, in denen man Naturjoghurt in Familienportionen kaufen konnte. Der Dritte in der Runde war Dr. Ludwig Thomann, der diesmal seiner Kollegin assistierte, so wie sie es in anderen Fällen für ihn getan hatte. Thomann und Wilde trugen grüne OP-Kleidung, der Präparator hatte sich einen weißen Kittel über seine Straßenkleidung gezogen.

Der Brust- und Bauchraum des Toten war geöffnet, erste Überreste der Organe waren schon entfernt und in Schraubgläsern in einer klaren Flüssigkeit eingelegt. Die Jeans, die Unterhosen und die Schuhe des Mannes lagen, in Plastiksäcken verpackt, auf dem zweiten Sektionstisch im Raum.

»Soll ich die Kleider für meinen Kollegen Rau mitnehmen?«, fragte Schneider.

Zora Wilde kümmerte sich nicht weiter um die Frage, beugte sich tiefer über den Unterkörper der Leiche und blieb konzentriert bei der Arbeit. Was genau sie machte, konnte Schneider von seinem Platz aus nicht erkennen. Thomann aber sah auf und folgte Schneiders Blick.

»Nein, das können Sie hierlassen. Rau selbst schafft es heute wohl nicht mehr ins Bosch, er hat vorhin angerufen. Aber er schickt zwei seiner Mitarbeiter, die wollen den Leichnam auch noch einmal auf mögliche Spuren untersuchen und sich mit Kollegin Wilde besprechen.«

»Wann kommen die beiden denn? Ich muss nachher gleich wieder los, aber ich wüsste schon ganz gern, was unsere Kollegen miteinander ausbrüten.«

»Das kann ich Ihnen auch gleich jetzt sagen«, meldete sich Zora Wilde zu Wort. »Zumindest soweit es meine Ergebnisse und Schlussfolgerungen betrifft.«

Sie stand weiterhin tief über den Unterkörper des Toten gebeugt. Thomann winkte Schneider an den Tisch. Zora richtete sich auf, nahm eine Probe aus dem Gewebe und ließ sich von Thomann eine kleine Glasschale reichen, in die sie die Probe legte. Schneider sah kurz nach unten, wandte den Blick aber gleich wieder ab. Die Rechtsmedizinerin hatte offensichtlich eingehend untersucht, ob wirklich jemand vor dem Mordopfer gekniet hatte.

»Kollege Ernst wollte nicht mitkommen?«

Zoras spöttischer Tonfall gab dem skurrilen Bild eine noch seltsamere Note, aber Schneider sah sie nur genervt an.

»Nein, aber das sollten Sie beide bitte untereinander ausmachen. Ginge das?«

Thomann sah gespannt zwischen den beiden hin und her, der Präparator, der von dem kurzen Gespräch nur den etwas scharfen Tonfall von Schneiders Antwort mitbekommen hatte, sah fragend zum Sektionstisch herüber. Zora schluckte, ihr Lächeln gefror, dann räusperte sie sich.

»Sie haben Recht, Herr Schneider, tut mir leid. Das war nicht sehr professionell von mir.«

»Vergessen Sie's«, brummte er. »Ernst sucht einen Experten, der uns diesen Maya-Kram so erklären kann, dass wir uns halbwegs sicher mit den Endzeit-Freaks unterhalten können, die ab Sonntag erwartet werden. Wir haben so viel zu tun, dass wir es uns im Moment wirklich nicht leisten können, Termine doppelt und dreifach zu besetzen.«

Dass er Ernst eigentlich mit ins Robert-Bosch-Krankenhaus hatte nehmen wollen, der Kollege sich aber wegen Zora Wilde mit Händen und Füßen gewehrt hatte, ließ er unerwähnt. Das sollten die beiden wirklich direkt miteinander klären.

»Was haben Sie denn für mich? Sieht ganz so aus, als seien Sie der Frage nachgegangen, warum unser Toter direkt vor dem Mord noch die Hosen heruntergelassen hat.«

Zora nickte, und ein leichtes Grinsen huschte über ihr Gesicht.

»Ich habe Herrn Rau ja leider seine Blutspritzer-Theorie kaputtgemacht, dabei lag er grundsätzlich gar nicht mal so falsch mit seiner Idee, dass man in einem Korridor zu Füßen des Toten etwas auf dem Boden hätten finden müssen, wenn dort niemand gestanden oder eher gekniet hätte. Nur: Mit Blut hat er die falsche Flüssigkeit erwartet.«

»Hatte das Opfer vor seinem Tod Geschlechtsverkehr?«

»Es soll US-Präsidenten gegeben haben, die so etwas nicht als Verkehr bezeichnen.«

Zora ging in die Hocke, streckte den rechten Arm ein wenig aus und formte mit den Fingern eine Röhre. Schneider trat unwillkürlich einen Schritt zurück, Thomann feixte, der Präparator schüttelte missbilligend den Kopf und drückte den Deckel auf den kleinen Plastikeimer mit dem Hirn des Mordopfers.

»So ungefähr können Sie sich das vorstellen«, sagte Zora und erhob sich wieder. »Aber ob unser Opfer bei der Sache war, ob er eine Ejakulation hatte …« – sie deutete auf das auf ganzer Länge geöffnete, völlig verkohlte Glied des Toten – »… darüber werden wir aus diesen kümmerlichen Resten sicher nichts mehr erfahren.«

Schneider spürte, wie seine Ohren Farbe annahmen. Und Zoras wieder etwas belustigter wirkender Blick machte ihm klar, dass das wohl auch für sein Gesicht galt.

»Aber trotzdem vermuten Sie, dass jemand vor ihm kniete – was, wenn Sie damit falsch liegen? Und warum sollte das Opfer seine Hosen runterlassen, wenn er doch gar keine Lust drauf hatte?«

»Zwei Fragen, eine Antwort: Er zog seine Hosen sehr wahrscheinlich nicht selbst herunter, Rau hat mir vorhin am Telefon erzählt, dass alles auf eine zweite Person hindeutet. Seine Leute haben offenbar Reste von Genmaterial am Hosenbund und an den oberen Säumen der Unterhosen gefunden – ob die DNA zu der des Opfers passt, wissen wir noch nicht. Aber es gibt kleine Schmutzflecken, die wie Abdrücke von Fingern aussehen: außen am Hosenstoff die Daumen, innen die anderen Finger – wenn Sie mal versuchen, sich so die Hose auszuziehen, brechen Sie sich beinahe den Arm.«

»Okay, unser bisher bester Hinweis.«

»Und vor allem ist es eine Riesenüberraschung, dass wir da überhaupt noch Spuren nehmen konnten: So verbrannt, wie der Oberkörper bis zum Hintern hinunter ist, ist es nicht sehr wahrscheinlich, dass überhaupt noch irgendwo Kleider und Haut das Feuer überstanden haben. Hätte unser Toter nur ein paar Zentimeter weiter in den Flammen gelegen, also nicht bis zum Hintern, sondern zum Beispiel bis zu den Kniekehlen, dann hätte die Hitze des Lagerfeuers auf jeden Fall gereicht, um auch die Unterhosen und die Jeans zu verbrennen. Außerdem muss während der Zeit, in der das Feuer noch kräftig brannte, fast unablässig ein leichter Wind von den Füßen des Toten über das Lagerfeuer hinweggeweht haben – was die Hitze in Richtung Füße zusätzlich in Schach hielt. Alles sehr unwahrscheinlich, aber so muss es gewesen sein – am Ergebnis, an den kaum verbrannten Unterschenkeln und den nur stellenweise leicht angekohlten Unterhosen ist ja nicht zu rütteln. So kann ich wenigsten noch eine DNA-Probe aus den Füßen nehmen – wäre alles richtig vom Feuer erfasst worden, könnten wir uns diese Mühe sparen.«

»Okay, aber … wenn jemand vor dem Opfer kniete: Müsste die Eisenstange, die dem Opfer durch die Brust gestoßen wurde, denn dann nicht auch diese Person verletzt haben?«

»Nein. Im einen Fall wäre der Kopf der anderen Person so tief vornübergebeugt, dass die Eisenstange drüber weggestoßen wäre, ohne bei der zweiten Person Schaden anzurichten. Und wenn es eher so war, wie ich es Ihnen gerade demonstriert habe, wenn die Person also ihre Hand eingesetzt hat, hätte sich ihr Kopf zum einen ebenfalls zu weit unten befunden, um von der Eisenstange verletzt zu werden – und zum anderen hätte die Person dann auch mehr Abstand zum Mordopfer gehabt.«

»Hm«, machte Schneider und dachte nach. »Konnten Sie oder Raus Leute denn da unten …« – er deutete zwischen die Beine des Toten – »… noch Spuren sichern, die Ihre und Raus Vermutung stützen?«

»Nein, Sie sehen ja selbst: Da ist wegen des Feuers leider nichts mehr übrig, was uns noch weiterhelfen würde.«

Volker Reezer und Katja Ohser mussten etwas warten, bis im Haus jemand auf die Türklingel reagierte. Auf der Frickenhausener Straße tuckerte ein Traktor daher und fuhr mit einigem Getöse weiter auf den Gschwender Marktplatz zu. Reezer klingelte noch einmal. Endlich schwang das Fenster über der Haustür auf und eine Frau mit rötlichbraun eingefärbtem Pagenschnitt schaute herunter.

»Guten Tag, Frau Röhm!«, rief Reezer hinauf. »Ist denn Ihr Mann da? Wir hätten eine Frage.«

»Ah, Herr Reezer, hallo! Warten Sie, ich komm gschwind runter.«

Das Fenster wurde geschlossen, und kurz darauf stand Doris Röhm, sechsundvierzig Jahre alt, schlank und eher klein, vor den beiden Polizisten.

»Hat er denn was angestellt, mein Hansjochen?«, fragte sie in munterem Plauderton, aber ihr gehetzter Blick verriet die innere Anspannung.

»Nein, natürlich nicht. Wir wollen ihn nur kurz was fragen, er kennt doch alle hier in der Gegend, und vielleicht kann er uns in einem Fall weiterhelfen. Ist keine große Sache, reine Routine.«

Reezer sprach so beruhigend auf sie ein, wie er konnte: Er wusste, dass die Frau seit zwei Fehlgeburten kurz nach ihrer Hochzeit mit dem Druckereibesitzer Hansjochen Röhm nervliche Probleme hatte, die mit den Jahren eher schlimmer geworden waren. Einmal hatte sie einen Zusammenbruch erlitten und war nachts vom Notarztwagen ins Krankenhaus gebracht worden – das hatte natürlich das halbe Dorf mitbekommen, und das anschließende Getuschel machte Doris Röhms Nervenkostüm nicht stabiler.

»Worum geht's denn?«

»Sie wissen ja: Dazu darf ich nichts sagen«, schwindelte Reezer. »Können wir kurz reinkommen?«

»Dürfen Sie gerne, aber Hansjochen ist leider nicht da. Er ist gestern Nachmittag direkt von der Druckerei zu einem Kunden gefahren und hatte danach noch einen Termin. Jedenfalls hat er mir gestern beim Mittagessen gesagt, dass er wohl erst sehr spät am Abend wieder zurück sein wird. Ich vermute mal, dass er mich nicht stören wollte und dass er wieder mal in der Druckerei geschlafen hat. Da geht's ja gleich frühmorgens wieder los.«

Reezer nickte und dachte fieberhaft darüber nach, unter welchem Vorwand er wohl ins Haus und dort vielleicht ins Bad gehen konnte.

»Am besten fahren Sie in die Druckerei raus, dort wird er sein, wenn er nicht schon wieder einen Kundentermin hat. Im Moment ist viel los, wissen Sie, Herr Reezer? Vor lauter Terminen und Aufträgen hat er kaum noch Freizeit – und dann noch der Gemeinderat, die Besprechungen mit der Fraktion, die Ausschusssitzungen ...«

Sie schüttelte missbilligend den Kopf.

»Wenn er nicht gut aufpasst, bringt ihn das alles noch um.«

Sie deutete auf ihre linke Brust und raunte Reezer zu: »Sein Herz, wissen Sie? Der Arzt sagt, er solle sich schonen – aber mein Mann hört ja auf niemanden.«

Reezer wurde ganz bleich, als er sie so reden hörte.

»Was ist denn, Herr Reezer?«

»Ach, ich …«

Er schluckte, seine Kollegin sprang für ihn ein.

»Herr Reezer sollte sich ebenfalls schonen, wie Ihr Mann«, sagte sie schnell. »Aber auch mein Kollege hört auf niemanden.«

Sie zwinkerte der anderen mit Verschwörermiene zu und hoffte inständig, sie würde ihr das aufgesetzte Lächeln abkaufen.

»Ja, ja, so sind sie halt, die Männer. Wollen Sie ein Glas Wasser, Herr Reezer?«

»Nein, nein«, wehrte der im ersten Reflex ab und tippte sich an die Mütze. »Wir fahren am besten jetzt rüber in die Druckerei. Sie haben recht: Dort werden wir Ihren Mann wohl am ehesten antreffen. Tschüs, Frau Röhm.«

Damit wandte er sich ab, stieg in den Streifenwagen und brauste, kaum dass seine Kollegin auf dem Beifahrersitz Platz genommen hatte, mit aufheulendem Motor los.

Doris Röhm schaute den beiden noch verwundert nach, dann sah sie Erna Übele ums Eck schlurfen, diese elende Tratschtante, und verschwand schnell im Haus, bevor die Alte sie in eines ihrer endlosen Gespräche verwickeln konnte.

»Mist«, schimpfte Reezer, als er das Gaspedal nach dem Zebrastreifen etwas durchdrückte und an der Trattoria vorbei in Richtung Ortsende fuhr. »Da lädt die Frau uns sogar noch ins Haus ein – und ich Trottel lehne ab!«

»Jetzt machen Sie sich doch keine Vorwürfe, Chef. Mir ist es ja auch ganz anders geworden, als Frau Röhm angefangen hat, von der Herzschwäche ihres Mannes zu erzählen. Ausgerechnet – wo doch dieser Spieß ihm genau durchs Herz …«

Sie schüttelte sich.

»Und jetzt wär's mir, ehrlich gesagt, am allerliebsten, wenn wir in der Druckerei nach Röhm fragen, und er kommt daraufhin einfach so durchs Tor spaziert. Mit meinem Verdacht, dass er das Mordopfer ist, würde ich wirklich gerne falsch liegen.«

»Kennen Sie Röhm näher?«

Sie hatten inzwischen den Parkplatz der Druckerei erreicht, Reezer stellte den Motor ab, blieb aber noch sitzen.

»Näher nun nicht gerade, aber man kennt sich halt – Sie sind jetzt erst seit gut einem Jahr hier, und vermutlich wissen Sie trotzdem schon über die meisten in unserem Revier irgendetwas.«

Sie nickte.

»Sehen Sie, und Sie wohnen noch nicht einmal hier, sondern fahren jeden Tag von Schwäbisch Gmünd zu uns rauf. Von Hansjochen Röhm weiß ich, dass er sehr engagiert ist: Er ist seit vielen Jahren Gemeinderat in Gschwend, Mitglied in einigen Vereinen, aber in den meisten eher ein passives – wenn aber irgendwo ein Zelt aufgebaut oder eine Bewirtung gemacht werden muss, steht er parat. Sein Handwerk als Drucker scheint er zu verstehen, der Betrieb ist recht modern ausgestattet, wie ich gehört habe, und er macht Firmen und Vereinen hier in der Gegend gute Preise. Er druckt außerdem seit Jahren für einige Verlage, auch von weiters her, und die müssen wohl ganz zufrieden mit ihm sein – es gibt so viel Konkurrenz, da wären ihm die sonst sicher schon längst abgesprungen. Auch Manfred Meier hat früher mal seine Bücher bei ihm drucken lassen, das habe ich ja schon erzählt. Und sonst ... hm ... Röhm hat einen guten Ruf, ist allseits geachtet, und wenn's mal zwischen ihm und jemand anderem rumpelt – weil es zum Beispiel im Gemeinderat eine hitzige Diskussion gab –, ist er nicht nachtragend und lädt seine Kontrahenten auf ein Viertele ein, meistens ins Gasthaus zum Hecht, da ist er mit zweimal der Länge nach Umfallen schon daheim.«

»Klingt nicht so, als könne Röhm viele Feinde haben. Oder gehabt haben.«

»Ja, und trotzdem ...«

Reezer seufzte.

»Na ja, jetzt schauen wir mal nach, und vielleicht fällt uns auch etwas ein wegen des Genmaterials. Hat seine Frau nicht vorhin gesagt, er übernachte manchmal in der Firma? Dann muss es doch auch irgendwo eine Zahnbürste oder einen Rasierer geben.«

Die beiden Polizisten stiegen aus und setzten ihre Mützen auf, vom Druckereigebäude her wurden sie bereits beobachtet.

»Hallo, Willy«, sagte Reezer und nickte dem korpulenten Mann zu, der in der kleinen Empfangshalle stand.

»Grüß dich, Volker. Ich war's nicht!«

Willy Übele war in seiner Freizeit wie Reezer Obstbauer mit Leib und Seele – und beruflich in der Druckerei Röhm so etwas wie der Mann für alles: Empfang, Hausmeister, Automechaniker – eine Mischung aus Zeiten, als die »Flotte« noch Fuhrpark hieß und es in Firmen noch nicht von Berufsbezeichnungen wie Facility Manager wimmelte.

»Dann ist es ja gut«, grinste Reezer. »Aber wir wollen ohnehin zum Chef. Und bevor du mich fragst: Er war's auch nicht.«

Willy lachte, dann schüttelte er betrübt den Kopf.

»Das mit dem Chef wird leider nicht klappen: Röhm ist heute noch nicht hier, so wie's aussieht, hat er den alten VW-Bus genommen. Vermutlich hat er Außentermine, sonst ist er morgens immer der Erste hier auf dem Gelände.«

»Ja, ich weiß«, log Reezer. »Wir kommen gerade von seiner Frau. Sie meinte, er müsse jeden Moment hier eintreffen. Können wir schon mal drin auf ihn warten?«

»Klar, Volker. Komm, ich bring euch in den Besprechungsraum. Dann soll euch jemand einen Kaffee bringen.«

»Nein, das wird sich nicht lohnen. Wir wollen Röhm auch nur ganz kurz was fragen, das ist schnell erledigt – und wenn er eh gleich kommt, sind wir in fünf Minuten schon wieder weg.«

Willy brachte sie in einen hellen Raum, in dem Tische zu einem großen Viereck zusammengeschoben waren, und ging wieder hinaus.

»Herr Übele!«, rief Ohser ihm hinterher. »Ob ich wohl in der Zwischenzeit kurz auf die Toilette könnte?«

»Ha, freilich«, kam es prompt zurück, »einfach hier links den Flur runter, ganz hinten sind die Klos.«

Reezer setzte sich, Ohser marschierte den beschriebenen Weg entlang – und als sie vor den Türen der getrennten Damen- und der Herrentoiletten stand, war es ihr zu umständlich, wieder zurückzugehen und den Kollegen zu holen. Außerdem glaubte Übele ja, dass sie aufs Klo musste. Sie sah sich um und schlüpfte, als sie niemanden auf dem Flur entdeckte, schnell in die Herrentoilette. Drinnen war keiner. Sie wandte sich nach links, wo es zu den Duschen ging.

An der Wand des kleinen Verbindungsflurs standen einige Metallspinde, auf einem von ihnen stand Röhms Name. Die Tür war nicht verschlossen. Sie zog sie langsam auf, darauf gefasst, dass gleich ein lautes Quietschen die Stille zerreißen würde. Doch nichts war zu hören, und vor ihr lagen Waschlappen, Handtücher, eine gebrauchte Zahnbürste in einem Kaffeebecher und eine Tüte mit drei gleichfarbigen neuen. Sie sah Zahnpastatuben, Seife, Shampoo, Aftershave und einen Elektrorasierer.

Draußen auf dem Flur näherten sich Schritte, und Ohser drückte die Tür wieder zu und huschte, so schnell sie konnte, in eine der Toilettenkabinen und verriegelte sie. Doch die Schritte entfernten sich wieder, und sie kehrte zu Röhms Spind zurück. Plastiktüten hatte sie natürlich dabei, jetzt stopfte sie eilig die gebrauchte Zahnbürste in eine, schüttelte Bartstoppeln aus dem Rasierer in eine zweite und steckte die Tüten ein. In den Becher stellte sie eine neue Zahnbürste, legte den Rasierapparat zurück und ging aufatmend aus der Toilette in den Flur hinaus.

In der gegenüberliegenden Bürotür stand ein junger Mann und sah sie verblüfft an. Sie drehte sich um, sah auf das Männer-Symbol auf der Tür, als entdeckte sie es gerade erst, und schlug kichernd die Hand vor den Mund.

»Mein lieber Herr Gesangverein«, gickerte sie und zwinkerte dem Mann zu. »Ich hab mich schon gewundert – wir Frauen können doch gar nicht im Stehen!«

Damit tippte sie kurz an das Schild ihrer Uniformmütze und ging mit strammen Schritten in Richtung Besprechungsraum. Zu gern hätte sie sich umgedreht und nachgesehen, ob der Mann immer noch in der Tür seines Büros stand – aber das gespielte Versehen hatte schon all ihre Frechheit aufgebraucht.

Entsprechend erleichtert war sie, als Reezer mit dem Streifenwagen vom Firmengelände fuhr. Zuvor hatte er Übele noch seine Visitenkarte dagelassen, mit der Bitte, Röhm möge ihn doch gleich anrufen, sobald er in die Druckerei komme. Doch damit rechnete keiner der beiden.

Christa Häbele hatte Arnie nach Hause fahren wollen, aber er war nicht davon abzubringen, dass sie ihn zu sich brachte, wo er aufs Moped steigen und selbst nach Hause fahren wollte.

Er brauchte viel länger als sie nach Gschwend, und als er endlich knatternd daherkam und das alte Zweirad ins Haus schob, hatte sie ihm in seiner kleinen, altmodischen Küche mit Blick auf den Marktplatz eine Suppe gekocht. Und nun saß er verpackt in eine dicke Wolldecke und trotzdem schlotternd am Küchentisch und schaufelte sich Löffel um Löffel hinein. Christa setzte sich neben ihn, vermied es aber, ihm allzu genau beim Essen zuzusehen – es war nicht besonders appetitlich, wie er schlürfend die Brühe vom Löffel zog und hinterher wieder ein paar Tropfen und einzelne Suppennudeln zurück in den Teller fallen ließ.

»Geht's wieder?«, fragte sie nach einer Weile.

»Ja, ist okay, danke für die Suppe.«

Er schlürfte weiter und hielt ihr, als er leergegessen hatte, den Teller noch einmal hin. Christa lächelte: Wenn Arnie Appetit hatte, war das immer ein gutes Zeichen – nur sein Blick war noch immer so traurig wie vorhin in der Gallengrotte.

Nach dem zweiten Teller lehnte er sich etwas entspannter auf dem Stuhl nach hinten, vermied es aber nach wie vor, sie direkt anzusehen.

»Ich muss dann auch wieder los, Arnie«, sagte sie. »Kommst du allein zurecht?«

Er zuckte mit den Schultern, dann nickte er.

»Morgen schau ich wieder nach dir, und Manfred geb ich auch Bescheid, okay? Der macht sich sicher schon Sorgen um dich. Du bist doch sein bester Freund, Arnie, der braucht dich doch.«

»Xumucane braucht niemanden«, brummte Arnie.

»Ach, hör doch auf, ihn so zu nennen – für dich ist er doch der Manne, dein alter Kumpel.«

»Ich nenne ihn Xumucane, und er selbst nennt sich auch so. Und du solltest das auch tun, um ihm deinen Respekt zu zeigen.«

»Ja, ja, schon recht, Arnie.«

Sie lächelte spöttisch, stand auf und legte ihm zum Abschied die Hände auf die Oberarme. Arnie fröstelte ein wenig, und so, wie er sie jetzt ansah, war sich Christa nicht ganz sicher, ob das noch an der Kälte der Grotte lag.

Sie war froh, als sie unten in ihren alten Passat einstieg und sich wieder auf den Heimweg machen konnte. Der miefige Geruch von Arnies Wohnung – zu viel alte Wäsche und zuwenig Putzmittel – hing ihr noch in der Nase, während sie auf der Welzheimer Straße aus dem Ort hinausfuhr. Kurz vor Kaisersbach hatte sie ihre beiden Handymailboxen abgehört und als einzige Nachricht den täglichen Anruf ihrer Mutter auf dem privaten Anschluss vorgefunden. Die andere, die geschäftliche, war leer, also hatte sie für den heutigen Tag noch keinen Kundentermin, was ihr ganz recht war. Für ihre Arbeit war sie nicht in Stimmung, eine Pause würde ihr sicher guttun, bevor Manfreds Maya-Fans eintrafen. Die Wochen bis zum einundzwanzigsten Dezember konnten anstrengend werden. Anstrengend, aber lohnend.

Am Ebnisee-Parkplatz fuhr sie recht langsam vorbei, als sie auf dem Sträßchen am Seeufer einen Streifenwagen herankommen sah. Im Rückspiegel verfolgte sie, wie er in Richtung Kaisersbach abbog, ihr also nicht folgte. Erleichtert fuhr sie nach Ebni hinauf und sah drei Männer ins Schwobastüble gehen, die sie nicht kannte. Waren das womöglich schon erste Maya-Freaks? Aber allzu esoterisch sahen die drei nicht aus. Kunden war es jedenfalls keine.

Sie rief Manfred Meier an, aber am anderen Ende meldete sich nur der Anrufbeantworter. Sie hinterließ ihm die Nachricht, dass Arnie wieder zu Hause sei und seine Hilfe brauche – unterbrochen von einem kurzen Fluch, weil ihr am Ortsende von Ebni fast eine Katze ins Auto rannte. Dann war sie auch schon daheim angelangt, ließ ihren Wagen in der Einfahrt ausrollen, winkte ihrem Vermieter kurz zu, beeilte sich aber, ins Haus zu kommen. Auf einen Plausch mit dem neugierigen Schaal hatte sie im Moment wirklich keine Lust.

Sie sah auf ihre zitternden Hände hinunter, ihr Puls beschleunigte, und langsam ging sie ins Wohnzimmer hinüber, um sich noch etwas Wein einzuschenken. Sie würde in den kommenden Tagen all ihre Kraft und jedes verfügbare Hilfsmittel brauchen.

Gegen achtzehn Uhr war im Schwobastüble bereits ordentlich Betrieb, aber Ernst hatte telefonisch reserviert und so fanden sich die drei Kommissare wenig später vor Weizenbier und Trollinger an einem schönen Tisch mit zwei Stühlen und einer Eckbank wieder. Durch drei Erkerfenster konnte man in den Garten hinausschauen.

Die flinke Bedienung notierte sich die Essensbestellung und fragte in der Küche nach, wann die Chefin Zeit hätte, sich mit den drei Kripokommissaren zu unterhalten. Als sie mit den Suppentöpfchen zurückkam, richtete sie aus, dass es ein wenig dauern könne, Frau Hürtler habe im Moment Hochbetrieb. Aber sobald es etwas ruhiger werde, werde sie sofort zum Erkertisch kommen.

»Schön hier«, sagte Schneider anerkennend, probierte einen Löffel Suppe und schob nach: »Und sehr lecker!«

»Ich weiß«, versetzte Ernst und sah dabei sehr zufrieden aus. »Wir können von Glück sagen, dass unser Maya-Freund gestern Abend ausgerechnet hier eingekehrt ist.«

Schneider erzählte den Kollegen von der Pressekonferenz, Ernst berichtete von dem Ethnologen, den er ausfindig gemacht hatte. Dann diskutierten sie einige bisherige Ermittlungsergebnisse und die Schlüsse, die daraus zu ziehen waren. Was hatte Röhm, wenn er wirklich das Mordopfer war, mitten in der Nacht zu Meiers Zeltplatz gelockt – und warum hatte er seinen Lieferwagen ein gutes Stück entfernt auf einem Waldparkplatz versteckt? Warum hatte Heger nach seiner Rückkehr aus dem Wald den Umweg genommen, ohne den er die Leiche auf dem Lagerfeuer gar nicht entdeckt hätte? Wo war Arnie Weißknecht, den alle als Meiers ständigen Begleiter beschrieben? Und wer außer Meier und dem Mordopfer war in der Nacht noch alles im Zeltlager gewesen?

»Ich hatte vorhin noch ein Gespräch mit Manfred Meiers Anwalt«, berichtete Maigerle. »Der war zunächst ganz schön pampig, aber dann kam Feulner dazu und zog sich mit dem Anwalt in ein Zimmer zurück. Nach fünf Minuten kamen die beiden wieder raus, und der Anwalt dampfte ab, deutlich kleinlauter als zuvor. Feulner meinte nur, er habe ihm die Sachlage kurz skizziert, und der Kollege habe daraufhin schnell eingesehen, dass sein Klient zunächst einmal bei uns bleiben muss. Der Haftbefehl ist übrigens beantragt, scheint nur noch Formsache zu sein.«

Ernst grinste. Er konnte sich gut vorstellen, wie Feulner den Anwalt unter vier Augen zurechtgebürstet hatte: sehr höflich, sehr korrekt, aber auch sehr direkt – der Staatsanwalt verstand seinen Job, er war ein guter Jurist und konnte manche Kontrahenten wie nebenbei zerlegen.

Als die Teller mit den Hauptgerichten ebenfalls leer waren und Maigerle noch genießerisch mit etwas Brot den letzten Rest Soße auftunkte, kam eine untersetzte, korpulente Frau Mitte sechzig an den Tisch. Sie trug eine karierte Schürze, darunter eine bequeme Stoffhose und ein dünnes Sweatshirt, und hatte ihr graues Haar zu einem mächtigen Dutt zusammengebunden, der wie ein Vogelnest an ihrem Hinterkopf hing.

»Darf ich vorstellen?«, sagte Ernst und erhob sich. »Das ist Frau Hedwig Hürtler, die Wirtin hier im Schwobastüble – und eine begnadete Köchin!«

Ernst kannte sie wohl sehr gut und wusste, dass mit ihr nicht immer gut Kirschen essen war. Wie er sich so einschmeichelte, verzog sich der anfänglich etwas mürrische Zug um ihren Mund, und ein mildes Lächeln legte das feiste Gesicht in sympathische Falten.

»Jetzat bloß net so übertreiba, Herr Ernscht!«

»Rainer, bitte, wie früher«, beeilte sich Ernst zu sagen und wandte sich an seine Kollegen: »Meine Familie richtet immer alle Feste hier aus, und mein erstes im Schwobastüble müsste meine Taufe gewesen sein.«

»Ha, Bua, do wirsch nemme viel drvo wissa, gell?«

Sie lachte dröhnend, und ihre Augen blitzten dabei.

»Hat alles sehr gut geschmeckt, Frau Hürtler, wirklich«, fügte Schneider hinzu.

Hürtlers Lachen brach ab. Sie fixierte den Mann mit dem unverkennbar badischen Akzent.

»Ach, Sie sen koin Schwob? Wo kommat no au Sie her?«

»Ursprünglich aus Karlsruhe, aber ich lebe nun auch schon gut fünf Jahre hier in der Gegend.«

»Des hört mr aber net. Des mit dene fenf Johr, moin i.«

War da ein Tadel in ihrer Stimme? Hatte sie Probleme mit Zugereisten, die sich nicht gründlich genug einlebten? Schneider wurde etwas ärgerlich.

»Ich hoffe, man muss hier in Ihrem schönen Lokal nicht unbedingt Schwabe sein, um etwas essen zu dürfen. Trotz des Namens Schwobastüble.«

Ernst schluckte, Maigerle sah interessiert zwischen seinem Chef und der Wirtin hin und her. Einen Moment lang stand die ältere Frau stumm da und musterte den Badener mit zusammengekniffenen Augen. Dann entspannten sich ihre Züge wieder, und sie klatschte Schneider die Hand auf die Schulter.

»Ha, Sie sen mir oiner!«

Sie lachte, und Ernst atmete auf.

»Frau Hürtler«, begann er, als das Lachen der Frau allmählich wieder verebbte, »gestern Abend war Manfred Meier bei

Ihnen. Wir würden gerne von Ihnen wissen, ob er etwas mit Ihnen zu besprechen hatte – und was das war.«

»I woiß gar ned, ob i eich des so oifach vrzähla derf. Worom wellat ihr des denn wissa?«

»Das hat mit einem Mordfall zu tun, in dem wir gerade ermitteln.«

»Om dr Hemmels willa! Isch des wäga dem Doda dronta beim See?«

Die Frau wirkte ehrlich bestürzt, aber ihr stechender Blick verriet, dass sie vor allem etwas ganz anderes war: sehr neugierig.

»Genau, um diesen Toten geht es. Wann haben Sie denn davon erfahren?«

»Ha, des hot glei dr Erschte vrzählt, der heit reikomma isch. Des müsst dr Heinz gwä sei, oder au dr Fritz, do müsst i grad nommol nochdenka.«

»Nicht so wichtig, Frau Hürtler. Aber Ihr Gespräch mit Manfred Meier gestern Abend, das würde uns schon interessieren.«

»Isch denn dr Herr Meier dr Mörder, oder worom isch des so wichtig?«

Ernst fing Schneiders warnenden Blick auf und wirkte kurz enttäuscht, dass ihm der Kollege auf diese Frage hin überhaupt einen Versprecher zutraute.

»Wir ermitteln in alle Richtungen, Frau Hürtler, und die meisten Punkte, die wir abhaken müssen, sind bloße Routine. Das ist nicht halb so spannend wie im Fernsehen, glauben Sie mir.«

»Ha, em Fernseh … do verpass i koin ›Tatort‹ – dr Bienzle hot mir guat gfalla, dr Kopper isch en ganz an Netter, mit seira italienischa Mamma, von der er sich net beim Auswärtsessa vrwischa lassa derf.«

Sie schüttelte sich wieder vor Lachen.

»Ja, das ist alles sehr schön. Aber was hatte Herr Meier denn nun mit Ihnen zu besprechen?«

»Ha, dr Herr Meier …« Sie wurde ernst und wischte sich eine Freudenträne aus den Falten um ihre Augen. »Der hot doch dort dronta beim See seine Zelt uffbaut, weil er do mit Auswärtige feira hot wella oder meditiera, was woiß i.«

Sie sah Schneider an.

»Ond do kommat sogar Leit von weiter her als bloß von Karlsruh«, sagte sie zu ihm, und es schlich sich so etwas wie ein tröstender Unterton in ihre Stimme.

»Und was hat das mit Ihnen zu tun?«

»Ha, die Leit brauchat doch au was zom Essa, wenn se dort dronta druff wartat, dass d' Welt ondergoht. Wenn ällas aus isch, no sottsch doch wenigschtens an volla Ranza han, moinsch net au, Rainer?«

Ernst nickte und grinste.

»Ond geschtern Obend hemmer vollends den Preis für des ällas ausghandelt. Den müssat ihr aber net au no wissa, oder?«

»Nein, den Preis müssen wir im Moment nicht kennen. Was hat Herr Meier denn alles bei Ihnen bestellt?«

»Von Sonndich Obend bis zom oinazwanzigschda Dezember zwoiavierzig mol Frühschtück ond zwoiavierzig mol Middagessa, drzua no achtazwanzig Übernachtonga – i glaub, die andre vierzehn sollat dronta en denne Zelt schlofa. Für mi wär des nix, bei derra Kält!«

»Und wer war der Mann, der ihn begleitet hat? Etwas dicker, etwas kleiner.«

»Des war dr Arnie Weißknecht aus Gschwend, der isch so äbbas wie dr Assischtend vom Meier. Mr sieht kaum amol dr oine ohne dr andre.«

»Wir schon«, brummte Schneider. »Diesen Weißknecht haben wir noch nicht getroffen.«

»Zumindest nicht seit gestern Abend«, merkte Ernst an und schnitt ein genervtes Gesicht. Auf Hürtlers fragenden Blick hin fuhr er fort: »Die beiden waren auf dem Weg zu Ihnen, Frau Hürtler, da haben Sie mit Schneebällen nach mir geworfen.«

Sie grinste.

»Ond? Hen se troffa, die boide?«

»Ja, leider. Mitten rein in den Bart – ich war als Nikolaus unterwegs.«

Sie lachte und klopfte ihm lobend auf die Schulter.

»Des hätt i gern gsäh!«

»Haben Sie eine Adresse von Weißknecht?«

»Adress net, aber sei Telefonommer kann i euch glei gäbba. Ond no war au no dr Wolfie do – dem sei Nommer han i au.«

»Welcher Wolfie?«

»Wolfram hoißt der, Wolfram Spitzer aus Kaisersbach. Des isch au an Helfer vom Meier. Dr Arnie isch eher der Typ fürs Grobe, fürs Zeltuffbaua ond Holzsammla ond so. Ond der Wolfie hilft em Büro, der organisiert ond telefoniert – selber schaffa isch irgendwie net so seis.«

Es war ihr deutlich anzusehen, dass Leute wie Arnie Weißknecht ihr sympathischer waren.

»Den Wolfie han i emmer agrufa, wenn dr Meier onderwägs gwä isch – der hot jo ällerhand organisiera müssa. So a Welt goht jo au net von alloi onder, gell?«

Sie lachte noch einmal, wurde dann ernst und sah die beiden Kommissare mit Verschwörermiene an.

»Aber wenn ihr mi frogat, no glaubt der Meier koi bissle an dr Weltondergang.«

»Wie kommen Sie darauf?«

»Er hot wäga dem Preis romverhandelt, dass es echt scho arg war. Ond wenn am oisazwanzigschda Schluss wär, no müsst er doch net so romknickra, oder? Außerdem …«

Sie beugte sich ein wenig vor und senkte die Stimme etwas.

»Außerdem han i dem abotta, dass er – wenn er mein volla Preis zahlt – dreißich Prozent erscht noch Weihnachta zom zahla braucht. Do isch er net druff eiganga, des isch doch dr Beweis, dass des ällas Schmuh isch!«

»Wie bitte?«, fragte Schneider. Ihm waren ein paar Worte von Hedwig Hürtlers schwäbischer Argumentation entgangen.

»Wenn ich«, stelzte sie nun in hölzernem Hochdeutsch mit starker schwäbischer Einfärbung noch einmal durch ihre Gedankenfolge, »einem anbiete, dass er fascht ein Drittel seiner Rechnong erscht nach dem Weltontergang zahlen muss ond der lehnt ab … Was sagt ons des?«

Sie verschränkte die Arme vor der Brust und sah Schneider an, als sei sie nicht ganz sicher, ob der Groschen denn nun endlich gefallen war.

»Das kapier ich schon, Frau Hürtler, keine Sorge – ich hatte eben nur kurz Schwierigkeiten mit Ihrem Dialekt.«

Maigerle grinste, Ernst wirkte sehr nachdenklich.

»Meier ist nicht auf Ihr Angebot eingegangen?«, fragte er schließlich.

»Noi. Sauglatt, gell?«

»Ja, allerdings, sauglatt.«

»Haben Sie noch etwas Zeit?«, fragte Schneider, als er und Ernst zum Parkplatz gingen. Maigerle war schon vor einer Viertelstunde losgefahren, er war noch mit seinen Bandkollegen im Proberaum verabredet.

Ernst sah auf die Uhr. Es war halb neun, und Sabine hatte ihm heute früh angedeutet, dass sie sich für den Abend etwas Besonderes ausgedacht hatte.

»Na ja, ich sollte langsam nach Hause.«

»Auch gut«, sagte Schneider leichthin, aber seine Miene konnte eine gewisse Enttäuschung nicht verbergen. »Da kann man nichts machen. Also dann bis morgen!«

Er stieg in seinen Sportwagen, winkte dem Kollegen noch kurz zu und wollte gerade rückwärts aus der Parklücke stoßen, als Ernst ihm ein Zeichen gab und zu ihm in den Porsche schlüpfte.

»Was haben Sie denn noch vor?«, fragte er.

»Ich brauche Ihre Ortskenntnis, damit ich mich nicht im Wald verlaufe. Wir sind auch in einer halben Stunde fertig, ich beeil mich, okay?«

»Und wo wollen Sie hin?«

»Die Kollegen haben Röhms VW-Bus doch auf diesem Waldparkplatz entdeckt. Ich würde gerne mal ausprobieren, wie man da im Dunkeln zum Zeltlager kommt. Ich frage mich die ganze Zeit schon, warum Röhm sein Auto nicht vorne auf dem Parkplatz direkt am See abgestellt hat – oder mit der alten Karre einfach gleich direkt nach hinten zum Zeltlager gefahren ist.«

»Stimmt, das geht mir auch nicht mehr aus dem Kopf. Also, dann wollen wir mal.«

Kurz darauf rollte der Sportwagen auf dem Waldparkplatz aus, Schneider steckte eine Taschenlampe ein, und die Kommissare machten sich auf den Weg. Inzwischen war es stockdunkel, aber im starken Schein der Lampe war der Marsch durch den Wald recht angenehm. Der Weg war mit altem Laub bedeckt und bot einen ziemlich festen und ausreichend trockenen Untergrund, links und rechts lagen noch kümmerliche Schneereste.

Der Strahl der Taschenlampe streifte nach einer Weile ein Holzschild mit der Aufschrift »Kirchweg Ebni«, und wenig später traten Ernst und Schneider in der Nähe des Bauernhofs von Lena Lohrmann und Kai Hummel aus dem Wald. Im Haus brannte Licht, der Fernseher schien zu laufen, und den restlichen Weg hin zum Zeltlager kannte Schneider ja schon: den Feldweg entlang bis zur Abzweigung der Wanderroute Richtung Gallengrotte, dort auf der Wiese standen Meiers Zelte.

Schneider sah auf die Uhr: Allzu lange hatten sie für den Weg vom Waldparkplatz bis hierher nicht gebraucht, trotzdem musste Röhm einen Grund dafür gehabt haben, nachts durch den Wald zu wandern, anstatt mit dem Wagen näher ans Zeltlager heranzufahren oder den etwas weniger dunklen Weg entlang des Sees zu nehmen.

»Ob er sich an Meiers Lager heranschleichen wollte?«, dachte Ernst auf dem Rückweg zum Parkplatz laut.

»Gut möglich, aber warum? Es ist ja nicht verboten, dort auf der Wiese zu zelten. Wir wissen inzwischen auch, dass Meier ganz ordnungsgemäß eine Genehmigung eingeholt hat. Das Zeltlager ist bei der Gemeinde Kaisersbach gemeldet, und der Besitzer der Wiese, den Meier schon vor zwei Monaten gefragt hat, war ebenfalls einverstanden.«

»Aber irgendetwas muss Röhm dorthin gelockt haben – auch Heger hat ja extra einen Umweg gemacht, um noch einmal am Zeltlager vorbeizukommen. Zwei Männer Anfang fünfzig streifen hier nachts herum und schleichen sich in ein Zeltlager … Im Moment fällt mir dafür kein triftiger Grund ein.«

»Na ja«, wandte Schneider ein, »wenn vor dem Mordopfer, wie es da mit heruntergezogenen Hosen am Lagerfeuer steht, jemand kniete, dann fällt mir schon ein Grund ein.«

Er lachte.

»Hm«, machte Ernst. »Das würde aber bedeuten, dass die beiden von einer Frau hier draußen gewusst haben – das ist mehr, als wir im Moment behaupten können.«

»Da haben Sie leider recht«, seufzte Schneider und legte den Rest des Weges schweigend zurück.

Als er den Kollegen vor dessen Haus aussteigen ließ, lag das Erdgeschoss im Dunkeln, und aus den Fenstern von Ernsts Wohnung im ersten Stock drang Kerzenschein. Ernst sah hinauf und beeilte sich, aus dem Wagen zu kommen. Schneider sah ihm grinsend nach – dann dachte er an seine Frau Sybille und daran, wie er sie überreden konnte, den Rest des Abends romantisch ausklingen zu lassen.

Ganz vorsichtig drehte Ernst den Schlüssel im Schloss, langsam und leise drückte er die Wohnungstür auf und streifte sich die Schuhe ab. Von Wohnzimmer her war eine Ballade mit italienischem Text zu hören, und von überallher flackerte es wie von zahllosen Kerzen.

Er schlich sich ins Wohnzimmer, vorbei an der lebensgroßen Pappfigur von Humphrey Bogart. Auf dem Tisch, auf den Regalfächern und dem Fensterbrett standen Kerzen, die beinahe heruntergebrannt waren und alles in einen warmen, gelblichen Schimmer tauchten. Ein Duft von Rosenwasser, Räucherstäbchen und Glühwein hing in der Luft, und das Display des CD-Spielers zeigte an, dass im Moment das letzte Lied eines Ramazzotti-Albums lief. Auf dem Tisch stand ein Steinkrug, daneben ein sauberes und ein geleertes Glas.

Sabine lag wie hingegossen auf dem Sofa, der Mund stand halb offen und tief aus dem Rachen dröhnte ein imposantes

Schnarchen. Seine Freundin hatte sich bis auf ihre neuen schwarzen Dessous ausgezogen, und wie sich ihr Oberkörper im Rhythmus ihres Atems hob und senkte, bereute es Ernst sehr, dass er die vergangene Stunde mit dem Kollegen im Wald verbracht hatte.

Der Raum war hoffnungslos überheizt, und Ernst sah zu, dass er so schnell wie möglich aus seinen Kleidern schlüpfte. Dann näherte er sich vorsichtig dem Sofa, streichelte behutsam Sabines Schultern und Wangen, mit dem Zeigefinger strich er ihr eine Strähne aus dem Gesicht.

Langsam beugte er sich vor, und fast hatte er ihren Mund erreicht, als sich ein gewaltiger Rülpser Bahn brach und Ernst in einer intensiven Wolke aus Glühweinaroma hockte. Sabine schnarchte weiter, und Ernst hob sie, als er sich vom ersten Schrecken erholt hatte, auf seinen Armen empor, trug sie hinüber ins Schlafzimmer und deckte sie mit leichtem Bedauern bis zum Kinn zu.

Samstag, 8.12.2012

Gleich morgens traf sich die Soko Lagerfeuer wieder, und alle brachten sich gegenseitig auf den neuesten Stand der Ermittlungen. Mit Arnie Weißknecht hatte bisher noch niemand reden können: Einige Streifenwagen waren schon zu den unterschiedlichsten Zeiten zu seinem Haus gefahren, bisher wurde er nicht daheim angetroffen.

»Als ich heute früh«, meldete sich Reezer zu Wort, »die Kollegen nach Weißknechts Adresse fragte, um ebenfalls mal nach ihm zu sehen, fiel mir auf, dass er direkt neben dem Ehepaar Röhm wohnt. Ich habe daraufhin den Streifenwagen auf dem Gschwender Marktplatz abgestellt und bin die letzten Meter zu Weißknechts Haus zu Fuß gegangen – ich wollte Frau Röhm nicht beunruhigen.«

»Das wird sich nicht mehr lange aufschieben lassen«, gab Schneider zu bedenken.

»Stimmt, leider«, pflichtete ihm Reezer bei und wirkte bedrückt. »Inzwischen sieht es immer mehr danach aus, als sei der Tote tatsächlich Röhm. Er ist bisher nicht wieder aufgetaucht – und außer dem VW-Bus vom Waldparkplatz fehlte gestern Abend nach Feierabend in der Druckerei kein Fahrzeug mehr. Röhms Privatwagen steht vor seinem Wohnhaus. Ich habe meinem Bekannten Willy Übele – Sie erinnern sich? Er ist in der Druckerei der Mann für alles und schaut auch nach dem Fuhrpark – aufgetragen, Frau Röhm gegenüber vorerst dichtzuhalten, und habe angedeutet, dass sein Chef wohl einfach mal eine Auszeit gebraucht hat und dass er bis Sonntag sicher wieder da ist.«

»Verrennen Sie sich lieber nicht in irgendwelche Geschichten«, mahnte ihn Schneider noch, aber eigentlich fand er es gar nicht schlecht, wie der Leiter des Welzheimer Polizeipostens die Sache bisher regelte. »Wann haben wir denn das Ergebnis aus dem Labor?«

»Der DNA-Vergleich soll bis morgen vorliegen.«

»Tja, dann stimmt Ihre Behauptung mit Sonntag ja sogar, im weitesten Sinne.«

Reezer nickte und legte ein trauriges Lächeln auf.

Ansonsten gab es im Moment nur das Übliche zu berichten: Die Kollegen hatten sich die Teilnehmerliste des Endzeit-Treffens vorgenommen und zu jedem angemeldeten Maya-Fan Informationen gesammelt. Routinemäßig waren auch alle Teilnehmernamen durchs System gelaufen, aber wie erwartet gab es im Polizeicomputer zu keinem der Gäste eine kriminelle Vorgeschichte. Die meisten waren gutsituierte Herrschaften mittleren und fortgeschrittenen Alters, und die Teilnehmer kamen aus dem gesamten Bundesgebiet hierher an den Ebnisee.

Auch zu Wolfram Spitzer waren keine Informationen im System gespeichert. Arnie Weißknechts Eintrag war kurz und lag schon lange zurück: Als Fünfzehnjährigen hatte ihn eine Polizeistreife mit einem frisierten Mofa erwischt. Manfred Meier wiederum war vor einigen Jahren durch eine Schlägerei aktenkundig geworden: Nach reichlich Bier in einem Gasthaus in Alfdorf hatte er sich beim Hinausgehen mit anderen Gästen gestritten, und wenig später flogen draußen vor der Wirtshaustür die Fäuste – allerdings zog Meier, der Zeugenaussagen zufolge zuerst zugeschlagen hatte, damals den Kürzeren. Eine Woche später wurden einem seiner Kontrahenten zwei Reifen am Auto zerstochen, und der Mann zeigte Meier an, aber Meier konnte nichts nachgewiesen werden.

Etwas mehr gab Meiers Schufa-Akte her: Immer wieder war er in den vergangenen Jahren Darlehensraten schuldig geblieben, eine Internetdruckerei hatte fünfzehntausend Euro angemahnt und eine Inkassogesellschaft beauftragt – danach waren die Schulden wohl beglichen worden. Insgesamt hinterließ die Liste der Einträge nicht den Eindruck von Meier als einem wirtschaftlich erfolgreichen und zuverlässigen Geschäftsmann. Seit einigen Jahren gab es allerdings keine neuen negativen Einträge mehr. Die Maya-Literatur schien ihren Mann zu ernähren.

Zwischen Althütte und Kaisersbach sowie entlang der Landstraße zwischen Welzheim und Murrhardt hatten Polizeistreifen Ausschau nach Fahrzeugen gehalten, die irgendwie verdächtig wirkten – zum Beispiel, weil sie dort schon länger standen. Im Lauf des Freitags hatte sich eine erste, noch sehr umfangreiche Liste angesammelt. Als die Streifenwagen am Samstag früh wieder ihre Runde gemacht hatten, waren nur noch drei, vier Fahrzeuge übrig geblieben, zu denen inzwischen die Halteranfragen liefen. Ergebnisse wurden erst nach Ende der Soko-Besprechung erwartet, aber die Ermittler wollten sich später am Tag ohnehin noch einmal zusammensetzen.

Was Schneider schon seit der Pressekonferenz befürchtet hatte, war eingetreten: Ferry Hasselmann, freier Mitarbeiter des großen Boulevardblatts und seit Jahren eine echte Plage für die Waiblinger Kripo, stürzte sich mit der ihm eigenen Rücksichtslosigkeit auf seine neue Story. Die auf dem Lagerfeuer gefundene Leiche hatte er mit grausigen Details ausgeschmückt, offenbar hatte er sich fachliche Unterstützung geholt – denn obwohl sein Artikel reißerisch aufgemacht war, mit einem Luftbild des Ebnisees und seiner näheren Umgebung samt darauf angekreuztem Lagerplatz illustriert, war doch seine Schilderung der Brandleiche korrekt.

Schneider schärfte noch einmal allen ein, nur ja nicht direkt mit Hasselmann zu reden und ihn ausnahmslos an Pressechef Herrmann zu verweisen. »Hoffentlich wissen wir, ob Röhm unser Toter ist, bevor er unseren Verdacht aufschnappt. Die nervliche und seelische Verfassung von Frau Röhm ist diesem Schmierfinken jedenfalls herzlich wurscht, das kann ich Ihnen versichern.«

Alle in der Runde, die schon einmal mit dem Reporter zu tun hatten, nickten. Und Herrmann seufzte: »Zum Glück ist dieser Hasselmann eine unrühmliche Ausnahme – unsere Journalisten hier vor Ort arbeiten sauber, schreiben sachlich, so gut das bei einem so skurrilen Mordfall eben geht, und sie gehen auch bei ihren Recherchen mit einiger Rücksicht zu Werke. Und wenn wir mal drauf angewiesen sind, dass sie nicht alles schreiben, was sie wissen, weil das unsere Ermittlungen erschweren oder gefährden könnte, dann lassen sie sich darauf auch immer ein.«

»Vielleicht sollte er mal bei einer der hiesigen Lokalzeitungen in die Lehre gehen«, brummte Schneider.

»War er sogar tatsächlich«, lachte Herrmann kurz auf. »Aber seit er nicht als Redakteur übernommen wurde, versucht er sich als Sensationsreporter.«

Einige Beamte hatten sich rund um den Ebnisee und an der Durchgangsstraße in Kaisersbach erkundigt, ob jemand mitbekommen hatte, wie Hansjochen Röhm in Richtung See fuhr: Der alte VW-Bus machte, wie Willy Übele versicherte, ordentlich Radau, gelegentliche Fehlzündungen inbegriffen – das konnte am späten Nikolausabend, vermutlich kurz vor oder kurz nach Mitternacht, durchaus dem einen oder anderen aufgefallen sein. Aber alles Nachfragen brachte nichts Brauchbares ein, niemand hatte etwas gehört oder konnte sich erinnern.

Zu den Schuhabdrücken ergab sich inzwischen ein etwas detailliertes Bild. Die Schuhe von Meier und dem Toten waren eindeutig zuzuordnen, außerdem waren noch Abdrücke von mehreren Männer- und vermutlich einem Paar Frauenschuhe festzustellen. Wenn man die Überlagerungen beachtete, war Meier der Letzte am Tatort gewesen – an der Stelle, von der aus der Täter sein Opfer von hinten mit dem Eisenpfahl durchbohrt hatte, überlagerten sich allerdings so viele Abdrücke, dass keiner von ihnen mehr eindeutig zugeordnet werden konnte.

Der Haftbefehl für Meier lag inzwischen vor, und Meier war in die Untersuchungshaft nach Stuttgart-Stammheim überstellt worden. Meiers Anwalt schien bereits zu resignieren: Er beschränkte sich darauf, seinem Mandanten Tageszeitungen und Zahnpasta, Kuchen und ein paar Maya-Bücher zu bringen – Verwandte, die noch Kontakt zu ihm hatten, schien Meier nicht mehr zu haben.

Meiers Assistenten besuchten ihn auch nicht. Immerhin hatte die Spurensicherung in Meiers Wohnhaus einige Fotos gefunden, auf denen Meier mit Spitzer und einem dritten Mann zu sehen war, und Lena Lohrmann hatte Polizeihauptmeister Reezer gegenüber bestätigt, dass der dritte Mann Arnie Weißknecht war. Schon mehrfach waren daraufhin Streifenwagen zu Weißknechts Haus in Gschwend gefahren, doch bisher hatten sie Weißknecht dort nicht angetroffen, zumindest hatte niemand auf ihr Klingeln hin geöffnet. Zusätzlich hatten alle, die zur Soko gehörten oder sich in ihrem Auftrag nach verdächtigen Autos umsahen, Weißknechts Bild bei sich.

In den Zelten hatten die Beamten nicht mehr viel Interessantes gefunden. Die einzige Ausnahme machte ein älteres Familienzelt, das ein paar Meter außerhalb des innersten Zeltkreises aufgebaut war und sich in den Schatten einiger Bäume duckte. Die Zeltöffnung wies zur Seite hin, weg vom Lagerfeuer und lag damit eigentlich etwas unpraktisch – allerdings legte die Ausstattung den Verdacht nahe, dass es vor allem darum ging, das Zelt unbemerkt von am Lagerfeuer sitzenden Gästen betreten zu können.

Über einem massiv zusammengenagelten Fußboden bildeten in der dem Eingang gegenüberliegenden Seite des Zelts mehrere übereinandergelegte dicke Decken einen weichen Boden, auf dem zusätzlich noch eine Reihe bequem aussehender Kissen verstreut waren. In einem Karton lagerten Poster mit nackten Frauen in aufreizenden Posen, ein zweiter Karton enthielt Kondome und einige Gerätschaften für Männer mit etwas spezielleren Vorlieben. An der Zeltseite zum Lagerfeuer hin war eine Schnur an der Plane entlanggespannt, an der mit Draht rote Gläschen aufgehängt waren – groß genug für Teelichte, die das Zelt in ein halbwegs stimmungsvolles Dämmerlicht tauchen konnten. Darunter standen drei Gasflaschen mit aufmontierten Heizstrahlern, die alle auf das Deckenlager ausgerichtet waren. Alles deutete darauf hin, dass Manfred Meier für seine Gäste nicht nur an ausreichend Essen und Trinken gedacht hatte.

»Das könnte der Arbeitsplatz der Person sein, die während des Mordes vor unserem Opfer gekniet hat«, sagte Ernst.

»Umso weniger verstehe ich, warum sich die beiden nicht einfach in dieses Rotlichtzelt zurückgezogen haben«, fügte Schneider hinzu. »Da wäre es doch viel bequemer gewesen, und viel dezenter obendrein.«

»Und schon haben wir eine neue ungeklärte Frage: Warum ging's ausgerechnet direkt am Lagerfeuer zur Sache?«

Am frühen Morgen hatte es wieder leicht geschneit, und Ferry Hasselmann zog sich unter die äußersten Bäume des Waldstücks zurück, machte immer wieder Fotos vom Zeltlager und wartete auf einen unbeobachteten Moment, um sich unbemerkt ins Lager schleichen zu können.

Zwischendurch checkte er noch einmal die Bilder, die er bereits aufgenommen hatte. Die Holzhütte mit dem grünen Dach, schräg gegenüber des großen Parkplatzes. Das Straßenschild an der Wand der Hütte, mit der Aufschrift »Konrad-Jelden-Platz«. Auf der anderen Seite die große Holzbank mit der geschnitzten Beschriftung »Konrad's Seeblick Oktober 2010«. Bisher hatte er nichts Spektakuläres eingefangen, aber das würde sich, wie er hoffte, schon noch ändern.

Ein Streifenwagen stand neben den Zelten am Rand des Wanderwegs zur Gallengrotte, die zweiköpfige Besatzung wechselte sich ab: Während der eine auf dem Weg und entlang der Zelte hin und her spazierte, die Mütze tief ins Gesicht gezogen, den Kragen hochgeklappt und die Hände in den Jackentaschen vergraben, hockte der andere im Wagen, hörte Polizeifunk und ließ seinen Blick über die nähere Umgebung schweifen.

Irgendwann sah es so aus, als wäre der Polizist im Wagen eingenickt, und der andere schlug sich zwei, drei Schritte in die Büsche, um zu pinkeln. Hasselmanns Moment war gekommen.

Er huschte, geduckt und den Fotoapparat unter den Arm geklemmt, vor dem Streifenwagen vorüber und gleich danach wieder im Schutz der Bäume bis hin zu den Zelten. Er schoss ein paar Aufnahmen von dem längst erloschenen Lagerfeuer, nahm es aus verschiedenen Perspektiven vor den Sucher und murmelte dabei grinsend die alte Fotografenweisheit »Vordergrund macht Bild gesund«. Schließlich lugte er durch den Eingang eines Zeltes – und stutzte.

Dann schlüpfte er ins Innere, musterte die bequem aussehende Liegefläche und die aufgehängten roten Gläschen. Ihm fielen die beiden Kartons auf, deren Deckel abgenommen worden waren, so dass der Blick auf den recht eindeutigen Inhalt frei wurde. Hasselmann grinste über das ganze Gesicht, machte Foto um Foto, legte ein paar der Aktposter aus, drapierte Kondome, Peitsche und Maulkorb daneben und knipste den Speicher voll.

»Na, Fritz, ausgeschlafen?«

Die Männerstimme klang laut hier draußen, und selbst im Zelt schien es, als stände der Mann nur ein paar Schritte entfernt. Die Fahrertür des Streifenwagens wurde geöffnet, und der andere Polizist maulte ein bisschen. Hasselmann steckte die Kamera wieder weg, schlich aus dem Zelt und hielt sich immer im Schatten der Bäume, die sich entlang der Wiese bis hin zu dem einsam stehenden Bauernhaus zogen. So war er vom

Streifenwagen aus nicht zu sehen, und das Haus lag noch still da, seine Bewohner schienen noch zu schlafen.

Kurz ärgerte er sich, weil seine Schuhe auf dem auch im Winter etwas sumpfigen Pfad entlang des Baches, den die Baumlinie säumte, etwas Wasser gezogen hatten, und weil er jetzt einen riesigen Umweg vor sich hatte bis zu seinem Auto, das er am äußersten Ortsrand von Ebni abgestellt hatte, um nicht auf dem offiziellen Parkplatz unten am See von der Polizei entdeckt zu werden. Doch dann überwog die Vorfreude auf seinen nächsten großen Artikel und auf das Lob, das er sich dafür von Chefredakteur Heinz-Günther Sebering erhoffte.

Inzwischen kannte sich Kommissar Schneider schon recht gut aus im Rems-Murr-Kreis, vor allem der Schwäbische Wald war ihm fast schon so vertraut wie die Gegend um seine Geburtsstadt Karlsruhe. 2007 hatte er seinen Dienst hier angetreten, damals als frischgebackener Leiter der Kripoaußenstelle Schorndorf und seit deren Auflösung als gefragter Ermittler in der Waiblinger Zentrale.

Für die Fahrt zu Roland Hegers Wohnhaus bemühte er zwar das Navi, aber viele Straßen, durch die er und Ernst, den er auf dem Hinweg noch in Ebni abgeholt hatte, kamen, erkannte er wieder. Manche erinnerten ihn an vergangene Fälle. Und als sie in Althütte am Rathaus nach links abbogen, wusste er, dass diese Straße hinunter ins Wieslauftal führte, in das kleine Dorf, zu dem Tatort seines ersten Mordfalls hier im Schwäbischen.

»Komisch«, ging es ihm durch den Kopf, »auch damals hatte ein Jäger die Leiche entdeckt – wie diesmal Heger.«

Er hatte keinen leichten Start gehabt, damals, als Badener unter Schwaben, als neuer Chef, den alle erst einmal argwöhnisch beäugten – vor allem Kollege Ernst, der selbst gern Leiter der Kripoaußenstelle geworden wäre. Schneider sah zu seinem Beifahrer hinüber, der noch etwas übernächtigt wirkte: Inzwischen waren sie fast Freunde geworden, mindestens jedoch gute Kollegen, die sich gegenseitig respektierten.

Seit gut fünf Jahren war er nun hier, und längst hatte er seine Kollegen, auch Nachbarn und private Bekannte zu schätzen gelernt. Irgendjemand hatte mal in einem Interview auf die Frage, ob es denn leicht oder schwer sei, Schwaben als Freunde zu gewinnen, geantwortet: Es sei schwer, aber wenn es dann mal geklappt habe, seien das immer Freunde fürs Leben gewesen.

Schneider dachte an sein schön gelegenes Haus in den Berglen, an seinen bereits im Schwäbischen geborenen Sohn Rainald, und ein warmes Gefühl durchströmte ihn. Es war schön hier, und sein Leben hatte gerade eine sehr gute Phase. Vielleicht sogar die beste bisher.

Und es sah ganz danach aus, als würde das zunächst so bleiben. Die Polizeireform wirbelte zwar im Land vieles durcheinander, aber er als Kriminalbeamter kam sozusagen mit einem blauen Auge davon: Die Direktionen Waiblingen, Schwäbisch Hall und Aalen wurden zusammengelegt, und sein Chef Binnig würde als neuer Präsident in Aalen residieren – aber er selbst konnte in Waiblingen bleiben, wo die neue Kriminaldirektion für alle drei Landkreisgebiete angesiedelt war.

Gedankenverloren rollte er die kurvige Straße entlang, am Ortsschild vorbei und trat das Gaspedal durch. Der Sportwagen, der trotz seines fortgeschrittenen Alters noch tadellos in Schuss war, machte auf der abschüssigen Strecke einen kleinen Satz nach vorne – und die Frauenstimme aus dem Navi forderte: »Bei der nächsten Gelegenheit bitte wenden!«

Verblüfft sah Schneider auf das Display – offenbar hatte er ganz vergessen, die genannte Abzweigung zu nehmen, und das nicht erst vor hundert Metern. Ernst grinste und deutete auf die Einmündung eines Feldwegs, wo sie umdrehen konnten.

»Ich dachte schon, Sie hören die Ansage gar nicht mehr«, sagte er. »Woran haben Sie denn gerade gedacht? Sie hatten ein richtig seliges Lächeln auf dem Gesicht.«

»Ach, nichts«, sagte Schneider nur und grinste ebenfalls. »Aber Sie hätten mich ruhig wecken können.«

Kurz darauf bogen sie von der Hauptstraße ab und erreichten nach etwa vierhundert Metern das Wohnhaus von Roland

Heger, wo Schneider seinen Porsche in der leeren Garageneinfahrt ausrollen ließ. Die beiden Männer stiegen aus und sahen sich um. Dreißig Meter weiter endete die kleine Straße in einer Wendeplatte, und Hegers Haus war eines der schönsten unter vielen hübschen Häusern, relativ neu erbaut, und am Gebäude vorbei konnte man sehen, dass der dazugehörende Garten an eine Wiese grenzte, die keine zwanzig Meter weiter an den Waldrand stieß. Ein idyllisches Fleckchen.

»Was wellat Sie vom Roland?«

Schneider musste sich umdrehen, um auszumachen, woher die kräftige, schnarrende Stimme kam. Schräg gegenüber stand eine Frau Ende vierzig, mit ihrem ganzen beachtlichen Gewicht auf einen Besenstiel gestützt und umgeben von allerlei Putz- und Kehrutensilien.

»Ach ja, Samstag«, dachte er und lächelte. »Meine lieben Schwaben ...«

»Grüß Gott«, sagte er laut. »Wir wollen mit Herrn Heger sprechen.«

»So, so? Worom denn?«

Große Neugier, gefegter Gehweg – der klassische Zweiklang in den Dörfern der Umgebung. Schneider hätte am liebsten laut aufgelacht, aber er beherrschte sich und überhörte die Frage der Frau einfach.

»Ist er denn nicht da? Ich sehe seinen Jeep gar nicht.«

»Ha, no wird er weg sei.«

»Vielleicht steht der Jeep ja in der Garage«, sagte Schneider noch, nickte zum Abschied und wandte sich zur Tür.

»Do hot's koin Platz für a Auto, hot's no nie ghet.«

Schneider klingelte und wartete, klingelte erneut und wartete noch etwas länger. Nichts regte sich im Haus.

»Sag i doch«, kam es triumphierend von hinten.

Schneider seufzte, drehte sich zu der Frau um und fing einen belustigten Blick von Ernst auf.

»Sie können uns doch aber sicher sagen, wo er jetzt gerade ist, oder?«

»Könna dät i vielleicht, aber möga tu i net.«

Sie klang nun etwas schnippisch und richtete sich ein wenig auf.

»Ach, wissen Sie«, sagte Schneider leichthin, trat vor die Frau und zog seinen Dienstausweis, »vielleicht sollten Sie nicht nur können, sondern auch wollen. Bitte!«

Sie machte große Augen.

»Hot dr Heger was ausgfressa?«

»Da schau her«, dachte Schneider, »beim kleinsten Verdacht wird aus dem lieben Roland ganz schnell der Herr Heger.«

»Ich glaube nicht«, sagte er ruhig. »Was könnte er Ihrer Meinung nach denn angestellt haben?«

»Noi, nix, i han bloß denkt … I will au nix gsagt han, und kehra muss i au no.«

Sie schnappte sich ihren Besen und machte Anstalten, ein auffallend sauberes Stück Gehweg noch einmal zu kehren.

»Sagen Sie uns doch zunächst mal Ihren Namen, bitte. Ich hab mich Ihnen ja auch vorgestellt, und das hier neben mir ist mein Kollege Ernst.«

»Monika Wäller, agnehm!«

Ihr Blick strafte die höfliche Floskel Lügen, aber sie bemühte sich nun immerhin um einen freundlichen Ton.

»So, und wo ist Herr Heger denn nun?«

»Koi Ahnung, i woiß es net. I woiß des wirklich net, i han mi vorher bloß wichtig macha wella, tuat mr loid.«

Nun war sie ganz zerknirscht und sah entschuldigend zwischen den Kommissaren hin und her.

»Wo ist er denn sonst üblicherweise, wenn er nach der Arbeit oder am Wochenende nicht daheim ist?«

»Ha, beim Jaga, ällaweil beim Jaga! Deshalb isch ihm jo au sei Rosie abghaua. Koine zwoi Johr isch des her, do sen se grad mit dem Haus fertig gwä – en Jammer, sag i Ihne!«

»Herr Heger lebt allein hier?«

Schneider wusste, dass die Nachbarin kurz davor war, Betriebstemperatur zu erreichen, da konnte eine Zwischenfrage, so banal sie auch war, den entscheidenden letzten Schwung bringen.

»Ha freilich! Die Rosie isch fort, ond Kender hen se koine – wie soll er seira Frau au Kender macha, wenn er nachts uff em Jägerschtand romhockt?«

Sie kicherte. Als Schneider nicht mitlachte, wurde sie wieder ernst und raunte ihm zu: »Drbei tät er wohl scho gern wieder wella ...«

»Hat er wieder Kontakt zu seiner Frau aufgenommen?«

»Noi, des traut der sich uff gar koin Fall. Erschtens hot die Rosie Hoor uff d' Zäh – und zwoitens isch ihr Neuer net arg großzügig, wenn's drom goht, dass sei Freindin andre Männer trifft.«

»Damit ich das richtig verstehe: Frau Heger trifft schon gerne andere Männer als ihren Freund – nur ihren Mann beziehungsweise ihren Ex-Mann nicht?«

»Ha, die Rosie war scho emmer ... wie soll e saga? A bissle uffgschlossa, Männer gegaüber, wisset Se?«

»Sie ist fremdgegangen?«

»Des kann i net saga, seit se wegzoga isch, scho glei gar nemme. Aber was mr so ghört hot ...«

»Was hat man denn so gehört?«

»Die Rosie isch halt gern amol en a Bar oder en a Wirtschaft ganga, wenn der Roland sich mol wieder früh schlofa glegt hot, weil er uff dr Jagd wach sei wollt.«

Sie machte ein sehr bedeutsames Gesicht. Schneider konnte solches Tratschen privat ums Verrecken nicht leiden – beruflich war es allerdings manchmal eine sehr ergiebige Quelle, zumindest für Ermittlungsansätze.

»Vielleicht wollte Sie ihren Mann nur in Ruhe schlafen lassen. Kann ja sein, dass ihn schon ein laut gedrehter Fernseher gestört hätte.«

»Ka scho sei, aber für sein Schlof het's sicher net braucht, dass d' Rosie älls amol mit ma neia Bekannta aus der Wirtschaft isch – ond erscht zwoi Schtond schpäter dohanna am Rotwäldle akomma isch.«

»Woher kennen Sie die Zeiten und Abläufe so genau? Sie werden ja wohl nicht dabei gewesen sein.«

»I woiß gern, was oms Haus rom passiert, ond no muss i halt älls a Aug uff d' Schtroß han ond uff die Nochborhäuser. Also woiß i, wann die Rosie hoimkomma isch. Ha, ond no goht mr halt au zom Eikaufa nom en Flecka, mr trifft Bekannte, schwätzt a bissle – ond no hört mr, wann d' Rosie aus der Wirtschaft naus isch, ond zwar mit männlicher Begleitung.«

Sie hatte die letzten Worte in etwas gespreiztem Hochdeutsch ausgesprochen. Schneider fragte sich, ob das seine Nachbarn in Birkenweißbuch ebenso hielten. Jedenfalls konnte er immer besser verstehen, warum Rosie Heger nicht mehr hier wohnte.

»Sie hatten vorhin erwähnt, Herr Heger … nun ja … hätte durchaus Interesse an einer Beziehung. Woher wissen Sie das?«

»Do muss mr bloß d'Auge offahalta. Wobei: Beziehung trifft's, glaub i, net ganz. Dr Roland hot sich schier dr Hals verrenkt, wenn a jonge Nochberin vorbeikomma isch. Grad em Herbst, wo's nommol so richtig warm war, sen dem schier d'Auga rausgfalle – do henta wohnat zwoi jonge Mütter, Ende zwanzig, die viel trainiert hen, dass mr ihne die Geburt nemme asieht. Saga mr mol so: Des Training hot sich glohnt, ond en kurze Röckla oder knappe Hosa kommt des älles recht deutlich zur Geltung. Do hot der Roland gern naguckt. Ond seim Blick ka mr no aseh, dass er sich mit dene Nochberinnen des oine oder andere gut vorschtella könnt.«

»So genau haben Sie hingesehen?«

»Wie moinet Se des?«, fragte sie entrüstet zurück.

»Na, wenn Sie sogar seinen Blick deuten konnten?«

»Do ben i halt oba am Fenschter gschtanda, henter dr Gardin, rein zufällig, verschtoht sich.«

»Natürlich. Zufällig. Das versteht sich.«

Jetzt grinste Schneider doch ein wenig, und Monika Wäller setzte eine etwas beleidigte Miene auf.

»Haben Sie denn etwas davon mitbekommen, dass Herr Heger eine neue Freundin hat?«

Sie schwieg, und Schneider wurde wieder ernst.

»Rein zufällig, natürlich«, setzte er hinzu. »Das würde uns wirklich sehr helfen, Frau Wäller.«

Kurz zierte sie sich noch, dann gab sie sich einen Ruck.

»Noi, koi feschte, zumindescht net, soweit i woiß.«

»Na«, dachte Schneider, »wenn diese neugierige Nachbarin nichts wusste, dann gab es wohl wirklich keine feste Freundin.«

Laut sagte er: »Aber Damenbesuch hatte er ab und zu, oder?«

»Noi, gar koin. Des hätt i uff jeden Fall mitkriagt.«

Das glaubte er ihr aufs Wort.

»Aber als Ma ka mr sich jo behelfa. I sag bloß: Kneipa, Bars – ond Professionelle. Do fendet oiner wie dr Roland emmer wieder oine.«

»Konkretes wissen Sie aber nicht?«

»Noi.«

Sie schüttelte den Kopf und wirkte etwas betrübt. Dieser weiße Fleck in ihrem gedanklich geführten Nachbarnprofil schien ihr wirklich zuzusetzen.

»Selta gnug isch dr Roland überhaupt woanders na als zur Jagd – aber wenn, no isch er emmer a Schtück weit gfahra. En denne Wirtschafta do hanna rom hosch den net gsäh, der isch weiters weg, do na, wo ihn koiner kennt.«

»Gut, dann muss das mal fürs Erste reichen. Sie haben sehr geholfen, Frau Wäller, vielen Dank. Und wenn Ihnen noch was einfällt …«

Er reichte ihr seine Visitenkarte, die sie mit einigem Stolz einsteckte.

»Ach, doch noch eins: Wissen Sie vielleicht, wo Frau Heger inzwischen wohnt? Heißt sie überhaupt noch so, oder wissen Sie den Namen des jetzigen Freundes?«

»Sie wohnt bei ma gewissa Christian Mantz en Welzheim en dr Forstschtroß. D' Hausnummer woiß i aber net.«

Schneider war auch so schon beeindruckt.

»I han mr des so klasse merka könna, weil's jo wieder en Schtroßanama mit Wald isch, so wie bei ons dohanna.«

»Ach, stimmt ja. Und haben Sie – zufällig! – mitbekommen, wann Herr Heger in der Nacht auf Freitag zur Jagd gefahren ist?«

»Noi, aber meischtens isch er scho recht früh naus, also mol kurz noch Mitternacht, mol om oise, mol om zwoie.«

Daraufhin bedankten sich Schneider und Ernst bei ihr, verabschiedeten sich, klapperten die anderen Häuser in der Straße ab und fragten möglichst unverfänglich nach Roland Heger und danach, wo er sich denn im Moment aufhalten könnte. Er sei als Zeuge wichtig, und sie wollten möglichst schnell mit ihm sprechen.

Die meisten Nachbarn wussten nichts, deuteten aber kurz auf Monika Wäller, die noch immer halbherzig vor ihrem Haus herumbeselte und dabei die Kommissare keinen Moment aus den Augen ließ: »Sie weiß es bestimmt«, war der Tenor der Antworten, »und wenn sie es nicht weiß, dann weiß es hier niemand.«

Zwei jüngere Frauen, wirklich so attraktiv wie von Wäller beschrieben, verrieten Schneider außerdem, dass die neugierige Nachbarin beobachtet habe, wie ihnen Heger nachgesehen habe. Der einen war es nicht aufgefallen, der anderen war es egal.

»Ist okay, dann hab ich nicht umsonst trainiert«, lachte sie. »Mein Mann weiß ja manchmal gar nicht mehr, was er an mir hat.«

Sie zwinkerte Schneider zu, grinste, nickte zum Abschied und schlüpfte wieder zurück ins Haus.

Das Bild von Hegers Privatleben, das sich daraus ergab, war dürftig und stützte sich praktisch ausschließlich auf Wällers Tratsch: ein Mann, der zu viel Zeit auf der Jagd verbrachte, dem darüber die Frau weggelaufen war, der heute mit großen Augen jedem Rockzipfel nachglotzte, bisher offenbar keine neue Partnerin gefunden hatte und der, wenn er mal ausging, lieber etwas weiter weg fuhr, um unbeobachtet von Bekannten und Nachbarn neue Kontakte zu knüpfen.

Schneider kritzelte auf seine Visitenkarte »Bitte anrufen!« und warf sie in den Briefkasten. Wäller kehrte noch immer wie verrückt und sah ihnen halbwegs unauffällig nach, bis sie mit dem Porsche davonfuhren.

Kurz vor dreizehn Uhr bog ein grellgelber Mini auf den Parkplatz am unteren Auslauf des Ebnisees ein. Hier floss die Wieslauf wieder aus dem Stausee hervor und schlängelte sich durch den Wald hinunter und durch Rudersberg, bis sie schließlich in Schorndorf in die Rems mündete.

Schneider und Ernst standen neben dem Kiosk und sahen einen jugendlichen Mann mit federndem Schritt auf sich zukommen.

»Herr Haab?«, fragte Ernst, als er die beiden erreicht hatte.

»Ja, Fridolin Haab. Haben wir beide gestern miteinander telefoniert?«

»Haben wir. Rainer Ernst, angenehm, und das hier ist mein Kollege Klaus Schneider.«

Als sich alle die Hand gegeben hatten, sah sich Haab kurz um.

»Ist nett hier. Im Internet habe ich gelesen, dass das ein Stausee ist, der früher mal zum Hinunterschwemmen von Holzstämmen genutzt wurde.«

Schneider nickte anerkennend und sah grinsend zu Ernst hin.

»Da weiß Herr Haab jetzt schon mehr als ich.«

»Sie sind nicht von hier?«

»Nein, ich komme aus Karlsruhe. Aber der Kollege wohnt nicht weit von hier: in Ebni, dem letzten Dorf, durch das Sie auf dem Weg hierher gefahren sind.«

»Schön. Und wo sind jetzt die Zelte?«

»Ein gutes Stück dort hinten«, sagte Schneider und deutete über den See hinweg. »Wollen Sie uns unterwegs schon ein bisschen was über die Maya erzählen? Übrigens danke, dass Sie so schnell Zeit gefunden haben.«

»Keine Ursache, ich bin selbst ganz gespannt auf die hiesigen Maya-Fans – im Schwäbischen Wald hätte ich nicht unbedingt welche erwartet.«

Er lachte wieder und die drei machten sich auf den Weg.

»Was hat es denn nun mit diesem Weltuntergang auf sich?«, fragte Schneider, als sie die Straße überquert hatten und am Seeufer entlangmarschierten. »Mein Kollege hat mir Ihr Interview zu diesem Kinofilm ausgedruckt, aber ich bin nicht ganz sicher, ob ich alles richtig verstanden habe.«

»Ach, ich hab zu diesem Blockbuster vor drei Jahren so viele Interviews gegeben, dass ich gar nicht mehr weiß, was ich den Journalisten da so alles erzählt habe. Am besten gebe ich Ihnen einen kleinen Überblick, und ich versuche es Ihnen stark vereinfacht zu beschreiben, denn die Maya-Kultur ist recht vielschichtig. Also ... Maya gibt es noch heute, aber die größte Bedeutung hatte ihre Kultur etwa zwischen 600 und 1500 unserer Zeitrechnung. Wir unterscheiden drei große Phasen: die Präklassik, die Klassik und die Postklassik – in der klassischen Zeit entstanden Städte wie Chichén Itzá und Uxmal. Der Einzugsbereich der Maya-Kultur reichte in dieser Zeit von der Halbinsel Yucatán im Osten bis an die Westküste Mittelamerikas. Das Gebiet war dominiert von Stadtstaaten mit teils mehr als zehntausend Einwohnern – viel größer als die damaligen europäischen Großstädte. Jeder Maya-Stadtstaat hatte sein eigenes Herrscherhaus und eine funktionierende Verwaltung, die Städte trieben Handel miteinander, waren mit einer Art Schnellstraßensytem verbunden, das sich zum Teil über aufgeschüttete Dämme durchs Land zog, und in vielen wissenschaftlichen Bereichen wie Astronomie oder Mathematik waren die Maya schon weit entwickelt.«

Haab erzählte munter, während er sich mit flottem Schritt dem nördlichen Ende des Ebnisees näherte. Schneider und Ernst mussten zusehen, dass sie sich trotz seines Tempos leicht vor ihm hielten, schließlich sollten sie ja ihm den Weg zeigen. Einen allzu vergeistigten Eindruck machte dieser junge Maya-Experte jedenfalls nicht.

»Für ihre Rituale, für die Geschichtsschreibung und für astronomische Beobachtungen und Vorhersagen entwickelten sie einen ziemlich komplexen Kalender, der inzwischen als

Maya-Kalender durch die Gazetten geistert – und eigentlich eine Kombination aus mehreren Kalendersystemen darstellt. Zum einen gibt es den *Haab*-Kalender.«

Er grinste und ließ eine kurze Pause, bis ihn Schneider und Ernst gespannt ansahen.

»Ich heiße aber nur zufällig auch so, wobei das natürlich zu meinem Ethnologie-Studium prima gepasst hat. Der Haab, korrekt eigentlich: *das* Haab wurde benutzt, um Termine für die Aussaat und die Ernte berechnen zu können. Der Kalender hat 365 Tage wie unserer, aber unterteilt wird ein Haab-Jahr in achtzehn Einheiten zu je zwanzig Tagen. Dazu kommt ein neunzehnter Abschnitt mit fünf Unglückstagen, und auch Schalttage hatten die Mayas schon eingeführt. Dann gab es noch den *Tzolkin* für alle rituellen Angelegenheiten – entsprechend trugen die Zeiteinheiten hier die Namen von Gottheiten, zwanzig insgesamt, und jede Einheit umfasste dreizehn Tage. Da hätten Sie dann zum Beispiel einen Tag, bezeichnet mit 11 Oc oder mit 7 Akbal und so weiter. Bis hierhin konnten Sie mir folgen?«

Die beiden Kommissare nickten.

»Die Maya haben nun nicht einfach die Zahl ihrer Haab-Jahre notiert, wie wir das ausgehend von der zeitlich mehr oder weniger freihändig festgesetzten Geburt Jesu machen: Sie haben ihre beiden zentralen Kalendersysteme kombiniert und so eine eindeutige Benennung für jeden einzelnen Tag innerhalb eines sehr langen Zeitraums erzielt. Wenn Sie daran denken, dass frühere Geschichtsschreiber gerne auch mal vom achten oder elften Regierungsjahr dieses oder jenes Pharaos geschrieben haben, oder daran, dass wir im sechzehnten Jahrhundert vom Julianischen auf den Gregorianischen Kalender umgestiegen sind und dabei eben mal ein paar Tage haben unter den Tisch fallen lassen. Oder daran, dass in Venedig der Gregorianische Kalender seit 1582 gilt, in der Toskana aber erst seit 1750 – ich finde, die Maya waren mit ihrem Kalendersystem ihrer Zeit weit voraus, wenn Sie mir das kleine Wortspiel nachsehen.«

Er lachte kurz.

»Diese Kombination der verschiedenen Systeme bescherte den Maya allerdings aufs Ganze gesehen auch recht sperrige Tagesdaten, die wir heute auf eine Art abkürzen, die mich immer an die IP-Adressen von Internetservern erinnert. Das ging mit 13.0.0.0.0 los, weil den Maya die Zahl dreizehn heilig war, danach liefen die hinteren Stellen mehr oder weniger in einem Zwanzigersystem durch, und es ging auf diese Weise über 1.0.0.0.0 und 2.0.0.0.0 immer so weiter. Irgendwann endet diese Kalenderrunde, und nach rund 5100 Jahren kommt es erstmals seit dem Beginn der Welt, wie sie die Maya definierten, wieder zur Datumsbezeichnung 13.0.0.0.0 – das ist natürlich schon ein wichtiges Datum, und im Prinzip könnte man das in der Weltsicht der Maya als das Ende einer Ära bezeichnen. Oder als einen grundlegenden Neuanfang, was für ängstliche Gemüter vermutlich auf dasselbe hinausläuft.«

»Und dieser Dreizehner-Tag ist der einundzwanzigste Dezember 2012?«

»Kommt ganz drauf an, mit welchem Tag unserer Zeitrechnung wir das erste Datum 13.0.0.0.0 gleichsetzen. Schauen Sie: Wir datieren nach dem Gregorianischen Kalender, während in islamischen Ländern etwa für religiöse Zwecke der Islamische Kalender gilt. Da wissen wir: Die Zählung dieses Kalenders beginnt im Jahr 622 mit der Reise des Propheten Mohammed nach Medina. Damit haben Sie einen Bezugspunkt und können jedes Datum vom einen in den anderen Kalender umrechnen. Für den Maya-Kalender fehlt uns ein solcher eindeutiger Bezugspunkt, aber als Mainstream gilt heute die Ansicht, dass der Maya-Kalender am elften August 3114 vor Christi Geburt begann, einige nehmen lieber den dreizehnten August im selben Jahr – und von da an gerechnet, fällt das Ende der Langen Zählung auf den einundzwanzigsten oder dreiundzwanzigsten Dezember 2012. Dass der einundzwanzigste Dezember zugleich auch die Wintersonnenwende ist, wird Freunde eines gepflegten Weltuntergangs natürlich noch zusätzlich befeuern.«

Sie passierten den Bauernhof, den Lena Lohrmann und Kai Hummel bewohnten. Die beiden werkelten auf der Wiese vor dem Haus, legten eine kurze Pause ein und sahen den beiden Kommissaren und ihrem Begleiter entgegen. Als die Männer aber nur grüßten und dann ihres Weges gingen, arbeiteten sie weiter, sichtlich erleichtert, nicht schon wieder mit der Polizei zu tun zu haben.

»Dann haben wir jetzt im schlimmsten Fall also nur noch knapp zwei Wochen, um in diesem Leben alles geregelt zu bekommen?«

Schneider hatte mit breitem Grinsen gefragt, doch Haab reagierte nicht weiter auf seinen leicht spöttischen Tonfall und zuckte mit den Schultern.

»Wer weiß das schon«, sagte er schließlich. »Für mich wär's aber blöd – ich hab im Frühjahr meinen ersten Roman veröffentlicht, und die Tantiemen werden erst im März 2013 ausbezahlt.«

Er sah Schneider an, ein Lächeln huschte über sein Gesicht.

»Am 22. Dezember wissen wir mehr, Herr Schneider. Die Maya hatten jedenfalls kein größeres Problem mit dem Umstand, dass sich das Datum 13.0.0.0.0 wiederholt – sie hatten noch ein paar Zählgrößen in petto. Die Maya haben nämlich auch Termine berechnet, die weit in unserer Zukunft liegen – das spricht eigentlich dafür, dass sie das Ende der Langen Zählung nicht als das Ende der Zeit oder der Welt ansahen. Außerdem unterscheidet sich der zweite Dreizehner in einer der hinteren Stellen vom ersten, das wird aber in unserer Schreibweise des Datums nicht deutlich.«

»Tut mir leid, allmählich komme ich nicht mehr mit. Haben Sie's nicht ein bisschen einfacher verständlich?«

»Sie haben recht, das führt nun zu weit. Aber das vielleicht noch: Für runde Jubiläen etwa ihrer wichtigen Herrscher, die sie für Tage in unserer Zukunft errechnet haben, zählen sie nach 13.0.0.0.0 einfach mit 14.0.0.0.0 weiter, dann geht's bis rauf auf 20.0.0.0.0 – und danach fügen sie den jeweiligen Datumsbezeichnungen weitere, größere Zeiteinheiten hinzu: Pictun, Calabtun,

Kinchiltun und Alautun. Bis der Maya-Kalender damit irgendwann durch ist, redet von uns allen hier ohnehin keiner mehr.«

Nun waren die Zelte von Meiers Endzeitmeeting zu sehen. Die drei Männer blieben einen Moment lang stehen. Haab sah Schneider fragend an, der nickte kurz, und sie gingen das letzte Stück bis zu den Zelten.

Raus Leute waren mit ihrer Arbeit am Vortag fertig geworden, und das erloschene Lagerfeuer ließ für einen unbeteiligten Besucher keine besonderen Rückschlüsse mehr auf den hier geschehenen Mord zu.

»Nehmen Sie die hier, bitte?«

Schneider hielt Haab zwei Einweghandschuhe hin.

»Ich möchte Ihnen gerne in einem der Zelte etwas zeigen. Vielleicht können Sie uns dazu Hinweise geben.«

Haab zog sich die Handschuhe umständlich über, und Ernst gab ihm einen Tipp, wie er sie besser überstreifen konnte.

»Kommen Sie?«

Schneider stand im Eingang des Zeltes, in dem das Xumucane-Buch gelegen hatte. Die Essensreste und die Dreckwäsche waren inzwischen mitgenommen worden, und vor Haabs Eintreffen hatten Schneider und Ernst ein paar Fundstücke aus dem Zelt wieder aus der Kriminaltechnik abgeholt und sie so im Zelt platziert, wie sie sie am Morgen nach dem Mord vorgefunden hatten.

An der Zeltwand stand die Bierbank mit den Kopien, jeder der Zettelstapel war wieder mit einem Stein beschwert. Der wacklige Campingtisch stand in der Mitte des Zelts, drum herum die drei Klappstühle, auf dem Tisch der Füller, das Holzkästchen mit Tintenpatronen und Büroklammern, daneben die schwarz eingebundene Kladde mit der Aufschrift »Xumucane k-p'eñal, 2012«.

Haab stand unschlüssig davor und sah sich um.

»Wessen Zelt ist das?«

»Der Mann nennt sich Xumucane, ich hatte Ihnen am Telefon von ihm erzählt. Sie sehen seinen vollständigen … nun ja: Künstlernamen auf dem Umschlag des Buches dort.«

Haab lachte kurz auf, dann las er die Aufschrift.

»Ich, Xumucanes Sohn … Meine Güte, dem muss es aber ernst sein. Darf ich?«

Er zeigte auf das Buch.

»Ja, bitte, Sie haben ja die Handschuhe an.«

Haab blätterte die Kladde auf und sah zunächst den Monatskalender vor sich, auf dem die Tage sechs, neun, dreizehn, achtzehn, neunzehn und einundzwanzig angekreuzt waren.

»Können Sie sich darauf einen Reim machen?«

Der Ethnologe überflog die Zahlen kurz.

»Ja, zum Teil. Die Dreizehn ist für die Maya eine heilige Zahl, der Haab-Kalender hat achtzehn reguläre Monate, und der neunzehnte enthält fünf Unglückstage – das hatte ich ja schon erwähnt. Und für den einundzwanzigsten Dezember erwartet dieser Xumucane-Sohn den Weltuntergang. Die anderen Zahlen … nein, tut mir leid, dazu fällt mir im Moment nichts ein.«

»Die haben vielleicht auch nur organisatorische Bedeutung«, erklärte Schneider. »Am Neunten sollen die ersten Gäste hier am Ebnisee eintreffen, und am Sechsten … tja: Da tappen wir noch im Dunkeln. In der Nacht vom sechsten auf den siebten Dezember geschah der Mord, aber ob das geplant war oder ob ein Treffen mit dem Mordopfer am Abend zuvor anstand …«

Schneider zuckte mit den Schultern.

»Der Nikolaustag dürfte unseren Ober-Maya weniger interessieren, aber eine Besprechung in einem Gasthaus droben im Dorf stand für diesen Abend an, da wurden letzte Details für die Verpflegung der erwarteten Gäste besprochen. Aber Ihnen als Maya-Experte sagen die Daten nichts?«

»Nein, im Moment nicht.«

Haab blätterte weiter und runzelte die Stirn.

»Meine Güte, der hat ja eine fürchterliche Klaue! Da kann ich kaum etwas entziffern.«

»Wir lassen das Buch gerade abtippen, ich tu mich auch schwer damit, das Gekrakel zu lesen. Wir haben die Kladde heute morgen abgeholt und bringen es nachher auch gleich wieder den Kollegen. Wenn wir Ihnen einzelne Passagen mailen dürften, zu denen wir Ihre Erläuterungen brauchen, wäre uns das eine große Hilfe.«

»Klar, kann ich gerne machen.«

Er legte das Buch zurück und sah sich weiter um.

»Ist hier drin alles noch so, wie Sie es nach dem Mord angetroffen haben?«

»Nein, unsere Kollegen haben dort hinten aufgeräumt.«

Schneider deutete auf eine Zeltwand.

»Zum Glück, denn da lagen jede Menge halbleere Konservendosen und alte Klamotten.«

Er hielt sich kurz demonstrativ die Nase zu und grinste.

»Sonst haben Ihre Kollegen nichts weggebracht? Ein Buch vielleicht, eine Karte, eine Schautafel oder ein Poster mit Maya-Symbolen?«

Schneider schüttelte den Kopf.

»Seltsam«, murmelte Haab. »Ich hätte erwartet, dass hier noch irgendetwas Mayamäßiges lag, es gibt da schöne Sachen, auf die Leute wie dieser Xumucane k-p'eñal meistens stehen. Vielleicht wollte er das aber auch erst noch herbeischaffen – wenn seine Gäste erst morgen eintreffen, hatte er ja noch etwas Zeit.«

So, wie Haab es aussprach, klang Meiers Pseudonym fast schon geheimnisvoll. Und irgendwie auch amtlicher als aus Meiers eigenem Mund – der Welzheimer Hobby-Maya war mit seinem Thema wohl doch eher als interessierter Laie vertraut.

»Trotzdem: mindestens auf das Popol Vuh hätte ich gewettet. Das gehört eigentlich zwingend neben diese Kladde, wahrscheinlich hat er sich daraus auch für seine Notizen bedient. Es gibt vom Popol Vuh einige günstige Ausgaben, die in einschlägigen Buchhandlungen vorrätig oder zügig lieferbar sein dürften.«

»Sie meinen das Heilige Buch der Maya?«

»Das kennen Sie? Respekt!«

»Nicht wirklich – dieser Xumucane hat mir davon erzählt, als er mir die Herkunft seines Pseudonyms erklärte, da habe ich im Internet nachgesehen.«

»*Dieser Xumucane* … wenn Sie das so sagen, muss ich immer schlucken. Wissen Sie: Das Xumucane-Original war eine Frau, die Urmutter gewissermaßen. Aber egal: Das ›Ratsbuch‹, wie es übersetzt heißt, enthält alte Überlieferungen, die von den Quiché-Maya aufgeschrieben wurden und bei den Maya in der Bedeutung etwa unserer Bibel vergleichbar war. Das haben die Spanier erkannt, als sie das Gebiet der Maya kolonisierten – also haben sie das Buch verboten und, wo sie es zu fassen bekamen, auch verbrannt. Sie haben allerdings nicht alle Exemplare erwischt, und Mitte des neunzehnten Jahrhunderts wurde eine neuere Abschrift in lateinischer Schrift, die wohl irgendwann vor 1700 von Maya-Priestern erstellt wurde, in Guatemala entdeckt und seither in viele Sprachen übersetzt. Gerade die Original-Xumucane spielt im Popol Vuh eine prominente Rolle. Im zweiten Teil treten sie und Ixpiyacoc mit der Zeugung von Brüdern eine ziemlich blutige und dramatische Entwicklung los. Vielleicht hat sich der Chefmystiker hier im Zelt vor allem deshalb auf Xumucane bezogen, weil sie im Popol Vuh eine größere Rolle spielt und in einigen der Erzählungen ohne ihren männlichen Gegenpart zugange ist.«

Haab wurde nachdenklich.

»Ich weiß ja nicht, ob Sie mir das erzählen dürfen, aber …«

Er wandte sich Schneider zu.

»Haben Sie den Toten hier im Zeltlager in einer Position gefunden, der irgendwie … sagen wir: auf eine rituelle Tötung schließen lässt?«

Schneider und Ernst sahen sich kurz an, dann gab sich Schneider einen Ruck.

»Der Tote lag rücklings auf dem Lagerfeuer, gleich dort draußen.«

Er deutete in die entsprechende Richtung.

»Ihm war von hinten eine Eisenstange durch die Brust gestoßen worden, und …«

Er zögerte, Haab sah ihn erwartungsvoll an.

»Und er hatte die Hose und die Unterhosen bis zu den Knöcheln heruntergezogen.«

Haab stutzte, dann grinste er breit.

»Das klingt mir allerdings nicht gerade nach einem Maya-Ritus.«

»Das denke ich mir. Aber warum haben Sie danach gefragt?«

»Na ja, zu Zeiten der Maya waren Menschenopfer keine Seltenheit. Und wenn Sie sich vorstellen, dass hier Fans dieses alten Volkes zusammenkommen, um sich auf eine tatsächliche oder vermeintliche Prophezeiung vorzubereiten, dass sie mit dem Ende der Welt rechnen, sicher auch mit ihrem Tod … da würde ein ritueller Mord durchaus ins Bild passen, glauben Sie nicht auch?«

»Um Himmels willen!«, entfuhr es Ernst, der totenbleich im Zelteingang stand.

»So, wie Sie mir den Toten beschrieben haben, können Sie das vermutlich ausschließen.«

Er stöberte in den farbigen Blättern auf der Bierbank.

»Sagt Ihnen das etwas über unseren Maya-Freund?«, fragte Ernst, als Haab die Zettel wieder zurückgelegt und mit dem Stein beschwert hatte.

»Er hat sich wohl länger mit dem Thema beschäftigt, aber nicht alles verstanden. Aber das geht vielen so, die sich nicht professionell mit den Maya auseinandersetzen. Hier ist halt alles etwas reißerisch und übertrieben dargestellt. Hat das auch dieser Xumucane-Sohn geschrieben?«

»Das nehmen wir an.«

»Und in welcher Beziehung steht dieser Maya-Fan mit dem MMM-Verlag in Welzheim?«

»Warum fragen Sie?«

»Der Verlag wird in der Fußzeile als Inhaber des Copyrights genannt.«

Schneider lächelte. Haab war sehr aufmerksam, auch wenn er etwas nur flüchtig zu überfliegen schien.

»Und Sie kennen diesen Verlag?«

»Na ja ... kennen ist vielleicht etwas zu viel gesagt. Ich arbeite ja in einem Verlag in Stuttgart, und als Ethnologe bekomme ich fast alle Manuskripte auf den Tisch, die mit meinem Fachgebiet zu tun haben. Vieles lehnt man dann ab, weil es – um es mal positiv auszudrücken – nicht ins Verlagsprogramm passt. Manches davon ist so hanebüchen, dass es schwer ist, die Ablehnung an den Autor einigermaßen höflich und nicht zu niederschmetternd zu formulieren. Und Manfred Meier war ein besonders hartnäckiger, zugleich aber auch besonders unbegabter Fall: Der pflügte mit dem groben Besteck kreuz und quer durch die Maya-Mythen und brachte sogar die Quiché und das mit ihnen verfeindete Maya-Volk der Cakchiquel durcheinander.«

»Wär mir auch passiert.«

»Ja, aber genau aus diesem Grund würden Sie auch nicht auf die Idee kommen, ein Buch über die Maya zu schreiben. Und Meier dampfte obendrein alles so ein, dass er daraus Honig für seine Weltuntergangsbeschwörungen ziehen konnte. Und als er weder bei uns noch bei der Konkurrenz unterkam, gründete er seinen eigenen Verlag: MMM, was vermutlich eine Abkürzung für Manfred Meiers Maya-Bücher oder etwas in der Art ist. Dort publiziert er nun seit Jahren seine ...«

Haab unterbrach sich. Ein pfiffiges Grinsen huschte über sein Gesicht.

»Dieser Xumucane-Sohn: das ist Meier, richtig?«

Schneider nickte bedächtig.

»Darauf hätte ich auch früher kommen können. Manfred Meier als Sohn der Xumucane!«

Er lachte lauthals.

»Die gute alte Göttin würde sich im Grab umdrehen, wenn sie nicht unsterblich wäre!«

Er lachte weiter, schüttelte den Kopf und ging vors Zelt hinaus. Schneider und Ernst stellten sich hinter ihn, Haab sah zum erloschenen Lagerfeuer hin.

»Er ist aber nicht Ihr Toter, oder?«

»Nein«, sagte Schneider.

»Und mehr wollen oder dürfen Sie mir vermutlich nicht sagen.«

»Ja, so ist es.«

»Na, gut. Dann belassen wir es für heute dabei. Wollen Sie noch etwas von mir wissen?«

»Ich glaube, was wir bisher von Ihnen gehört haben, müssen wir jetzt erst einmal sacken lassen. Morgen treffen die ersten Gäste des Endzeitspektakels hier ein, da kann es dann gut sein, dass wir noch einmal Ihre Hilfe brauchen – vielleicht auch kurzfristig.«

Haab zog eine Karte aus der Jacke.

»Hier steht auch meine Handynummer drauf, das hab ich eigentlich immer an. Wenn's also mal pressiert: Ruhig durchklingeln, ich fahr auch schnell mal raus zu Ihnen. Für mich ist das alles hier eine spannende Gelegenheit, das habe ich Ihnen ja schon gesagt. Feldforschung, sozusagen, und ganz ohne Flugkosten.«

Er lachte noch einmal, drehte sich um die eigene Achse, sog die Atmosphäre des winterlichen Zeltlagers auf, dann verabschiedete er sich und stapfte mit großen Schritten zum Waldweg zurück und weiter in Richtung Ebnisee.

Als Schneider und Ernst an dem Bauernhaus der beiden jungen Leute vorbeikamen, stand Kai Hummel gerade mit einem schmächtigen Mann zusammen, der ihn immer wieder fragte und sich Hummels Antworten in einem A5-Block notierte. Über die linke Schulter des Mannes verlief ein schwarzer Gurt, an dessen unterem Ende eine Kamera baumelte.

Von hinten war sich Schneider nicht gleich sicher, ob es sich wirklich um Hasselmann handelte, aber trotzdem hielt er auf die beiden Gesprächspartner zu, und Ernst folgte ihm.

»Herr Hasselmann?«, fragte Schneider, noch bevor er ihn ganz erreicht hatte.

Der Reporter fuhr herum, sah kurz zwischen den beiden Kommissaren hin und her, dann fasste er sich schon wieder und wandte sich Schneider zu.

»Ah, Herr Kommissar, wie gut, dass ich Sie treffe. Was können Sie denn Neues zu Ihrem Mordfall sagen?«

»Nichts, Herr Hasselmann, und wenn sich etwas ergibt, wird unsere Pressestelle es Sie wissen lassen.«

»Schade, aber« – er deutete mit dem gezückten Stift auf den jungen Mann neben sich – »Herr Hummel konnte mir sehr weiterhelfen. Ich muss dann jetzt auch wieder, tschüs miteinander!«

Damit war er schon davongehuscht und marschierte in Richtung Ebnisee davon.

»Und Sie haben ihm hoffentlich keinen Blödsinn erzählt«, raunzte Schneider noch zu Hummel hin. Der schüttelte den Kopf, presste die Lippen zusammen und steckte etwas in seine Hosentasche. Schneider glaubte, die Ecke eines Fünfzig-Euro-Scheins erspäht zu haben.

Die Soko traf sich wieder.

»Wir haben mit Frau Heger gesprochen«, begann Jutta Kerzlinger. »Sie hat uns erzählt, ihr künftiger Exmann hätte zunächst tatsächlich versucht, sie vor dem Haus ihres Freundes in der Forststraße in Welzheim abzupassen, aber als sie dem davon erzählte, erwischte er Heger beim nächsten Mal und stellte ihn zur Rede. Dieser Freund, Christian Mantz, war ebenfalls dabei, als wir mit Frau Heger gesprochen haben – und ich habe ihn nicht als Mann großer Worte erlebt. Aber er hat ein Mordskreuz, muskulöse Arme, genau die Art Kerl, die manche Frauen mögen.«

Sie grinste spöttisch, und die anderen lächelten – jeder am Tisch wusste, dass sie sich aus Männern nicht viel machte.

»Ich vermute mal, der hat dem Heger eine verpasst, und dann hat sich unserer wackerer Jäger getrollt – aber so kann man das der Kripo ja schlecht erzählen, wenn man seinem Freund nicht Ärger einbrocken will, nicht wahr? Aber seit diesem ›Gespräch‹ unter Männern hat sich Heger vom Haus des Freundes ferngehalten und auch sonst keinen Kontakt mehr zu Frau Heger gesucht. Die Scheidung läuft übrigens schon, und sie hat sich offenbar noch nicht endgültig entschieden, ob sie ihren Mädchennamen wieder annehmen soll. Gut möglich, dass für sie und Mantz bald nach der Scheidung die Hochzeitsglocken läuten, dann wär das ohnehin egal. Und ihr Mädchenname lautet Blümlein – das ist in der Kombination mit Rosie natürlich auch nicht unbedingt besonders toll.«

Maigerle lachte auf.

»Als ich sie dann noch gefragt habe, ob sie von einer neuen Freundin oder von gelegentlichen Frauenbekanntschaften ihres Mannes wisse, schaute sie mich nur ungläubig an. Mir kam es so vor, als wäre zwischen den Eheleuten schon lange nichts mehr gelaufen – sie konnte sich ihren Jäger offenbar überhaupt nicht mit irgendeiner Frau zusammen vorstellen.«

»Und was ist mit dem Alibi für die Mordnacht?«, hakte Schneider nach.

»Nix natürlich. Er war nach eigener Aussage ja auf der Jagd, und Frau Heger wohnt nicht mehr bei ihm. Sie haben mit dieser neugierigen Nachbarin gesprochen – und die wusste ja auch nichts.«

»Ja, leider, obwohl sie sonst so ziemlich alles über die ganze Nachbarschaft zu wissen scheint. Ich hoffe, das ist bei mir in Birkenweißbuch anders.«

»Verlassen würde ich mich nicht drauf …«

Schneider lächelte gequält, dann übernahm Reezer das Wort.

»Tja, Leute, ich lag leider richtig mit meiner Vermutung, wer das Mordopfer ist: Es handelt sich um Hansjochen Röhm, zweiundfünfzig Jahre alt, Druckereibesitzer in Gschwend und dort als Gemeinderat, Vereinsmitglied und so weiter sehr engagiert. Er hat früher Meiers Bücher gedruckt, aber vor ein paar Jahren wechselte Meier zu einer billigeren Online-Druckerei. Bisher habe ich noch nicht gehört, dass sich Röhm darüber geärgert hätte. Meier ist wohl, was die Bezahlung von Rechnungen angeht, kein besonders zuverlässiger Kunde – das hat mir jedenfalls Willy Übele erzählt, ein Bekannter von mir, der für die Druckerei im Empfang und als Hausmeister arbeitet, so eine Art Mädchen für alles, und der immer seine Ohren und Augen offen hält, um nur ja keinen Klatsch und Tratsch zu verpassen. Wir werden auch noch routinemäßig das Zahnprofil abgleichen – aber wenn Sie einverstanden sind, Herr Schneider, würde ich es erst mal auf gut Glück beim Zahnarzt in Gschwend versuchen. Wenn wir Frau Röhm nach dem Zahnarzt ihres Mannes fragen, und sie will wissen, wozu wir die Info brauchen ... Es wird noch hart genug für sie, wenn sie den Leichnam sehen will. Ach, und die Info aus dem Labor ist noch ganz frisch – deshalb konnten wir Röhms Witwe noch nicht informieren.«

Es war Reezer anzusehen, das ihm das ganz recht war.

»Lassen Sie das mal mich und Ernst machen, Herr Kollege. Vielleicht erfahren wir etwas von ihr, das uns weiterhilft.«

»Aber Sorgen mach ich mir schon um sie, ich ...«

»Sie haben mir schon gesagt, dass sie nervliche Probleme hat. Wir werden es ihr möglichst schonend beibringen, und wenn Sie wollen, rufe ich Sie gleich danach an und sage Ihnen, wie es gelaufen ist. Und wenn Sie dann den Eindruck haben, Sie müssten mal nach ihr sehen, dann tun Sie das – okay? Ich ruf Sie dann an – ich weiß ja, dass Sie sich Sorgen machen.«

»Gut. Danke.«

»Da wir jetzt von Röhm als Opfer ausgehen können, sollten wir nun auch dringend mit Hochdruck in seinem Umfeld ermitteln. Ernst und ich fahren gleich nachher zu Frau Röhm, also können sich auch die anderen sofort an die Arbeit machen. Wir müssen wissen, was es seit der Kündigung von Meiers Druckauftrag noch an Berührungspunkten zwischen den beiden Männern gab. Waren die vielleicht irgendwo im selben Verein, hat sich Röhm am Stammtisch abfällig über den Maya-Autor Meier geäußert, gab es im Gschwender Gemeinderat irgendeine Entscheidung, die mit Meier zu tun hatte? Gemeinsame Freunde, mögliche Streitpunkte – das wird eine ordentliche Fleißarbeit. Herr Reezer, Sie und Maigerle setzen sich bitte gleich nach unserer Besprechung mit den Kollegen zusammen, gehen mögliche Ansätze durch und verteilen auch gleich die Aufgaben. Nehmen Sie ruhig auch noch ein paar Kollegen vom zuständigen Revier dazu, wir können jetzt jeden gut brauchen, der die Leute in Gschwend und Welzheim persönlich kennt. Danach reicht es immer noch, wenn Sie Ihr Glück beim Zahnarzt versuchen.«

»Geht klar«, sagte Reezer und wirkte sehr zufrieden damit, dass er eine Führungsrolle spielen durfte.

»Wir haben außerdem die Ergebnisse der Halteranfragen vorliegen – Sie erinnern sich: Die Autos, die am Freitag und Samstag im Umkreis des Ebnisees standen und irgendwie verdächtig wirkten. Herr Maigerle, Sie haben die Liste vor sich.«

»Es handelt sich um vier Fahrzeuge, bis auf eines ergibt sich bei keinem Wagen ein erfolgversprechender Ansatz.«

Maigerle überflog die Liste noch einmal, dann fasste er zusammen.

»Also … Am Ortseingang von Kaisersbach aus Richtung Ebnisee stand ein Kleinwagen mit Stuttgarter Kennzeichen am Straßenrand – das hatte eine junge Frau aus Untertürkheim dort abgestellt, die am Freitag gegen elf Uhr vormittags auf dem Weg zu einer privaten Party in Kaisersbach kurz vor dem Ziel eine Panne hatte. Den Wagen ließ sie stehen, feierte in Ruhe, und am Samstag gegen dreizehn Uhr holten Freunde das Auto mit dem Traktor ab und machten es in einer Scheune wieder flott. Die junge Frau ist inzwischen wieder daheim in Stuttgart, sie hat allem Anschein nach keinerlei Bezug zu irgendjemandem im Schwobastüble oder zu Meier und seinen Helfern.«

Maigerle blätterte weiter.

»Auf dem kleinen Waldparkplatz beim Kleinkastell an der Landesstraße 1150, also der Straße von Welzheim in Richtung Murrhardt, stand ein Van mit Schwäbisch Haller Kennzeichen und drei ›an Bord‹-Aufklebern mit Kindernamen. Der Wagen ist auf eine Frau Mitte vierzig zugelassen, die mit Mann und drei Söhnen in Michelbach an der Bilz wohnt und sich seit zwei, drei Jahren heimlich mit einem verheirateten Landwirt aus Wäschenbeuren trifft. Die beiden verabreden sich wohl regelmäßig dort, die Frau steigt bei ihrem Lover ins Auto und dann geht's bis Sonntag in einen kleinen Gasthof in der Umgebung. Als ich bei ihr zuhause angerufen habe, ging der Mann dran, erzählte mir von einem Wochenendseminar seiner Frau und gab mir die Handynummer. Sie hat mich geradezu angefleht, nur ja nichts ihrem Mann zu verraten – und ich bin schon gespannt, wie sie ihm erklären wird, dass ihr Auto von Freitag an auf einem Waldparkplatz stand.«

Er grinste kurz, fuhr dann fort.

»Aber auch in ihrem Fall gilt: Ihr Wagen steht dort erst seit Freitag Vormittag, und es gibt keine erkennbare Verbindung zu unserem Fall. Das dritte Auto stand im Strümpfelbachtal, ein Stück hinter der Brandruine der Nonnenmühle, dieses früheren Ausflugslokals: eine ziemlich teure Limousine mit Bonner Kennzeichen. In einer der Scheunen dort hinten gab's am Freitag ein Klassentreffen, das gleich morgens mit Weißwurstfrühstück begann – und als dann abends beim Wintergrillen das letzte Weizen getrunken war, ließ der Besitzer seine Limousine stehen und ging zu Fuß mit einem seiner alten Klassenkameraden hinauf nach Althütte, um dort seinen Rausch auszuschlafen. Ich habe ihn auf der Rückfahrt nach Bonn erwischt, er klang noch ziemlich … nun ja: müde. Die Kollegen haben bei den anderen Klassenkameraden nachgefragt, der Bonner war erst am Freitag gegen zehn Uhr angereist.«

»Und der vierte Wagen, den Sie auf Ihrer Liste haben?«, fragte Ernst nach, er klang etwas ungeduldig.

»Das ist wesentlich interessanter. Es handelt sich um ein Wohnmobil mit Freiburger Kennzeichen, abgestellt auf einem Waldparkplatz zwischen Althütte und Ebni. Das ist etwa gegenüber dem Sträßchen, das zur Nonnenmühle führt, und da ist eine Wiese mit ein paar Grillstellen – im Sommer sehr beliebt, im Winter ist es dort eher ruhig, abgesehen von ein paar Hundebesitzern, die ihre Vierbeiner Gassi führen. Das Wohnmobil ist auf einen Edmund Schauffler angemeldet – und der ist als Privatdetektiv registriert. Einige, die in Althütte und Ebni an der Durchgangsstraße wohnen, erinnern sich, dass der ziemlich sperrige Camper am Mittwoch mehrfach durch die Dörfer gefahren ist, möglicherweise auf der Suche nach einem Stellplatz. Also könnte das Wohnmobil seit Mittwoch dort stehen. Es steht noch immer am selben Platz, aber die Kollegen haben Schauffler dort bisher nicht angetroffen. Es führen Motorradspuren vom Camper weg – wahrscheinlich war eine kleine Geländemaschine am Wohnmobil befestigt, die entsprechende Halterung ist leer.«

»Ich nehme an, die Kollegen halten auf ihren Fahrten nach einer solchen Maschine die Augen offen und gehen auch immer wieder mal bei diesem Schauffler vorbei?«

Maigerle nickte.

»Klar, läuft. Interessant ist noch, dass zwei Teilnehmer an Meiers Endzeittreffen auf der Liste stehen, die aus derselben Gegend stammen wie Schauffler: Roman Flaatz aus Freiburg und Karin Tobel aus Denzlingen bei Freiburg.«

»Hm«, machte Schneider, »wenn jemand aus der Freiburger Gegend diesen Detektiv auf einen der beiden angesetzt hat, sollten wir nur noch wissen, was sein Auftrag ist und was er mit dem Maya-Meeting zu tun hat.«

Der gelbe Porsche rollte vor dem Röhm'schen Wohnhaus in Gschwend aus, und Schneider und Ernst ließen sich mit dem Aussteigen mehr Zeit als sonst. Aber irgendwann standen sie doch vor der Haustür und klingelten. Das Fenster über ihnen schwang auf, und eine Frau mit Pagenfrisur sah zu ihnen herunter.

»Frau Röhm?«

Die Frau nickte.

»Wir sind Kollegen von Herrn Reezer – und wir müssten bitte mit Ihnen reden. Können wir kurz reinkommen?«

Ein Schatten huschte über ihr Gesicht, dann nickte sie, schon sichtlich besorgt, schloss das Fenster und öffnete ihnen kurz darauf die Haustür.

Im Wohnzimmer – Schneider und Ernst hatten auf Sesseln Platz genommen, die Hausherrin hockte wie zum Sprung bereit auf der Kante der Couch – brachten sie ihr so schonend wie möglich die Nachricht vom Tod ihres Mannes bei. Sie ließen alle Details weg und deuteten auch nur vage an, dass Hansjochen Röhm keines natürlichen Todes gestorben war. Doris Röhm hielt sich tapfer, als Schneider in ruhigem Tonfall sprach, aber es war abzusehen, dass sie dringend Hilfe brauchte.

»Haben Sie Freunde oder Verwandte, die wir für Sie anrufen könnten?«, fragte er schließlich. »Es wäre sicher gut, wenn Sie jetzt nicht allein wären.«

Sie sah an ihm vorbei ins Leere, und Schneider musste nach einer Weile noch einmal fragen.

»Arnie«, sagte sie schließlich, und ihr Tonfall ließ das Schlimmste befürchten. Sie sprach leise, hauchte fast, und ein leichtes Zittern schwang mit.

»Welcher Arnie? Ist das ein Verwandter von Ihnen?«

»Nicht direkt. Arnie Weißknecht wohnt nebenan, und seit dem Tod seiner Eltern ist er für uns fast so etwas wie ein eigener Sohn geworden. Vor allem mein Mann hat sich immer sehr um ihn gekümmert – er hat immer darauf geachtet, dass Arnie nicht in Schwierigkeiten geriet. Wissen Sie«, sagte sie und ihr Blick wurde etwas weicher, »der Junge ist etwas leichtgläubig und lässt sich oft ausnutzen – deshalb hat mein Mann immer wieder mal dafür gesorgt, dass Arnie nicht über den Tisch gezogen wurde.«

»Gut, wir geben Herrn Weißknecht gleich Bescheid.«

Schneider sagte das ganz ruhig, aber insgeheim war er völlig verwirrt: Weißknecht wohnte neben Röhm, Röhm kümmerte sich um Weißknecht, der wiederum ist Assistent von Meier – und in dessen Zeltlager wurde Röhm tot aufgefunden. War Weißknecht die Verbindung? Welche Rolle spielte dieser Arnie überhaupt? Und war er jetzt endlich daheim? Schließlich hatten die Kollegen bisher vergeblich versucht, ihn zu sprechen.

»Außerdem hat mich Herr Reezer gebeten, Ihnen sein herzliches Beileid auszudrücken – er wollte nachher noch bei Ihnen vorbeikommen. Ist Ihnen das recht?«

Sie nickte nur und blieb auch sitzen wie ein Häufchen Elend, als die beiden Kommissare sich verabschiedeten.

»Wir finden selbst hinaus, Frau Röhm«, sagte Schneider noch, dann sahen sie zu, dass sie das Haus verließen.

Kaum draußen angekommen, informierte er Reezer, der gerade auf dem Weg zum Zahnarzt war, über die Verbindung Weißknecht-Röhm und bat den Kollegen, möglichst bald bei Frau Röhm vorbeizuschauen, er habe ihn schon angekündigt.

Den Eingang zu Weißknechts Haus fanden sie erst, als sie das Gebäude halb umrundet hatten. In Richtung Marktplatz war dem Haus eine Art Schaufenster vorgebaut, in dem alte Zeitungen und ein altes Fahrrad zu einer kuriosen Kleinstausstellung kombiniert waren.

Das Scheppern der Klingel war bis heraus auf die Straße zu hören, aber niemand öffnete. Ernst ging vollends um das Haus herum, sah aber nirgendwo irgendein Fahrzeug stehen – scheinbar war Weißknecht wirklich nicht zuhause. Kurz darauf stiegen sie unverrichteter Dinge wieder in den Wagen und fuhren zurück.

Hasselmann wartete noch einen Moment, dann trat er aus dem Schatten des Vorbaus, der die Frontseite des Gasthofs Zum Hecht zierte, machte ein paar Fotos, hielt dann auf das Haus der Familie Röhm zu und klingelte.

Sonntag, 9.12.2012

Der aufgemotzte Geländewagen mit chromblitzendem Stoßfänger war der dritte Wagen mit auswärtigem Kennzeichen, der vor dem Schwobastüble geparkt wurde. Ein Mann und eine Frau, beide Ende fünfzig, stiegen aus, schulterten voluminöse Ledertaschen und strebten dem Eingang des Lokals zu.

Drinnen eilte ihnen die Bedienung entgegen, die seit dem Morgen den Parkplatz im Auge behielt, um nur ja keinen der neuen Gäste zu verpassen, und geleitete sie ins Nebenzimmer, wo schon vier Männer und eine Frau um eine aus mehreren Tischen zusammengestellte große Tafel saßen. Alle erhoben sich, begrüßten sich per Handschlag und stellten sich einander vor, die Neuankömmlinge bestellten Kaffee, ein aufgeschnittener Hefezopf stand schon auf dem Tisch.

Etwas abseits saß Wolfram Spitzer, ein eher kleiner, schlanker Mittzwanziger mit Brille und Haaren, die er sich um die Halbglatze herum raspelkurz rasiert hatte, und machte sich Notizen. Bei jedem neuen Teilnehmer, der ins Nebenzimmer kam, sprang er eilfertig auf, strich sich die Cordhose und das karierte Hemd glatt, begrüßte die Neuen, fragte nach dem Namen, wies auf einen freien Platz an der großen Tafel, kehrte zurück seinem kleinen Tischchen und hakte eine Zeile in seiner Liste ab.

So ging es eine Zeitlang weiter. Immer mehr Männer und Frauen betraten das Nebenzimmer, ließen sich Kaffee bringen, aßen Zopf und unterhielten sich angeregt mit ihren neuen Bekannten an der großen Tafel. Zwischendurch ließ sich die Wirtin sehen, begrüßte die Anwesenden mit großer Freundlichkeit und huschte schneller davon, als man ihr das ihrer korpulenten Figur wegen zugetraut hätte.

Kurz vor zwölf betraten allerdings zwei Männer das Gasthaus, die von der Bedienung nicht halb so freundlich empfangen wurden wie die anderen. Spitzer sah ihnen fragend entgegen, hinter ihnen gab ihm die Bedienung ein Zeichen, dass die beiden nicht zu den Teilnehmern gehörten. Spitzer stand auf, stellte sich ihnen in den Weg und fragte mit brüchiger Fistelstimme: »Kann ich Ihnen helfen, meine Herren?«

Schneider zeigte seinen Dienstausweis und stellte sich und den Kollegen kurz vor.

»Und wer sind Sie?«

»Wolfram Spitzer, ich bin Assistent von Xumucane k-p'eñal und empfange unsere Teilnehmer. Xumucane ist leider noch nicht da, und ich konnte ihn auch nicht auf dem Handy erreichen. Aber er müsste eigentlich jeden Moment hier eintreffen.«

»Das glaube ich eher nicht.«

Spitzer sah ihn fragend an. Doch Ernst und Schneider kümmerten sich nicht weiter drum, und während die Bedienung in die Küche flitzte, um die Chefin zu alarmieren, stellten sich die beiden Kommissare so neben der großen Tafel auf, dass allmählich die Gespräche der Anwesenden verstummten und ein Gast nach dem anderen gespannt zu ihnen hinsah.

»Guten Tag, meine Damen, meine Herren.«

Schneider nickte kurz in die Runde und ließ einige Augenblicke verstreichen, bis auch das letzte Paar ganz hinten am Fenster zu reden aufhörte und ihn schweigend musterte. Etwas mehr als dreißig Frauen und Männer mittleren und fortgeschrittenen Alters saßen hier beieinander. Ihre Kleider und Frisuren, das bei allen gepflegte Äußere und auch das eine oder andere teuer wirkende Schmuckstück ließen auf gute finanzielle Verhältnisse schließen. Die meisten fixierten Schneider und Ernst mit Blicken, die verrieten, dass sie gewohnt waren, Anweisungen zu geben und den Ablauf von Gesprächen oder Konferenzen zu bestimmen.

»Sie haben jetzt wohl eher Herrn Meier als Redner erwartet, ihn muss ich leider entschuldigen.«

»Sie meinen Xumucane k-p'eñal?«

Eine hagere Frau mit leicht ins Violette schimmernder grauer Pagenfrisur hatte den Namen so beiläufig korrekt ausgesprochen, dass Schneider nur anerkennend nicken konnte.

»Ja, ihn meine ich.«

Auf die Wiederholung von Meiers Pseudonym verzichtete er lieber. Die Violette bedachte ihn mit einem so strengen Blick, dass er keine Lust hatte, sich vor ihr zu blamieren.

»Wo ist er? Und warum empfängt er uns hier nicht wie verabredet? Xumucane wollte um elf hier sein – und Herr Spitzer vertröstet uns, macht aber auch nicht den Eindruck, dass er genau weiß, wo sein Chef steckt. Wir wollten noch heute mit unseren ersten Vorbereitungen beginnen. Wir haben schließlich nicht ewig Zeit!«

Ein kleiner Mann mit Doppelkinn und spärlichem Haarkranz echauffierte sich mit jedem seiner Sätze ein wenig mehr, sein Gesicht färbte sich rötlich, und Ernst musste sich Mühe geben, nicht zu grinsen: Allzu gut schien dieser Mann noch nicht auf das gelassene Erleben des Weltendes vorbereitet zu sein.

»Herr Meier kann Sie nicht begrüßen, weil er in Gewahrsam ist.«

Schneider zückte seinen Ausweis und zeigte ihn vor, obwohl für die meisten wohl nicht zu erkennen war, als was ihn das Dokument auswies.

»Wir beiden sind von der Kriminalpolizei, das ist mein Kollege, Kriminalhauptkommissar Rainer Ernst, ich bin Kriminalhauptkommissar Klaus Schneider. Wir ermitteln in einem Mordfall.«

Kripo, Dienstrang, Mordfall: Schneider hatte sich ungewöhnlich amtlich vorgestellt – teils war er schon jetzt genervt von dieser Gesellschaft, vor allem aber hatte er das Gefühl, dass er hier nur mit Rang und Dienstlichkeit punkten konnte. Vermutlich saß kaum einer am Tisch, der nicht ein ›Doktor‹ oder ein ›Direktor‹ auf der Visitenkarte stehen hatte. Leises Murmeln kam auf, die Violette sah Schneider aber weiterhin unverwandt an, saß kerzengerade und wartete offensichtlich darauf, von diesem Kommissar alles zufriedenstellend erklärt zu bekommen. Wolfram Spitzer kam von seinem Tisch herüber, stellte sich neben die beiden Kommissare und starrte Schneider entsetzt an.

»Herr Meier hat für Sie drunten am Ebnisee ein Zeltlager aufbauen lassen. Dort wurde in der Nacht von Donnerstag auf Freitag ein Toter gefunden.«

Das Gemurmel wurde aufgeregter, es gab einzelne Zwischenrufe, das kleine Doppelkinn lief noch dunkelroter an.

»Um Himmels willen«, entfuhr es Spitzer, dann verstummte er wieder, inzwischen leichenblass, und alle warteten darauf, dass Schneider weitersprach.

»Nun«, sagte die Violette in herablassendem Ton, als ihr die Pause zu lange wurde, »mein lieber Herr … Schneider?«

Er nickte im Reflex und ärgerte sich sofort darüber, weil er damit das Gefühl bekam, sich dieser Frau untergeordnet zu haben. Ein leises Lächeln umspielte ihre Mundwinkel, sie wusste sehr genau, dass sie diese kleine Machtprobe gewonnen hatte.

»Also, mein lieber Herr Schneider: Sie erzählen uns von dem Leichenfund, und Sie gehen offenbar von einem Mord aus. Das ist ja alles sehr betrüblich, aber unser geistiger Führer Xumucane k-p'eñal wird ja wohl kaum der Mörder sein, oder?«

»Leider müssen wir im Moment genau davon ausgehen, liebe Frau …?«

Schneider versuchte sich zu revanchieren, aber die Violette ging gar nicht weiter auf seinen Versuch ein.

»Das ist doch Tüdelkram! Machen Sie sich nicht lächerlich! Wir sind hier zusammengekommen, um uns seelisch vorzubereiten, um zur Ruhe zu kommen und letzte Antworten zu finden. Und Xumucane k-p'eñal, der den meisten von uns schon seit Jahren eine verlässliche Stütze, ein vertrauter Freund und, wie gesagt, ein geistiger Führer ist, kommt als Mörder auf gar keinen Fall infrage!«

Zustimmende Kommentare, nickende Köpfe – die Violette hatte die Versammlung mit ihrem entschiedenen Auftreten hinter sich versammelt. Sie funkelte Schneider an, und der hatte langsam die Nase voll davon, sich so abkanzeln zu lassen.

»Das zu beurteilen, können Sie getrost uns überlassen«, sagte er so kühl er konnte. Er hielt seine Stimme mit Mühe leise, obwohl er innerlich kochte. »Im Moment jedenfalls steht Ihnen Herr Meier nicht für Ihre … Spielchen zur Verfügung. Und wir auch nicht. Das Zeltlager können Sie ebenfalls erst einmal nicht nützen. Dort müssen wir noch Spuren sichern, für Ihre Endzeit-Party müssen Sie sich wohl oder übel fürs Erste einen anderen Schauplatz suchen.«

Die Violette war so schnell allerdings nicht einzuschüchtern.

»Ach, wissen Sie«, näselte sie von oben herab, »Sie brauchen uns hier nicht anzuherrschen, nur weil Sie nicht verstehen, was uns alle zusammengeführt hat.«

»Popol Vuh, Xumucane, Ixpiyacoc, die Lange Zählung und deren Ende am einundzwanzigsten Dezember – ich nehme an, mehr muss ich nicht ins Detail gehen? Sie sehen also: Wir wissen sehr wohl Bescheid über den Grund Ihrer Anwesenheit. Wir haben nichts gegen Ihre mythologischen Spielchen, aber Sie sollten damit bitte nicht unsere Ermittlungen stören.«

Die Violette holte tief Luft und öffnete den Mund, aber Schneider hob nur kurz die Hand.

»Und damit soll es mit diesem Maya-Kram auch gut sein. Wir werden jetzt Ihre Personalien aufnehmen, nachher kommen noch ein paar Kollegen, und wir möchten von Ihnen gerne wissen, wann und wie Sie Herrn Meier kennengelernt haben und ob einige von Ihnen vielleicht schon einmal hier in der Gegend waren.«

Einige Anwesende wirkten empört, aber die meisten griffen nach ihren Brieftaschen und kramten die Ausweise hervor. Schneider drehte sich zu Ernst um, doch der Kollege fiel für die Aufnahme der Personalien wohl noch ein paar Minuten lang aus: Er hielt Hedwig Hürtler mit beiden Händen an den Schultern fest und redete leise und beruhigend auf sie ein. Die Wirtin stand vor ihm, hatte die Fäuste geballt, schnappte nach Luft und sah ängstlich von einem Gast zum anderen, offenbar in Sorge um den schönen Umsatz, den ihr die illustre Gesellschaft für diesen Monat bescheren sollte.

Wolfram Spitzer hatte sich wieder an seinen Tisch gesetzt, stützte den Kopf in die Hände und raufte sich die Haare.

Ernst legte sein Handy beiseite, und Schneider sah ihn erwartungsvoll an.

»Rau war's«, sagte Ernst und rührte seinen Kaffee um.

Die Kommissare waren von der Wirtin in die Alte Stube geleitet worden, ein Nebenzimmer, in dem die beiden ungestört waren – in dem sie aber vor allem nicht weiter den auswärtigen Gästen des Schwobastübles zusetzen konnten. Hedwig Hürtler hatte ihnen Kaffee und Kuchen bringen lassen, und sie nutzten die Gelegenheit, sich über das weitere Vorgehen zu beraten.

»Hat er was Neues für uns?«

»Seine Leute haben sich Manfred Meiers Anrufbeantworter vorgenommen. Neben einigen Anrufern, die offenbar noch Details wegen ihres Aufenthalts in Ebni mit ihm absprechen wollten, hat auch Wolfram Spitzer angerufen, allein heute Vormittag fünfmal. Die ersten beiden Male hat er Nachrichten hinterlassen und ganz aufgeregt gefragt, wo Meier denn bleibe, danach hat er immer gleich aufgelegt, wenn niemand ranging. Außerdem hat auch eine gewisse Christa auf die Mailbox gesprochen. Sie muss sich am Freitag früh wohl um Arnie Weißknecht gekümmert haben, diesen Kumpel von Meier, den wir bisher nicht befragen konnten. Was immer mit Weißknecht war: Diese Christa wollte, dass sich Meier um ihn kümmert – dem ging's wohl nicht gut am Freitag.«

»Da schau her. Und was haben wir von ›Christa‹ außer ihrem Namen?«

»Die Handynummer war nicht unterdrückt, also mussten die Kollegen sich nicht einmal anstrengen, ihre Adresse rauszukriegen. Sie wohnt nur ein paar Autominuten von hier.«

»Gut, da fahren wir nachher gleich hin. Aber jetzt lassen wir uns noch schnell den Kaffee schmecken und diesen leckeren Käsekuchen, und dann nehmen wir uns noch einmal die Herrschaften im Nebenzimmer vor.«

Ernst grinste.

»Das wird Frau Hürtler aber gar nicht gerne sehen.«

Die Bedienung brachte frischen Kaffee.

»Das ist nett«, bedankte sich Schneider, »aber wir nehmen unsere Tassen mit rüber ins Nebenzimmer. Wir müssen mit diesem Herrn Spitzer reden.«

»Aber nein … Sie … ich …«

Sie wurde bleich und dachte wohl fieberhaft darüber nach, wie sie die Kommissare noch ein wenig von den gereizten Gästen fernhalten konnte.

»Ich hole Herrn Spitzer zu Ihnen rüber, hier können Sie sich doch viel besser und ganz in Ruhe mit ihm unterhalten.«

Damit war sie auch schon nach draußen verschwunden. Keine drei Minuten später öffnete sie die Tür erneut und schob den noch immer völlig geschockten Spitzer ins Zimmer.

»Bitteschön, die Herren«, sagte sie noch, sichtlich erleichtert, dann fiel die Tür wieder ins Schloss.

Spitzer setzte sich, hockte dabei aber so weit vorne auf der Kante, als wolle er jeden Moment aufspringen und davonrennen.

»Auch einen Kaffee?«

»Nein, ich trinke nur Tee. Und jetzt im Moment habe ich sowieso ...«

Er brach ab, schüttelte den Kopf und sah ängstlich zwischen den Kommissaren hin und her. Schneider schenkte sich Kaffee nach, nahm Milch und Zucker und rührte seelenruhig um. Draußen waren die raschen Schritte der Bedienung zu hören, ab und zu Gläserklirren, hier im Raum klapperte nur der Löffel gegen Schneiders Tasse, sonst war alles still.

Ernst beobachtete Spitzer, und er konnte zusehen, wie er mit zunehmender Wartezeit immer unsicherer und unruhiger wurde. Schließlich nahm Schneider einen Schluck aus seiner Tasse, wischte sich den Mund trocken und beugte sich zu Spitzer hin.

»Zunächst mal: Wo waren Sie am Donnerstag und in der Nacht zum Freitag? Und warum konnten wir Sie bisher weder telefonisch erreichen noch haben die Kollegen Sie daheim angetroffen?«

»Xumucane hat mir eine lange Liste mit Aufgaben anvertraut, da war ich ständig unterwegs. Aber Sie können meine Nachbarn fragen: Die haben mich am Donnerstag Abend kurz nach zehn heimkommen und am Freitag so gegen acht Uhr morgens wieder aus dem Haus gehen sehen.«

Er nannte den Namen und die Adresse eines älteren Mannes, der wohl ziemlich neugierig war und halb hinter seiner Gardine versteckt gerne beobachtete, was um sein Haus herum so vorging.

»Aber Sie hätten zurückrufen können«, beharrte Schneider.

»Ich habe keinen Anrufbeantworter, und mein Telefon ist ein ganz altes Modell: So neumodische Funktionen wie das Speichern von entgangenen Anrufen, wie es Xumucane in seinem schnurlosen Apparat im Büro hat, gibt es da noch nicht. Das ist aber auch egal: Ich telefoniere meistens mit dem Handy, das mir Xumucane gegeben hat.«

»Auch in der Nacht auf Freitag?«

»Ja, ich wollte Arnie gegen Mitternacht was fragen, aber er ging nicht ans Telefon. Gegen eins hab ich's noch einmal probiert, und gegen halb zwei ein letztes Mal – aber keiner hat sich gemeldet, und ich nahm mir vor, das am nächsten Morgen zu regeln.«

»Und, worum ging es?«

»Ach, um Getränke, die ich gleich frühmorgens am Freitag besorgen sollte – und darum, wer mir beim Schleppen der Kisten hilft. Für so etwas ist Arnie wie gemacht, ich bin darin eher nicht so gut.«

Er hob seine dünnen Arme, als müsse er erst demonstrieren, dass er über wenig Körperkraft verfügte.

»Und da rufen Sie mitten in der Nacht bei Weißknecht an?«

»Ja, ich brauchte doch seine Hilfe, und in den vergangenen Tagen geht es bei mir Tag und Nacht so hektisch zu, dass ich mir für meine Anrufe gar nicht groß Gedanken um die Uhrzeit gemacht habe.«

Schneider akzeptierte das Alibi im Moment. Er ließ sich die Handynummer geben, die Kollegen würden den Nachbarn befragen und die Angaben überprüfen.

»Sie sind also Meiers rechte Hand?«

»Das wird Arnie zwar anders sehen …« Spitzer lachte nervös auf. »Aber ja: ich bin Xumucanes rechte Hand, sein Assistent. Arnie ist eher zuständig fürs Grobe, er ist recht kräftig und packt gern mit an – und ich kümmere mich um den Bürokram, die Schreibarbeiten. Mit den Gästen hatte ich kaum zu tun, die haben sich mit ihren Fragen in der Regel direkt an Xumucane gewandt. Ach, du meine Güte«, unterbrach er sich und schlug die Hand vor den Mund. »Ich weiß ja gar nicht, ob überhaupt alle, die angemeldet sind, auch wirklich kommen! Wir haben für solche Fälle Xumucanes Büronummer angegeben. Da muss ich nachher gleich rüberfahren, damit ich mir einen Überblick verschaffen kann.«

Schneider sah ihn an und schüttelte nur mit dem Kopf.

»Wie: Kann ich nicht ins Büro? Aber ich muss doch …«

»Im Moment kann ich Sie nicht in Meiers Haus lassen. Aber Sie haben doch sicher eine Liste mit den Teilnehmern?«

»Davon habe ich mir natürlich eine Kopie gemacht, klar. Aber wer nun kommt und wer womöglich kurzfristig verhindert ist …«

Er sah betrübt drein.

»Dann haken Sie einfach alle, die da sind, auf Ihrer Liste ab. Dann wissen Sie, wer noch fehlt. Und Sie kennen die Leute doch vermutlich auch, oder?«

»Nein, woher denn? Wie gesagt: Ich habe nur mit einzelnen Gästen telefoniert, vielleicht mit vier oder fünf von ihnen, und die sind alle da. Die Leute hatten immer auf den direkten Kontakt mit Xumucane bestanden, und das hat er sehr ernst genommen. Und das mit der Liste kann ich mir sparen: Die hat auch Frau Hürtler hier.«

»Sehen Sie, dann reicht das doch fürs Erste.«

»Ich weiß nicht recht, aber es muss wohl, nehme ich an?«

»Ja. Aber wenn Sie kaum Kontakt zu den Leuten hatten, die an dieser Veranstaltung hier teilnehmen, was war dann Ihre Aufgabe?«

»Ich habe ihm den Rücken freigehalten, habe mit den Lieferanten verhandelt – solche Sachen eben.«

»Welche Lieferanten?«

»Na ja, wir wollen uns abends am Lagerfeuer versammeln, wollen singen, reden, meditieren – und dazu gibt's Würstle,

Steaks und Salate, Bier und Sprudel, all sowas halt. Vom Schwobastüble nehmen wir Frühstück und Mittagessen, aber das Vesper und die Getränke für das Zeltlager kaufen wir anderswo ein – je nachdem, wer uns halt den besten Preis gemacht hat.«

»Wäre es nicht einfacher gewesen, wenn sich Frau Hürtler darum gekümmert hätte?«

»Zu teuer«, schüttelte Spitzer den Kopf. »Die Frau ist sehr geschäftstüchtig, da kommen Sie direkt beim Metzger und beim Getränkehändler einfach günstiger weg.«

»Aber ist es nicht Quatsch, wenn Sie so sehr auf den Preis achten?«

»Nein, wieso denn?«

»Na, wenn in knapp zwei Wochen eh die Welt untergeht, kann es Ihnen doch egal sein, wie viel Geld am Ende ausgegeben wurde.«

Spitzer stutzte.

»Da haben Sie eigentlich recht.«

Er schüttelte wieder den Kopf und lächelte entschuldigend.

»Ich bin gelernter Kaufmann, wahrscheinlich hab ich das Verhandeln im Blut. Das muss ich gleich mit Xumucane besprechen – hoffentlich ist er mir nicht böse, dass ich versucht habe, für ihn möglichst günstige Preise auszuhandeln.«

»Wie: für ihn?«

»Na ja: Xumucane trägt alle Kosten, die Gäste müssen sich, solange sie hier sind, um nichts weiter kümmern. Nichts soll ihre Gedanken von der Vorbereitung auf den großen Tag ablenken.«

»Ach, Herr Meier zahlt das alles?«

Spitzer nickte, er wirkte sehr stolz auf seinen Chef.

»Und von welchem Geld? Hat er denn so viel mit seinen Büchern verdient?«

»Natürlich laufen seine Werke sehr gut: Immer mehr Menschen erkennen, wie deutlich er uns allen darin den richtigen Weg aufzeigt. Aber die Gäste haben in den vergangenen Wochen Beträge überwiesen, die alle sozusagen in einen großen Topf kommen – und daraus wird unser Treffen hier finanziert.«

»Wie viel haben die Leute denn dafür bezahlt, dass sie hier mitmachen dürfen?«

»Nein, das verstehen Sie falsch: Es gibt keinen Preis dafür, sich hier auf das Ende der Langen Zählung vorzubereiten – die Gäste haben einfach nur freiwillig gewisse Beträge überwiesen. Und da es ja ihr Geld ist, wollen wir dieses Geld nun auch für unsere Versammlung verwenden.«

»Und ... in welcher Höhe gingen diese freiwilligen Überweisungen, diese Spenden auf Herrn Meiers Konto ein?«

»Das ... Das möchte ich Ihnen nicht sagen.«

»Herr Spitzer, wir ermitteln in einem Mordfall, und Ihr Herr Meier ist im Moment der Tatverdächtige. Also: Wie viel haben die Gäste überwiesen?«

Spitzer schwieg.

»Wir kriegen es ohnehin raus, wir können seine Bankdaten einsehen.«

»Okay, machen Sie das bitte«, versetzte er trotzig. »Dann muss ich mir nicht vorwerfen, Xumucane verraten zu haben.«

Schneider verzog den Mund.

»War das alles?«, fragte Spitzer und erhob sich.

»Ja, ja, Sie können gehen.«

Im Nebenzimmer des Schwobastüble hatte sich die Stimmung nicht allzu sehr gebessert. Volker Reezer und Katja Ohser, die Ernst dazugerufen hatte, waren mit der Feststellung der Personalien fertig. Die Bedienung ging von einem Gast zum anderen und nahm die Bestellungen fürs Mittagessen auf. Spitzer stand am Fenster, sah hinaus und knetete seine hinter dem Rücken verschränkten Finger.

Reezer berichtete ihm, dass Röhms Zahnprofil mit dem der Leiche übereinstimmte, die übrigen Ermittlungen in Röhms Umfeld hatten aber bisher nichts Hilfreiches ergeben.

»Aber stellen Sie sich vor«, fuhr Reezer fort, »dieser Reporter, dieser Hasselmann, ist Ihnen nachgefahren, als Sie Frau

Röhm über den Tod ihres Mannes informiert haben. Er stand vor der Tür, als ich ankam – sie hat ihn zum Glück nicht reingelassen. Ich habe ihn weggeschickt, aber er wollte nicht gehen: freies Land, freie Presse, und er könne sich aufhalten, wo er wolle. Ich hab dann zwei Kollegen gerufen, die haben in Ruhe seine Papiere und seinen Wagen kontrolliert – es kam wohl einiges zusammen, und schließlich hat er sich getrollt.«

Reezer grinste, und Schneider hob eine Augenbraue.

»Passen Sie bloß auf, Kollege. Ich mag diesen Hasselmann auch nicht, aber mit der freien Presse und dem freien Land, da hat er recht – ich will nicht, dass Sie sich Ärger mit diesem Typen einhandeln.«

»Nein, keine Sorge, ich pass schon auf.«

Schneider überflog kurz die Liste und raunte Reezer zu: »Und wer von denen ist die Dame mit der violetten Frisur?«

Reezer sah sich halbwegs unauffällig um. Er zeigte auf einen Namen.

»Die hier.«

An der Stelle, auf die Reezer tippte, war der Name Carola Kristensen notiert sowie eine Adresse in Bremerhaven, dazu eine Telefonnummer mit dem Vermerk »Reederei, tagsüber«.

»Sie wollte mir ihre Büronummer gar nicht geben, meinte, dass wir sie auf keinen Fall brauchen würden, weil sie ohnehin hierbleiben würde bis zum Schluss.«

»Also bis zum einundzwanzigsten?«

Schneider schnaubte und schüttelte den Kopf.

»Mensch, Herr Reezer, diese Leute hier haben echt einen Knall.«

Reezer zuckte nur mit den Schultern und sah unbehaglich drein.

»Glauben Sie womöglich an diesen Humbug?«

»Na ja, glauben ist zu viel gesagt – aber … weiß man's?«

Ernst war schon an die große Tafel getreten, und einige der Gespräche verstummten. Schneider stellte sich neben den Kollegen und hielt seine Ansprache: »Vielen Dank, dass Sie sich so kooperativ verhalten. Wir würden nun gern mit einigen von

Ihnen unter vier Augen reden, um uns ein besseres Bild von Ihrem Vorhaben hier machen zu können.«

Er bemühte sich, besonders freundlich zu sein, um gut Wetter zu machen. Dann sah er direkt Carola Kristensen an – er würde gleich mit der vermutlich härtesten Nuss beginnen.

»Wären Sie so nett?«, fragte er sie und bat sie mit einer Geste, ihm zu folgen.

Kristensen sah ihn abschätzig an, erhob sich aber langsam und folgte ihm in die Alte Stube. Sie setzte sich auf den Stuhl, von dem aus sie den ganzen Raum im Blick hatte. Schneider schloss die Tür und setzte sich ihr gegenüber.

»Noch einen Kaffee?«, fragte er.

Carola Kristensen lächelte dünn.

»Na, Sie haben mich wohl gegoogelt?«

»Nein, wieso sollte ich?«

»Sie sind auffallend höflich zu mir, ganz anders als vorhin. Da dachte ich, sie wären kurz ins Internet und hätten die Homepage der Reederei gecheckt, die ich Ihrem uniformierten Kollegen genannt habe.«

»Hab ich nicht. Wissen Sie: Die baden-württembergische Kripo ist nicht so modern ausgestattet, dass ich hier eben mal mobil ins Internet gehen könnte. Ist das in Bremerhaven denn anders?«

Sie lächelte noch breiter und zuckte mit den Schultern.

»Und was hätte ich auf der Homepage über Sie lesen können?«

»Ich bin die Geschäftsführerin.«

»Oh, gratuliere!«

»Lassen Sie stecken. Ich musste den Job übernehmen, als mein Mann vor ein paar Jahren überraschend starb – es war also nicht so die klassische Karriere. Aber seither habe ich mich ganz wacker geschlagen, wir haben erst vor zwei Monaten einen unserer Konkurrenten geschluckt.«

»Lohnt sich das denn noch?«

»Wie meinen Sie das?«

»Na ja, wozu treffen Sie eine solche weitreichende Entscheidung und legen vermutlich dafür viel Geld auf den

Tisch – wenn doch sowieso in knapp zwei Wochen die Welt untergeht.«

Kurz schien sie ärgerlich zu werden, dann grinste sie und nickte Schneider zu.

»Respekt, Herr Schneider, gut gesetzt! Sie fechten nicht zufällig in Ihrer Freizeit?«

»Nein, warum?«

»Ich liebe diesen Sport und fechte seit meiner Jugend, auch wenn ich es nie zu den ganz großen Turnieren geschafft habe. Aber die Konzentration, die der Fechtsport erfordert, und die Wachheit, um den richtigen Moment für den entscheidenden Treffer nicht zu verpassen … das hilft mir auch beruflich immer wieder. Ich bin überzeugt: Fechten macht schlagfertig, wenn man die Philosophie, die dahinter steht, wirklich verinnerlicht. So schlagfertig wie Sie gerade eben.«

»Danke, aber nein: Sport spielt in meinem Leben keine so große Rolle.«

Sie grinste etwas spöttischer als zuvor und warf einen kurzen Blick auf Schneiders Hemd, das sich über dem Hosenbund etwas vorwölbte.

»Zurück zu meiner Frage, die war nämlich ernst gemeint: Warum kaufen Sie einen Konkurrenten auf, wenn Sie doch so sehr an das Ende unserer Welt glauben, dass Sie hierher zu Herrn Meiers … nun ja: Veranstaltung anreisen.«

»Das muss man trennen, Herr Schneider. An meiner Reederei halte ich zwar Anteile, aber ich muss mich mit Blick auf die strategische Ausrichtung mit den anderen Miteigentümern abstimmen – und ich mache das gerne, weil eine Firma wie meine nur im Team zu führen ist. Und da wurde festgelegt, dass die Übernahme der Reederei Rohsen zum jetzigen Zeitpunkt der richtige Schritt ist. Dabei hat meine Gewissheit, dass dieser Monat Dezember etwas Großes für uns bereithält, keine Rolle gespielt. Diese Überzeugung ist meine Privatsache, das hat in geschäftlichen Konferenzen nichts verloren – und ich habe für meine Zeit hier in Ihrem schönen Ländle auch ganz ordentlich Urlaub genommen und das mit meinen Mitarbeitern so abgestimmt, dass ich gegebenenfalls am ersten Werktag nach Weihnachten wieder in Bremerhaven am Schreibtisch sitze.«

Sie lächelte, zuckte mit den Schultern.

»Ich persönlich bin tatsächlich davon überzeugt, dass das Ende der Langen Zählung für die Welt, wie wir sie kennen, eine große Bedeutung hat. Ob die Welt am einundzwanzigsten Dezember im klassischen Sinne untergeht, ob hier alles zerstört wird, das kann ich Ihnen ebensowenig sagen wie alle anderen, die sich mit diesem Thema beschäftigen. Aber ich bin mir sicher, dass der einundzwanzigste eine wichtige Wende in unser aller Leben darstellen wird – und darauf möchte ich mich hier vorbereiten. Und wenn Sie versuchen, das ins Lächerliche zu ziehen, fühle ich mich schon irgendwie persönlich angegriffen. Das kann ich nicht haben, und ich möchte, dass Sie und Ihre Kollegen darauf Rücksicht nehmen.«

»Wir werden uns bemühen.«

»Was ich gerne wüsste: Kann Xumucane demnächst hier sein, und kann er unser Treffen wie geplant leiten?«

»Eher nicht. Es sieht wirklich nicht gut aus für Herrn Meier. Aber Konkretes darf ich Ihnen nicht sagen.«

»Und was passiert hier nun weiter?«

»Keine Ahnung. Aber ich nehme an, dass sich Herr Spitzer zunächst mal um alles Weitere kümmert.«

»Na, ich weiß nicht recht. Ich hatte meistens Kontakt mit Xumucane selbst, und das eine Mal, als mich Herr Spitzer anrief, machte er keinen besonders kompetenten Eindruck auf mich. Ich glaube, viel mehr als eine Art Bürohilfskraft ist er für Xumucane nicht. Dieses Treffen hier zu leiten und in Abwesenheit Xumucanes alles zu organisieren und zu betreuen … Ich fürchte, das übertrifft seine Fähigkeiten etwas.«

»Wie haben Sie denn Kontakt zu Herrn Meier bekommen?«

»Ich lese seine Bücher, ich hab sie alle, inzwischen auch signiert. Da stehen viele kluge Sachen drin, Sie sollten das mal lesen. Xumucane kann sehr überzeugend sein, und das Thema, das er in seinen Schriften aufgreift, ist ja auch ein großes.«

»Wie sind Sie denn auf seine Bücher gestoßen? Er veröffentlicht ja im Eigenverlag, da kann ich mir nicht vorstellen, dass zum Beispiel in Tageszeitungen oder Zeitschriften Anzeigen geschaltet werden.«

»Das nicht, aber innerhalb eines Zirkels von Interessierten hat Xumucane einen sehr guten Ruf. Ich traf ihn das erste Mal, als es bei uns in Bremerhaven eine Veranstaltung zum Maya-Kalender gab. Xumucane war einer der Referenten, und seine mitreißende Art hat mich gleich für ihn eingenommen. Seit damals ist der Kontakt zwischen uns nicht mehr abgerissen.«

»Und wie kam es zu diesem Treffen hier im Schwäbischen?«

»Er verschickt alle zwei, drei Wochen einen Newsletter, für den ich mich nach der Veranstaltung in Bremerhaven gleich eingetragen habe. Vor etwas mehr als einem Jahr beschrieb er darin seinen Plan, sich mit Gleichgesinnten hier am Ebnisee zu versammeln und sich mit uns mental auf die Ereignisse einzustimmen, die uns das Ende der Langen Zählung bescheren wird.«

Schneider hörte zu und machte ein interessiertes Gesicht, dabei ging ihm das salbungsvolle Gerede um diesen ganzen Maya-Kram gehörig auf die Nerven.

»Wir lernen uns eben erst kennen, aber ich muss sagen: Die anderen hier im Raum sind mir durchweg sympathisch. Außerdem tut es gut, sich endlich mal mit Menschen austauschen zu können, denen man nicht erst alles erklären muss – und dass man nicht immer darauf gefasst sein muss, dass sie einen nicht ernst nehmen.«

Er nickte, als wüsste er genau, wovon sie sprach, aber ihr Blick ließ ihn gleich wieder damit aufhören: Es war ziemlich offensichtlich, dass sie ihn auch in diese Kategorie einsortierte.

»Was kostet denn die Teilnahme an Herrn Meiers Meeting?«

Carola Kristensen presste die Lippen zusammen und bedachte ihn mit einem eisigen Blick.

»Sie sind zu sehr auf materielle Themen fixiert«, sagte sie schließlich. »In zwölf Tagen steht auch Ihnen etwas bevor, wo Sie mit Geld nicht mehr weit kommen.«

»Ach, wissen Sie: Ich habe ohnehin nicht so viel Geld, dass ich damit irgendwo viel ausrichten könnte. Aber Herr Meier wird Sie ja wohl kaum auf seine Kosten hierher eingeladen haben, oder?«

»Das geht Sie nichts an, Herr Schneider.«

»Uns geht alles was an, Frau Kristensen. Wie gesagt: Wir ermitteln in einem Mordfall, da können wir leider keine Rücksicht nehmen auf dieses etwas eigenartige Treffen hier. Wir von der Polizei müssten nämlich auch nach dem einundzwanzigsten Dezember noch mit dem Vorwurf leben, einen Mörder nicht überführt zu haben – da schert es mich herzlich wenig, wie Sie oder die anderen Gäste hier zu Meiers esoterischen Ergüssen stehen.«

Schneider hatte sich regelrecht in Rage geschimpft. Und so leid es ihm tat, dass er damit die Gesprächsatmosphäre wohl endgültig ruiniert hatte, so froh war er, dass er sich nicht mehr verstellen und sich nicht mehr das Getue um diesen Maya-Quatsch anhören musste.

»Sie enttäuschen mich, Herr Schneider.«

Kristensens Gesicht war wie versteinert, sie funkelte ihn wütend an, hatte sich aber unter Kontrolle. Schließlich stand sie auf, nickte ihm noch knapp zu und ließ ihn allein in der Alten Stube sitzen. Schneider folgte ihr so schnell es ging, ohne dass es peinlich wirkte, und das große Nebenzimmer erreichte er gerade, als sich die Frau vor den anderen aufgebaut hatte und sich die meisten gespannt zu ihr umdrehten.

»Meine Damen, meine Herren«, begann sie, »ich möchte Sie kurz um Ihre Aufmerksamkeit bitten.«

Sie stand da und wartete einen Moment. Alle anderen Gespräche verstummten, auch Rainer Ernst, der sich gerade mit einem Pärchen hinten am Fenster unterhalten hatte, sah gespannt zu der Frau hin.

»So wie es aussieht, wird Xumucane uns in nächster Zeit nicht für unser Treffen zur Verfügung stehen. Deshalb möchte ich Ihnen anbieten, mich gemeinsam mit drei oder vier anderen darum zu kümmern, dass wir uns trotzdem angemessen auf das Ende der Langen Zählung vorbereiten können.«

Zustimmendes Gemurmel kam von Xumucanes illustrer Gesellschaft, zwei Anwesende begannen mit zaghaftem Applaus, kurz darauf schwoll der Beifall zu beachtlicher Lautstärke an. Kristensen hob die Hände, es kehrte wieder Ruhe ein.

»Vielen Dank für Ihre breite Zustimmung. Wir werden jetzt gleich im Anschluss diejenigen unter uns bestimmen, die mit mir und Herrn Spitzer das Kernteam bilden sollen. Es wäre schön, wenn sich möglichst schnell einige Freiwillige bereitfinden würden. Wir haben keine Zeit zu verlieren, damit wir schon von morgen an mit unseren Übungen, Diskussionen und Meditationen beginnen können.«

Drei Hände gingen nach oben, Kristensen nickte den Betreffenden kurz zu.

»Vielen Dank. Und wenn sich nachher noch jemand anschließen möchte: sehr gerne. Zwei weitere Helfer wären sicher gut. Doch als erste ... sagen wir: Amtshandlung möchte ich Sie noch um etwas anderes bitten: Ich habe mich gerade mit Herrn Schneider unterhalten, einem der beiden Kriminalpolizisten hier im Raum. Und ich bin zu dem Schluss gekommen, dass es unsere Konzentration stören wird, wenn wir hier noch länger Rede und Antwort stehen. Ich habe nicht den Eindruck, dass die Polizei versteht, was wir hier vorhaben. Und ich habe ebenso wenig den Eindruck, dass Herr Schneider das überhaupt verstehen will.«

Er war inzwischen neben Kristensen getreten und brummte nun: »Meinetwegen, dann bestellen wir Sie eben alle nacheinander zur Vernehmung. Wenn Ihnen das lieber ist.«

Kristensen sah ihn etwas mitleidig an.

»Das können Sie gerne machen, wobei gegen uns ja nichts vorliegt. Außerdem werden wir Ihnen kaum als Zeugen nützlich sein können: Wir sind alle erst heute im Laufe des Tages hier eingetroffen – und der Mord, in dem Sie ermitteln, hat sich ja Ihren Angaben zufolge bereits in der Nacht auf Freitag ereignet, richtig?«

Schneider nickte.

»Und bitte«, fuhr sie fort, wieder an ihre Glaubensgenossen gewandt, »antworten Sie nicht auf Fragen nach den finanziellen Aspekten unseres Treffens. Ich finde nicht, dass es für die Mordermittlungen der hiesigen Kriminalpolizei von Bedeutung ist, ob Xumucane von uns Geld bekommen hat oder nicht. Sind Sie alle damit einverstanden?«

Nicken rundum, vor allem Spitzer fühlte sich bestätigt. Und einige empörte Zwischenrufe machten deutlich, was die Anwesenden von den Ermittlungen der Kommissare hielten.

»Scheiße!«, entfuhr es Schneider, dann wandte er sich um und stampfte, Ernst ein paar Schritte hinter sich, aus dem Nebenraum. Kristensen begleitete den Abgang der beiden mit einem triumphierenden Blick. Von draußen hörten Schneider und Ernst, wie im Nebenzimmer wieder Beifall aufbrandete.

Roman Flaatz hob mit entschuldigendem Lächeln seine Zigarettenpackung hoch, ging nach draußen und verließ die aufgeregt diskutierende Runde. Er schlug den Kragen hoch, ließ die Kippen aber in der Tasche und suchte sich hinter der nächsten Ecke ein halbwegs windgeschütztes Plätzchen. Fünf Minuten musste er warten, bis Karin Tobel zu ihm herausgeschlendert kam, sich auffällig unauffällig umsah und schließlich direkt bei ihm stehenblieb.

»Mensch, Kügelchen«, begann sie mit gesenkter Stimme, »das hab ich mir aber ganz anders vorgestellt. Du und ich hier mal ganz ungestört, weit weg von deiner neugierigen Tochter und meinem eifersüchtigen Mann. Und jetzt? Jetzt haben wir die Polizei am Hals!«

Flaatz holte die Zigaretten hervor, aber sie nahm ihm die Packung kopfschüttelnd aus der Hand und steckte sie in ihre Jacke.

»Lass das jetzt, Kügelchen! Du weißt, dass ich den Geschmack von altem Rauch nicht mag – mir reichen schon die

Zwiebeln, die du dir zu diesem riesigen Lappen Fleisch hast auftürmen lassen!«

Sie reichte ihm ein Pfefferminzbonbon, er schob es sich gequält lächelnd in den Mund.

»Was muss diese norddeutsche Zicke auch so aggressiv gegen die Polizei auftreten. ›Wir sind alle erst heute im Laufe des Tages hier eingetroffen ...‹ – und wenn das die Polizei überprüft?«

Sie fingerte einen Lippenstift und einen Handspiegel aus der Tasche und zog sich die Lippen mit einem kräftigen Rot nach, obwohl ihr Gesicht ohnehin schon mindestens ausreichend geschminkt war.

Flaatz musterte seine Freundin, und etwas wehmütig dachte er daran, dass sich im Moment wohl keine romantische Stimmung einstellen würde. Zu gut kannte er ihre streng hochgezogenen Augenbrauen, die gerunzelte Stirn, den gehetzt hin- und herirrenden Blick. Für ihre achtunddreißig Jahre hatte sie sich gut gehalten, vor allem in den Bereichen, die man nicht öffentlich zu sehen bekam. Sie trieb intensiv Sport, konnte sich stundenlang die Haut mit irgendwelchen pflegenden Essenzen einreiben – und er durfte das Resultat genießen. Sie roch stets gut, war durchtrainiert und hatte die zarte Haut einer jungen Frau. Mit ihrem Mann, so behauptete sie immer, laufe im Bett nichts mehr. Und einen anderen Freund konnte sie kaum haben, so verfügbar wie sie für Flaatz war, wann immer er ein Treffen in seinen engen Terminplan einschieben konnte.

Nur bei Laune musste er sie halten, was manchmal schwierig und im schlimmsten Fall nur mit teuren Geschenken zu erreichen war. Im Moment konnte er sich alle Bemühungen sparen: Karins Laune war im Eimer.

»Meinst du, die forschen nach, Kügelchen?«

Flaatz zuckte mit den Schultern. Er konnte nur hoffen, dass der Mordfall bald aufgeklärt war – Scherereien mit seiner Tochter, die aus den nichtigsten Gründen um ihr Erbe bangte, oder mit Karins Mann, der dem Vernehmen nach zu körperlicher Gewalt neigte, konnte er wirklich nicht brauchen. Bis am einundzwanzigsten Dezember die Welt unterging oder was sonst auch immer geschehen würde, wollte er seine Ruhe und seinen Spaß haben. Beides stand im Moment auf der Kippe.

»Ach, die haben so viel anderes zu tun«, beruhigte er sie, fand seinen Tonfall aber selbst nicht sehr überzeugend. »Warum sollten die überprüfen, wann jeder einzelne von uns daheim abgefahren und hier angekommen ist? Wir sind alles in allem gut dreißig Leute, und wir sind aus ganz Deutschland hierhergekommen – das ist doch viel zu viel Aufwand.«

Karin steckte den Lippenstift weg, rieb die Lippen gegeneinander, machte eine Schnute und überprüfte ihren Mund im Handspiegel.

»Hat es denn mit dem Zimmer geklappt?«, fragte er, als er sich an ihren knallrot geschminkten Lippen sattgesehen hatte.

»Klar: erster Stock, vorne raus. Die Zimmer wollte eh keiner, da waren die ganz froh, dass sich jemand freiwillig bereiterklärte. Ich hab Nummer elf, und du?«

»Die Fünfzehn, das ist direkt daneben. Ein Zimmer dreizehn haben sie weggelassen, Aberglaube, nehme ich an.«

Er zwinkerte ihr zu und war schon wieder ganz zuversichtlich, zumindest was den Verlauf des späteren Abends anging.

»Die Kripo löst ihren Fall, und wir machen uns ein paar schöne Tage. Wenn das kein schöner Abschluss ist, was?«

Er tätschelte ihr mit seiner fleischigen Hand den Hintern, der sich unter der wie lackiert schimmernden Jacke abzeichnete.

»Das machen wir, Kügelchen, das machen wir.«

Sie lächelte ihn schelmisch an, kniff ihm in die rechte Wange und leckte sich einmal kurz über die Lippen. Flaatz drängte sich gegen sie, aber sie wehrte ihn ab.

»Du gehst jetzt rein, ich komm in ein paar Minuten nach. Das mit uns beiden muss ja nicht jeder mitbekommen.«

Er wirkte enttäuscht, aber als sie ihm zuzwinkerte, war er schon wieder halbwegs besänftigt und trottete auf den Eingang des Gasthofs zu. Sie sah ihm nach und ließ dann ihren

Blick über die Umgebung schweifen. Alles sah grau aus und ungemütlich, es war kalt, und in Gedanken zählte sie die Tage bis zum Einundzwanzigsten. Ein böses Grinsen huschte über ihr Gesicht. In zwölf Tagen würde vielleicht die Welt ihres dicken Freundes untergehen, aber gewiss nicht ihre. Dazu hatte er sie in seinem neuen Testament viel zu großzügig bedacht.

Auf dem Weg in den Besprechungsraum traf Schneider den Chef der Pressestelle. Frank Herrmann sah genervt aus. Das war umso erstaunlicher, als ihn sonst auch während der hitzigsten Pressekonferenz nichts und niemand aus der Ruhe bringen konnte.

»Herr Schneider, haben Sie einen Moment?«

»Ich bin gerade auf dem Weg zur Besprechung … Sie vermutlich auch … aber: klar, ja. Was gibt's denn?«

»Die Neue macht mich irre.«

»Die Neue?«

»Frau Forberger, die Pressekollegin aus Hall.«

»Wieso das denn? Hat sie einen Bock geschossen?«

»Nein, aber die ist so … so schaffig, so unruhig, irgendwie. Ständig hat sie Vorschläge, laufend kommt sie mit irgendeiner Idee ums Eck. Es ist ja prima, wenn die Leute engagiert sind – aber wenn man vor lauter Bereden und Bedenken und Begründen gar nicht mehr zum Arbeiten kommt … Das kann ich echt nicht haben!«

Schneider lachte, Herrmann zwang sich ein gequältes Grinsen ab und zuckte mit den Schultern.

»Könnten Sie mir die junge Kollegin nicht abnehmen?«

»Wie meinen Sie das?«

»Na ja, sie war in Hall ein paar Jahre lang Kripoermittlerin, bevor sie in die Pressestelle wechselte. Und nach allem, was mir die Kollegen dort erzählt haben, hat sie das gut gemacht. Und gute Leute kann man in einer Soko doch immer brauchen, oder?«

»Aber wenn sie so übereifrig ist, wie Sie sagen? Ich weiß nicht recht.«

»Ich glaube einfach, dass ihr das Ermitteln fehlt, die Arbeit draußen, das Reden mit den Leuten. Ich sag Ihnen: Die fragt denen ein Loch in den Bauch, und sie merken's nicht mal.«

Schneider ging grinsend neben dem Kollegen her. Sie hatten fast schon den Besprechungsraum erreicht, und Herrmann blieb stehen und sah ihn gespannt an.

»Ich überleg's mir, okay?«

»Wie heißt der Ort, in dem diese Frau Häbele wohnt?«

Schneider hatte den Namen nicht vergessen, aber er wollte ihn unbedingt noch einmal aus dem Mund seines Kollegen hören. Der tat ihm den Gefallen, während Schneiders Porsche auch schon auf die Abzweigung zurollte, die sie nehmen mussten.

»Fratzenwiesenhof«, sagte Ernst und grinste.

Sie passierten Pferdeweiden, und kurz darauf hatten sie ihr Ziel erreicht: einen winzigen Weiler, schön eingebettet zwischen Wald und Wiesen. Im Vorüberfahren sah Schneider ein Holzschild mit dem gesuchten Namen. Er stellte den Wagen am Straßenrand ab und ging in die Hofeinfahrt hinein, die sich ein kleines Einfamilienhaus und ein etwas älteres Bauernhaus teilten.

Ein älterer Mann kruschtelte vor dem Bauernhaus herum. Als er Schneider neben sich bemerkte, hielt er inne, musterte den Neuankömmling interessiert und grinste anzüglich.

»So«, brummte er mit heiserer Stimme, »druckt's?«

»Wie bitte?«

Schneider verstand kein Wort, und der Ältere lachte nun kurz auf.

»Om dr Hemmels willa – au no an Gelbfiaßler! Aber des wird sich onser Freile Chrischta leider net raussuacha kenna, gell?«

»Werden Sie bitte nicht unverschämt, guter Mann, und sagen Sie mir lieber, in welchem der beiden Häuser Frau Häbele wohnt.«

Alles hatte er nicht verstanden, aber dass »Gelbfiaßler« nicht nett gemeint war, wusste Schneider natürlich.

»Do dromma.«

Der Alte deutete auf das neuere Gebäude, und Schneider marschierte los. Als in dessen Schlepptau auch Ernst in sein Blickfeld kam, den er allerdings nur von schräg hinten sehen konnte, schüttelte er den Kopf, wandte sich wieder seiner Arbeit zu und brummte angewidert: »Glei zwoi uff oimal … pfui Deifel!«

Die Türglocke klang tief und schwer und hallte eine Weile nach, doch sonst tat sich nichts im Haus. Schneider klingelte ein zweites und ein drittes Mal. Nichts regte sich. Ernst spähte derweil durch die Fenster im Erdgeschoss hinein, aber es war niemand zu sehen.

»Schade«, sagte Schneider und wandte sich ab. »Da müssen wir wohl ein andermal unser Glück versuchen.«

Der alte Mann hatte inzwischen fertig gestreut, stand mit dem Eimer in der Hand in der Hofeinfahrt und glotzte die beiden Männer unverwandt an. Dann wechselte sein Gesichtsausdruck von mürrisch zu überrascht.

»Ja, Rainer«, sagte er zu Ernst, »was willsch denn au du von onsrer Chrischta? Bisch nemme mit deim Mädle zsamma? Sabine hoißt se doch, oder?«

»Grüß Gott, Herr Schaal«, erwiderte Ernst und nickte. »Genau: Sabine heißt sie. Und warum sollte ich denn nicht mehr mit ihr zusammen sein?«

»Ha«, er deutete zu Christa Häbeles Haustür, »weil zur Chrischta gohsch.«

Er beugte sich vertraulich zu Ernst hin.

»Lasst se de nemme, dei Sabine?«

Er lachte rau und stieß Ernst mit dem Ellbogen in die Seite.

»Von mir muss se's net erfahra, koi Angscht. Kannsch mr drfür jo mol a Bier em Schwobastüble schpendiera!«

Er lachte wieder, und Ernst sah Bauer Schaal fragend an.

»Jetzt reden Sie bitte mal Klartext, Herr Schaal«, schaltete sich Schneider ein und hielt dem Bauern seinen Dienstausweis vor die Nase. »Wir sind hier nicht zu unserem Vergnügen, und ich bin nicht so vertraut mit den Gegebenheiten hier auf Ihrem … Fratzen-wiesen-hof.«

Er betonte den Namen mit hämischen Grinsen, aber die Provokation verpuffte: Schaal reagierte nicht weiter – für ihn klang der Ortsname vermutlich so unverfänglich wie Hebsack oder Gaildorf für alle dortigen Einwohner.

»Ha, no hen ihr gar net mit dr Chrischta … i moin …?«

»Wir wollten mit ihr reden, aber sie scheint nicht daheim zu sein.«

»Do gucksch no …«

»Wissen Sie, wo Frau Häbele ist?«

»Scheint's isch se net drhoim – des hen Sie jo grad selber gsagt. Aber wo se jetzat grad schteckt …«

Schaal schüttelte langsam den Kopf.

»Was will denn d' Polizei von dr Chrischta?«

»Das würden wir schon gern mit ihr selbst besprechen. Kennen Sie sie denn näher?«

»Ha, freilich. Die Chrischta hot des Haus scho vor a paar Johr von ons gmietet. I moin: von meira Frau ond mir. Do war se no em Büro, aber heit verdient se sicher meh als früher ond schtoht au no uff oigene Fiaß, gewissermaßa. Mir hen des Haus eigentlich für onsern Bua baut, aber dr Freddy hot mit onserm Weiler no nia viel afanga kenna. Der isch naus en d' Welt, wohnt en Murrhardt ond schafft dort für a Computerfirma. Der Freddy isch a Käpsele, des sag i Ihne – des war klar, dass den nix em Fratzawiesahof halta ka!«

»Dann ist er also in die große Welt hinaus, so so.«

Schneider verkniff sich ein Grinsen.

»Ond ob! Zerscht isch er en Kaisersbach en d' Grondschual, no en Welzheim uffs Gymnasium, ond weil er so guat isch mit dem Computer, no hend se 'n en Murrhardt glei uffs erschte Mol gnomma.«

»Respekt!«, entfuhr es Schneider, der nun doch ein wenig grinsen musste.

»Herr Schaal«, ging Ernst dazwischen, »hätten Sie uns denn die Telefonnummer von Frau Häbele?«

Während der alte Mann in den Taschen seiner Arbeitshose wühlte, bedachte Ernst seinen Kollegen mit einem kurzen tadelnden Blick.

»Und was macht Frau Häbele eigentlich beruflich? Es klang so, als sei sie inzwischen selbstständig.«

»Do hosch ihr Kärtle, Rainer«, sagte Schaal und hielt ihm eine zerknitterte Visitenkarte hin. »Larissa« stand in geschwungenen Buchstaben auf der Vorderseite, daneben war ein Kussmund in Rosa aufgedruckt, darunter stand eine Handynummer – und zwar eine andere als die, die auf Manfred Meiers Mailbox verzeichnet war.

»Lasch's halt dei Sabine net säh, net dass se no uff falsche Gedanka kommt … Die Chrischta hot mir des au zugschteckt, als mei Hermine grad net om dr Weg war.«

Wieder lachte er und stieß Ernst noch einmal kumpelhaft an.

»Ja, danke«, sagte der und ging eilig davon.

Auf der kurzen Rückfahrt zum Ebnisee wählte Ernst, aber Christa »Larissa« Häbele meldete sich nicht. Stattdessen sprang die Mailbox an, und eine rauchige Frauenstimme begrüßte den Anrufer in schwäbisch eingefärbtem Hochdeutsch und begann Vorschläge zu machen, was wohl in einer gemeinsamen Stunde alles Schönes anzufangen sei.

Ernst drückte das Gespräch schnell weg und legte die Visitenkarte auf die Mittelkonsole von Schneiders Wagen.

Christa wartete, bis das Knurren des Porsches wieder in Richtung Ebni verhallt war, dann trat sie langsam vom Fenster zurück. Die schwere Gardine sollte sie eigentlich vollständig verbergen, aber manchmal schien der alte Schaal förmlich durch alles hindurchsehen zu können. Vor allem, wenn ihn etwas sehr interessierte. Und den Alten interessierte vieles, und ganz besonders alles, was mit seiner Mieterin Christa zu tun hatte.

Sie kannte die Männer nicht, die an ihrer Tür geklingelt und ihren Vermieter befragt hatten, aber auf der Rückfahrt von Gschwend hatte sie die beiden am Freitag zusammen mit einem dritten Mann ins Schwobastüble gehen sehen. Also waren es entweder Manne Meiers Jünger, die sie sich allerdings nach dem, was Manne ihr erzählt hatte, ganz anders vorstellte. Oder es war …

In beiden Fällen hatte sie keine Lust auf ein Gespräch. Heute ohnehin nicht. Sie musste ins Bett, allein, und würde dort erst einmal bleiben. Das Handy mit der Larissa-Ansage hatte sie schon ausgeschaltet, nun drückte sie auch auf den Ausknopf des anderen. Sie drehte die Lautstärke der Türklingel auf null, linste noch einmal hinaus auf den Hof, sah Schaal langsam in seinem Haus verschwinden und ging hinüber ins Schlafzimmer. Angezogen wie sie war, schlüpfte sie ins Bett, zog die Decke bis zur Nase hinauf und versuchte, mit einigen Atemübungen zur Ruhe zu kommen.

Als die Soko am späten Sonntagnachmittag wieder zusammenkam, war die Zahl der Teilnehmer deutlich geringer als bisher. Einige Kollegen waren nach Hause geschickt worden, einige andere waren zu Ermittlungen unterwegs. Vor allem das Nachforschen in Röhms Umfeld erwies sich als sehr zeitaufwendig – und bisher leider noch immer als völlig unergiebig. Er hatte einige Termine in den Tagen vor seinem Tod, aber nichts hatte auch nur entfernt mit Meier oder mit dem Maya-Treffen zu tun, nicht einmal zu Spitzer oder zum Schwobastüble gab es eine Verbindung. Kein Geschäftstermin und keine im Gemeinderat anstehende Entscheidung erklärte, warum sich Röhm beim Ebnisee aufgehalten hatte. Auch keiner seiner Mitarbeiter, kein Gemeinderatskollege und kein Vereinskamerad hatte etwas aufgeschnappt, das auf Meier oder seine Helfer hingedeutet hätte. Nur die Verbindung zwischen Röhm und Weißknecht konnte bisher mit dem Fall zu tun zu haben, aber auch da waren sie noch nicht weitergekommen.

Staatsanwalt Feulner hatte sich entschuldigen lassen: Er war im Gespräch mit Manfred Meiers Anwalt und wollte versuchen, später zur Besprechung zu stoßen. Die Pressestelle war durch Frank Herrmann und Susanne Forberger vertreten, der dritte Kollege, Markus Berner, war gegen halb vier heimgefahren, als klar war, dass heute nichts mehr an die Presse rausgegeben werden sollte.

»Wir haben ein Problem mit den Gästen von Herrn Meier«, begann Schneider, als die anderen ihre aktuellen Ermittlungsergebnisse zusammengefasst hatten. »Die machen Front gegen uns, da werden wir in Befragungen nicht mehr viel erfahren. Herr Ernst und ich hatten keinen guten Start mit ihnen, und inzwischen hat eine gewisse Carola Kristensen das Sagen – eine Reederin aus Bremerhaven, die hat echt Haare auf den Zähnen. Und sie hat den anderen empfohlen, uns möglichst nichts mehr zu erzählen.«

»Dann bestellen wir die Leute halt ein«, meldete sich Maigerle zu Wort.

»Das können wir natürlich machen, hab ich denen auch schon angedroht. Aber: Gut dreißig Leute, beziehungsweise, wenn alle da sind, werden es eher vierzig sein, alle mit dem festen Vorsatz, uns nichts zu erzählen – und nach jetzigem Stand haben wir auch gegen keinen etwas in der Hand. Das könnte also ziemlich mühsam werden, und frustrierend obendrein.«

»Was schlagen Sie also vor?«

»Ich würde von Meiers Gästen schon gern ein paar Dinge wissen. Sind zum Beispiel wirklich alle erst am Sonntag hier eingetroffen? Was haben sie Meier für die Teilnahme an diesem kuriosen Happening bezahlt? Haben sie über diesen Maya-Spleen hinaus etwas mit Meier zu tun? Solche Sachen eben.«

»Das mit den Zahlungen wissen wir schon bald«, sagte Claus Nerdhaas, der Computerspezialist der Soko. »Wir haben in Meiers Haus auch Kontoauszüge sichergestellt, die gehen die Kollegen gerade durch.«

»Gut, aber trotzdem: Die reinen Zahlen verraten uns wenig über das Verhältnis zwischen Meier und seiner seltsamen Gemeinde. Wo haben die sich kennengelernt, seit wann haben sie Kontakt? Und nehmen wir mal an, dass der Preis für die Teilnahme an der Endzeitparty relativ hoch war: Hat es denn schon jemand bereut, Meier das Geld überwiesen zu haben?«

»Wie wollen Sie das herausfinden? Die Leute wollen nicht mit uns reden, das haben Sie eben selbst gesagt.«

»Mit uns nicht, weil wir von der Polizei sind.« Schneider sah Herrmann an und gönnte sich ein listiges Lächeln.

Nun grinste auch Herrmann, er hatte Schneiders Absicht erkannt.

»Wir bräuchten jemanden, der sich als Teilnehmer ausgibt und der quasi undercover mit den Leuten redet.«

»Und wer soll das machen?«

Maigerle sah sich um. Es war offensichtlich, dass am Tisch kaum jemand Lust dazu hatte, diese Rolle zu übernehmen. Nur Susanne Forberger sah mit funkelnden Augen zu Schneider hin.

»Hätten Sie vielleicht Lust?«, fragte er sie nach einer kurzen Pause direkt.

»Ich? Ja, klar hätte ich …«

Sie unterbrach sich, sah erschrocken zu ihrem Vorgesetzten hin.

»Ich meine: Ich würde das gerne machen und würde mir das auch zutrauen. Ich habe in Hall manchmal schon ganz ähnlich gearbeitet. Aber es geht sicher nicht: Ich will ja Herrn Herrmann nicht hängen lassen.«

Herrmann tat, als überlegte er, dann gab er sich einen Ruck.

»Na ja, mit dem Kollegen Berner müsste ich schon noch reden, aber … Ich will Ihnen diese Chance nicht nehmen – das klingt natürlich viel aufregender als das Schreiben von Mitteilungen und das Beantworten von Pressefragen. Wenn Sie es sich zutrauen … dann kriegen wir das schon irgendwie hin.«

Forberger nickte ihm dankbar zu, dann strahlte sie Schneider an, dass dem ganz angst und bange wurde. »Hoffentlich«, ging es ihm durch den Kopf, »übertreibt sie es nicht.« Aber

Herrmann hatte sie als gute Ermittlerin geschildert, und wenn sie es sich auch selbst zutraute …

Herrmann grinste und nickte Schneider voller Respekt zu.

»Haben Sie denn schon überlegt, wie wir Frau Forberger bei den Maya-Freaks unterbringen könnten?«

Klaus Schneider lehnte am Fensterbrett, Rainer Ernst saß am Schreibtisch und lächelte sehr zufrieden.

»Ja, hab ich: Eine Frau namens Susanne Beyer hat auf Meiers Mailbox gesprochen. Sie kann nicht zum Treffen kommen, weil ihre Mutter plötzlich schwer erkrankt ist. In Meiers Unterlagen habe ich zu ihr ein paar Vermerke gefunden: Sie ist wohl eine reiche Witwe aus Hanau, seit 2008 treue Leserin von Meiers Ergüssen, 48 Jahre alt.«

»Na, egal, wird schon gehen – die anderen kennen Frau Beyer ja nicht, und Meier bekommt es im Moment nicht mit. Auch Spitzer kennt nur die wenigsten, und auch nur vom Telefon. Und alle, mit denen er telefoniert hat, sind inzwischen im Schwobastüble eingetroffen. Also okay, soll sich unsere Kollegin an ihrer Stelle einschmuggeln. Natürlich muss sie sich Susanne Beyer nennen – die Wirtin vom Schwobastüble kennt den Namen, auch Spitzer. Und zumindest der Vorname passt ja.«

»Sag ich ihr, sie wartet ohnehin schon ganz ungeduldig.«

Ernst sah nun ein wenig nachdenklich aus.

»Ihnen macht der Übereifer der Kollegin Sorgen, oder?«, fragte Schneider.

»Schon ein bisschen. Wenn sie das allzu abenteuerlustig angeht, bringt sie sich womöglich noch in Gefahr – letztendlich wissen wir ja noch nicht, ob nicht auch jemand unter Meiers Gästen Dreck am Stecken hat. Sehr wahrscheinlich ist es nicht, aber …«

Er zuckte mit den Schultern.

»Unser Kollege in Schwäbisch Hall, Keller, hält große Stücke auf sie. Ich hab ihn vorhin angerufen – er erzählt mir immer gern mal von diesem Versicherungsvertreter, der in seinem Revier den Privatdetektiv gibt.«

Ernst grinste, über die Geschichte hatten sie schon viel gelacht.

»Keller jedenfalls beruhigte mich: Forberger hat schon mehrfach verdeckt ermittelt, und sie hat sich kein einziges Mal blöd angestellt. Sie hat keinen Auftrag versemmelt, und sie hat sich nie in Gefahr gebracht – das fand ich beruhigend. Vielleicht ist sie im Moment etwas aufgeregt, weil sie sich darauf freut, eine Auszeit vom aktuellen Schreibtischjob nehmen zu dürfen.«

»Gut, das klingt positiv. Also, dann sag ich ihr am besten gleich Bescheid und weise sie ein bisschen ein. Außerdem geb ich ihr die Nummer von unserem Maya-Experten – sie sollte sich ja schon einigermaßen mit diesem Kram auskennen.«

Carola Kristensen war eine Frau der Tat. Sie hatte bei der Polizei insistiert, aber für die Benutzung des Zeltlagers gab es keine Freigabe. Also beriet sie sich mit Hedwig Hürtler, und die Wirtin kannte tatsächlich einige Leute, die Zelte besaßen, und über eine Brauerei, zu der sie seit Jahren guten Kontakt hielt, kam sie noch an vier weitere geräumige Indianerzelte, wenn auch mit Werbeaufdruck. Damit war das Material für ein neues Zeltlager beisammen.

Kristensen fuhr zusammen mit Spitzer zum See und sah sich nach einem geeigneten Platz für ein Ausweichquartier um. Schließlich stand sie an einer Wegkreuzung. Weit hinten waren durch die kahlen Bäume die Zelte des ursprünglichen Lagers zu sehen, rechts von ihr stand ein einzelnes Haus. Davor erstreckte sich jenseits des asphaltierten Feldwegs eine freie Wiese.

Sie marschierte mit Spitzer im Schlepptau auf das Haus zu und sprach die junge Frau an, die gerade das Fenster öffnete und ihr gespannt entgegensah.

»Ist das Ihr Haus?«

Lena Lohrmann runzelte die Stirn.

»Warum wollen Sie das wissen?«

»Wir bräuchten Ihre Hilfe, Frau …?«

»Lohrmann.«

»Kristensen. Frau Lohrmann, wir wollten dort drüben ein Treffen abhalten, aber nachdem dort am Freitag früh ein Toter gefunden wurde, lässt uns die Polizei nicht mehr auf das Gelände. Sie haben sicher schon davon gehört.«

»Ja, grausige Geschichte.«

»Allerdings, und nun will ich Sie fragen, ob wir stattdessen vielleicht hier bei Ihnen … nun ja: unsere Zelte aufschlagen dürfen?«

Kai Hummel trat neben Lena ans Fenster, nickte zur Begrüßung herunter und hörte gespannt zu.

»Dort auf der Wiese wäre genug Platz für uns, und wir stören auch niemanden. Wir meditieren ein wenig, reden, vielleicht spielt jemand Gitarre – und wir würden gern ein Lagerfeuer machen. Meinen Sie, das geht?«

Die beiden jungen Leute am Fenster sahen sich unschlüssig an.

»Wir würden uns natürlich auch erkenntlich zeigen. Dafür, dass wir Ihre Wiese benutzen dürfen, bezahlen wir Ihnen gerne etwas.«

»Wie viel denn?«, fragte Kai, ohne zu erwähnen, dass das gepachtete Grundstück die Wiese gar nicht beinhaltete.

»Schlagen Sie was vor«, sagte Kristensen und verkniff sich ein Lächeln. Mit den beiden hatte sie offensichtlich leichtes Spiel.

»Hundert am Tag?«

Kai hatte einfach mal einen Schuss ins Blaue riskiert, aber seine unsichere Stimme verriet ihn. Kristensen wiegte den Kopf, als müsse sie nachdenken – der Junge hatte vom Verhandeln keine Ahnung, und wahrscheinlich würde er ihr die Wiese auch für zwanzig Euro überlassen. Aber sie hatte keine Lust zum Feilschen, und wenn sie an die Summe dachte, die sie Xumucane Meier überwiesen hatte, vermutete sie, dass im Budget dieses Treffens ein einstelliger Tausenderbetrag allemal noch drin sein musste.

Außerdem: allzu groß war die Auswahl an verfügbaren, leidlich ebenen Flächen in Seenähe nicht, und spätestens morgen früh kamen die Zelte und mussten aufgebaut werden, die Zeit drängte also.

Sie wollte sich ernsthaft und in ausreichender Zeit auf das Ende der Langen Zählung vorbereiten, und das lag ganz sicher auch den anderen am Herzen. Xumucane konnte froh sein, dass sie sich so tatkräftig darum bemühte, alles seinen geplanten Gang nehmen zu lassen, während er im Polizeigewahrsam saß, anstatt die Versammlung zu leiten. Und seinen »Assistenten« Spitzer hatte sie richtig eingeschätzt: Er schien froh, dass sie die Führungsrolle eingenommen hatte.

»Genügen Ihnen auch achtzig? Und dafür dürfen wir bei Ihnen auf die Toilette und bekommen etwas Wasser?«

»Hm … ich weiß nicht recht …«

»Wir sind bis zum einundzwanzigsten Dezember hier, die Miete würden wir gleich ab heute zahlen, und wir können gerne auch noch zwei Tage für den Abbau der Zelte und das Aufräumen mit reinrechnen. Da kommt schon was zusammen.«

Kai druckste herum und versuchte den Eindruck zu erwecken, er zögere noch, aber ihm war überdeutlich anzusehen, wie er in Gedanken schon rechnete.

»Okay, dann machen wir das so«, sagte er und scheiterte weitgehend damit, seine Freude über den unverhofften Deal hinter einem gelangweilten Pokerface zu verstecken.

Die Gäste von Xumucane k-p'eñal hatten zur Begrüßung Briefumschläge bekommen. In den darin enthaltenen Schreiben waren Details des Treffens und nützliche Informationen für den Aufenthalt aufgeführt, und der Inhalt war nicht bei jedem derselbe. So erfuhren diejenigen, die im Schwobastüble logierten, wie die Nachtruhe im Haus geregelt war und bis wann der Fernsehraum benutzt werden konnte. Diejenigen, die im Zelt schliefen, fanden eine kleine Warnung vor der etwas sumpfigen Wiese direkt neben dem Lager – und Tipps, wo man am besten ungesehen austreten konnte und wo im Lager für solche Fälle Toilettenpapier und eine kleine Schaufel zum Ausheben eines Lochs vorrätig waren. Außerdem wurde wortreich erklärt, dass ein Klohäuschen, wie man es von Baustellen und manchen kleinen Festen kannte, auf gar keinen Fall zu der gewünschten Atmosphäre des Endzeit-Beisammenseins passte. In Wirklichkeit aber hatte Meier einfach die Mietkosten für die blauen Plastikkästen sparen wollen, obwohl er dem Besitzer der Wiese versprochen hatte, sich um entsprechende Vorrichtungen zu kümmern.

Alle Männer, die sich ohne Begleitung angemeldet hatten, fanden außerdem noch eine weitere Information in ihrem Begrüßungsschreiben: Xumucane k-p'eñal wies darauf hin, dass während der gesamten Zusammenkunft eine gewisse Larissa zur Verfügung stehe, die viel Erfahrung und Geschick darin habe, Männer von – wie es im Schreiben hieß – störenden Spannungen zu befreien, damit sich auch wirklich alle Teilnehmer des Treffens auf den eigentlichen Sinn der kommenden Tage konzentrieren konnten.

Roman Flaatz hatte die entsprechende Passage seiner Geliebten vorgelesen, als sie spät am Abend wie verabredet zu ihm ins Zimmer huschte.

»Trau dich bloß nicht!«, raunte sie ihm mit erhobenen Zeigefinger zu, grinste dann aber und streckte sich vor ihm auf dem Bett aus.

Montag, 10.12.2012

Susanne Forberger hatte schlecht geschlafen, aber die tiefen Augenringe, die ihr die aufgeregt durchwachte Nacht bescherten, passten ganz gut zu der Geschichte, die sie sich ausgedacht hatte, um sich als Susanne Beyer vorzustellen und ihr verspätetes Eintreffen zu erklären.

Sie atmete noch einmal tief durch und betrat das Schwobastüble. Hinter der Theke spülte die Bedienung gerade Gläser.

»Guten Morgen, ich suche die Teilnehmer des Treffens, das Xumucane k-p'eñal hier veranstaltet.«

Sie hatte die Aussprache von Meiers Künstlernamen gestern ausgiebig mit dem Maya-Experten Fridolin Haab geübt, und inzwischen ging ihr das sperrige Pseudonym recht flüssig über die Lippen.

»Ach, sind Sie auch eine Teilnehmerin?«

Die Bedienung trocknete sich die Hände ab und zog ein dickes Buch heran, das am Rand der Theke neben anderen Papieren lag. Susanne nickte und nannte den Namen Beyer. Hinter ihr öffnete sich die Tür, und die Bedienung fuhr mit dem Zeigefinger eine Liste entlang.

»Guten Tag«, sagte eine Männerstimme, Susanne drehte sich um und fing ein angenehmes Lächeln auf. Der Mann, der vor ihr stand, mochte Mitte dreißig sein, wirkte aber jungenhaft und sah ihr entspannt und selbstbewusst in die Augen. Schlank, ausgebleichte Jeans, ein weit fallender Pulli, die Haare halblang und vom Wind zerzaust – Sam Schauffler konnte sich sehen lassen. Susanne lächelte zurück und drehte sich wieder zu der Bedienung um, die Beyers Namen inzwischen gefunden hatte.

»Alles klar, Sie stehen auf der Liste. Ich hab hier notiert, dass Sie drunten in einem der Zelte schlafen werden – gilt das noch?«

»Scheiße«, dachte Susanne, »das könnte kalt werden. Hätte diese blöde Beyer nicht ganz bequem ein Fremdenzimmer hier im Gasthof reservieren können?«

»Wir haben noch zwei Zimmer frei, es sind nicht alle angemeldeten Gäste gekommen. Sie können also gerne auch hier im Haus schlafen – finanziell regelt das ja alles Herr Meier, ich meine … äh … Ihr Gastgeber Xumucane. Dann bräuchte ich nur noch kurz Ihren Ausweis, und Sie füllen mir die Anmeldung für die Übernachtungen aus.«

»Nein, das ist nicht nötig«, beeilte sich Susanne zu versichern. »Ich schlafe im Zelt wie geplant. Das finde ich authentischer.«

»Gut, ganz wie Sie wünschen. Schlafsäcke und Decken sind vorbereitet, das finden Sie dann alles unten im Zeltlager. Die anderen sind übrigens im Nebenzimmer, im Moment läuft eine Besprechung, aber gehen Sie bitte einfach rein. Das Frühstücksbüffet ist schon abgeräumt, aber wenn Sie mögen, richte ich Ihnen einen Teller und bringe ihn rüber.«

Susanne nickte, die Bedienung deutete auf den Kofferrucksack über ihrer Schulter.

»Ihre Tasche können Sie gerne so lange hierlassen. Wir lassen nachher alles an den See bringen, darum müssen Sie sich nicht kümmern. Sie können sich also ganz auf Ihre Versammlung konzentrieren.«

»Sehr schön, danke.«

Damit nickte sie der Bedienung freundlich zu und dann dem Mann, der ebenfalls an die Theke getreten war und ihr nachsah, als sie ins Nebenzimmer verschwand.

»Und Sie wollen sich auch anmelden?«

»Ich … äh …«

Schauffler hatte eigentlich nur vorgehabt, im Schwobastüble einen Kaffee zu trinken und vielleicht zufällig mit irgendjemandem ins Gespräch zu kommen, der ihm etwas über das seltsame Treffen erzählen konnte, zu dem sich seine Zielfigur Roman Flaatz angemeldet hatte.

»Wie heißen Sie denn?«

»Sagen Sie einfach Sam zu mir«, grinste er die Bedienung an, doch die stieg gar nicht erst auf den halbgaren Flirtversuch ein, sondern suchte gleich wieder in ihrer Liste.

»Sam haben wir hier keinen«, sagte sie schließlich. Schauffler zuckte mit den Schultern und lächelte einfach weiter. »Aber einen Samuel hab ich, Samuel Leichtweg. Sind Sie das?«

»Okay«, sagte Schauffler leichthin und grinste, »den nehmen wir.«

Die Bedienung sah ihn irritiert an. Sam nickte ihr beruhigend zu.

»Ja, das bin ich: Samuel Leichweck.«

»Oh, hab ich mir den Namen falsch notiert? Hier steht Leichtweg.«

»Nein, nein, das stimmt schon, ich nuschle manchmal ein bisschen. Und den Namen trage ich jetzt schon so lange, da sprech ich ihn natürlich nicht mehr so deutlich aus wie Sie. Das machen Sie übrigens ganz bezaubernd, Frau …?«

»Daniela«, sagte sie und lächelte etwas verlegen. »Hier sagen alle einfach nur Daniela.«

»Gut, Daniela, dann mach ich das auch. Sehr gerne.«

Sie räusperte sich und sah noch einmal ins Buch.

»Sie sind auch fürs Zelt angemeldet. Wollen Sie aufs Haus umbuchen? Es ist ziemlich kalt dort draußen am See.«

»Ach, das macht mir nichts. Ich bin viel draußen, da passt das mit dem Zelt schon.«

»Gut«, sagte Daniela und war ein wenig enttäuscht. Der Neuankömmling gefiel ihr, und vielleicht hätte sich nach dem Ende der Abendschicht mal was mit ihm ergeben – aber wenn er die Abende und Nächte dort unten am See verbringen würde … »Dann mach ich mal schnell mein Häkchen. Und herzlich willkommen, Herr Leichtweg.«

»Sam, bitte!«

Seine Hand strich für einen Moment über ihre Finger, und Daniela war gleich wieder versöhnt; die kleine Enttäuschung von gerade eben war schon wieder verflogen.

»Sieht ganz so aus, als sei Spitzers Alibi echt«, sagte Nerdhaas, der Computerexperte. Er hatte die Verbindungsdaten von Spitzers Handy überprüft, und die drei genannten Anrufe waren verzeichnet – das Handy hatte sich in der Funkzelle befunden, die zu Spitzers Wohnort passte. Auch der neugierige Nachbar bestätigte seine Angaben – Spitzer schied damit als Verdächtiger aller Wahrscheinlichkeit nach aus.

»Außerdem haben wir ja Meiers Kontoauszüge«, sagte Nerdhaas. »Er unterhält eine ganze Reihe von Konten bei den gängigen Banken. Zum Beispiel eines, von dem er offenbar seinen laufenden persönlichen Bedarf deckt, Geld abhebt, Gebühren, Strom und Wasser bezahlt. Interessanter ist ein zweites Konto, das in den Angaben für den Kontoinhaber neben seinem Namen auch noch diesen Maya-Namen aufführt – hier allerdings nicht ganz originalgetreu ›Xumucane kpenal‹ geschrieben, weil die Bankensoftware in entsprechenden Textfeldern nicht alle nötigen Sonderzeichen akzeptiert. Auf dieses Xumucane-Konto hat er seit Januar dieses Jahres etwa fünfzig Überweisungen mit höheren Beträgen erhalten. Davon kamen vier von einem Konto, das ebenfalls Meier gehört: Dort landen die Einnahmen aus seinen Büchern, die er ja im Eigenverlag veröffentlicht, also Buchverkäufe, sogar Tantiemen aus Auslandslizenzen, dazu Vortragshonorare – und einmal pro Quartal zieht Meier das dortige Guthaben ab und lässt nur einen kleinen Teil drauf, immer so zwischen fünfhundert und tausend Euro.«

»Ach«, warf Schneider ein, »das ist ein kleiner Teil? Muss ja ganz gut laufen, diese Maya-Chose.«

»Allerdings, wir haben aber bisher nur die Daten des laufenden Jahres. Wir gehen da heute noch weiter zurück – mal sehen, wie lange seine Erfolgssträhne schon anhält.«

»Gut. Mit den Entnahmen von diesem Verlagskonto hätten wir also vier von rund fünfzig größeren Eingängen geklärt. Und die anderen?«

»Wir haben noch nicht alle Namen endgültig gecheckt, aber es sieht so aus, als wären das die Teilnahmegebühren für das Endzeit-Happening am Ebnisee. Zumindest stimmen die Nachnamen der meisten Einzahler mit der Teilnehmerliste überein, die uns die Wirtin vom Schwobastüble gegeben hat.«

»Und um welche Beträge geht es da?«

Als Antwort projizierte Nerdhaas im Soko-Raum ein paar Zahlenreihen an die Wand. Maigerle pfiff durch die Zähne, auch die anderen waren beeindruckt. Nerdhaas scrollte ein wenig nach unten, die meisten Beträge lagen bei etwa vierzigtausend Euro.

»Sehen Sie hier?«

Nerdhaas deutete nacheinander auf drei Zeilen, die in der Spalte für den Kontoinhaber denselben Namen aufwiesen. Es handelte sich um eine Überweisung an Meier von achtzigtausend Euro, die zwei Tage später postwendend wieder zurücküberwiesen worden war. Rund zwei Wochen später – vermerkt in der dritten markierten Zeile – ging eine Zahlung von fünfundvierzigtausend Euro ein.

Unter Kontoinhaber war »Kristensen« vermerkt.

»Was ist das denn?«, fragte Schneider verwirrt. »Wieso hat Meier den ersten Betrag denn zurücküberwiesen?«

»Vielleicht war ein anderer, niedrigerer Preis verabredet, und Meier ist ein ganz Ehrlicher.«

»Na ja … wenn ich mir dieses ganze Brimborium um das Maya-Treffen so ansehe und wenn ich daran denke, dass die Schwobastüble-Wirtin ihn mit ihrem Angebot, einen Teil des Preises erst nach dem Weltuntergang zu bezahlen, praktisch als ungläubigen Propheten entlarvt hat, kommt mir Meier nicht gerade als honoriger Geschäftsmann vor. Außerdem – hätte er nicht einfach das zu viel bezahlte Geld zurücküberweisen und den Rest gleich behalten können?«

Nerdhaas zuckte mit den Schultern.

»Und warum überweisen die anderen jeweils rund vierzigtausend Euro, und nur Frau Kristensen muss mehr bezahlen?«

»Es zahlen nicht alle gleich viel«, sagte Nerdhaas und navigierte durch die Liste, bis er die gesuchten Einträge gefunden hatte: Eine Überweisung über fünftausend und eine weitere über elftausend Euro – zwei der Teilnehmer taten sich offenbar schwer, finanziell mit den anderen mitzuhalten.

Schneider las die Namen der Kontoinhaber und blies die Backen auf.

»Das hätte ja nun auch nicht unbedingt sein müssen«, knurrte er.

Als Absenderin der Fünftausend-Euro-Überweisung wurde Susanne Beyer genannt. Elftausend Euro hatte ein gewisser Leichtweg bezahlt.

Im Nebenzimmer verteilte Carola Kristensen gerade die für heute anstehenden Aufgaben. Spitzer saß direkt neben ihr und wirkte wie der Klassenstreber, der auf die nächste Gelegenheit lauerte, seiner Lehrerin die Tasche zu tragen.

Die Zelte würden geliefert werden, aber aus dem Aufbau wollte sie einen kleinen Event machen – professionelle Anleitung und, wenn es nottat, auch zupackende Hilfe hatte Hedwig Hürtler organisiert. Und Kristensen hatte gleich eine ordentliche Menge Teig für Stockbrot bei ihr in Auftrag gegeben und Grillwürste vorbestellt. Alufolie, Brennpaste und manches mehr lagen schon bereit zum Transport hinunter an den See.

Hinter dem Gasthof stand ein Transporter, randvoll mit Getränkekisten – Sprudel, Saft, Bier und Wein, auch ein Karton mit Obstler war dabei. Zwar waren weder Stockbrot, Grillwürste, Obstler und Bier allzu mayatypisch, aber alles war so vor ein paar Tagen mit Xumucane persönlich abgesprochen worden.

Roman Flaatz und Karin Tobel meldeten sich als Erste, um im Wald nach Brennholz zu suchen. Manfred Meier hatte einen Stapel neben dem alten Lager aufschichten lassen, und die Polizei hatte der Gruppe gestattet, das Holz zum neuen Lager zu schaffen – aber gemäß einigen Passagen in Meiers Büchern, wo das authentische Leben im Hier und Jetzt und getragen von der Tradition der Maya propagiert wurde, wollte Kristensen möglichst viele Teilnehmer dazu bringen, für die Vorbereitungen der Abende am Lagerfeuer selbst mit anzupacken. Ob die Maya vor ihren rituellen Festen in irgendeinem Wald Brennholz gesammelt hatten, wusste sie nicht, und das stand auch in keinem von Meiers Büchern – aber es kam ihr irgendwie richtig vor, dass der Meditation und Besinnung körperliche Arbeit vorausging, wenn auch nur in überschaubarem Umfang.

Susanne saß etwas abseits an einem Vierertisch, hörte aufmerksam zu, nippte an ihrem Tee und aß dazu ein Hörnchen mit Butter und Honig. Zuhause hatte sie vor Aufregung keinen Bissen hinuntergebracht, aber seit sie nun mit ihrer neuen Identität eingeführt war, verflog ihre Nervosität zusehends.

Das hatte auch mit ihrem Nebensitzer zu tun, den sie schon duzte. Sam hörte ebenso gespannt zu wie sie, aber zwischendurch sah er lächelnd zu ihr hin und zwinkerte ihr manchmal, wenn sie seinen Blick erwiderte, schelmisch zu.

»Frau Beyer, Herr Leichtweg«, wandte sich Kristensen an die beiden. »Könnten Sie Herrn Flaatz und Frau Tobel vielleicht beim Brennholzsammeln helfen?«

»Geht klar«, sagte Sam, ohne zu zögern, und Susanne schmunzelte nur dazu.

»Ist dir das nicht recht?«, fragte er sie daraufhin. »Wenn du keine Lust hast, kann ich auch allein in den Wald gehen, kein Problem.«

»Nein, nein, das passt schon.«

Er beugte sich ein wenig zu ihr hin und senkte die Stimme.

»Ich will übrigens wirklich Brennholz sammeln.«

Sie sah ihn an, bemerkte ein Blitzen in seinen Augen, räusperte sich und hoffte, dass sie nun nicht auch noch rot anlaufen würde.

»Herr Schneider …?«

Staatsanwalt Feulner hatte die Tür zum Besprechungsraum aufgerissen, aber registrierte gleich, dass Schneider nicht allein war.

»Ach, Sie sitzen ohnehin gerade beisammen. Sehr gut, kommen Sie bitte kurz alle mit rüber? Herr Binnig und ich haben Ihnen etwas mitzuteilen. Meiers Anwalt ist auch da.«

Vielsagend rollte er mit den Augen, dann schlüpfte er schon wieder hinaus in den Flur, und die anderen beeilten sich, ihm zu folgen. In Binnigs Büro saßen einige Kollegen, und als sich kurz darauf die Tür hinter dem letzten Neuankömmling schloss, war der Raum gut gefüllt.

Etwas abseits saß ein Mann um die Vierzig im hervorragend sitzenden Anzug, von den blank gewienerten Schuhen über das Einstecktuch bis hin zum sauber gezogenen Scheitel eine makellose Erscheinung, und dazu passend trug er eine selbstgewisse und gelassene Miene zur Schau.

»Schön, dass Sie alle kurz Zeit gefunden haben«, begann Binnig etwas gestelzt. »Herr Meiers Anwalt, Herr Dr. Ruprecht Brandt« – er nickte dem Fremden kurz zu – »hat mich unterrichtet, was er als Nächstes für seinen Mandanten tun möchte, und ich fand es angebracht, dass er Sie alle auch gleich auf denselben Stand bringt.«

Ernst beugte sich zu Schneider hin und flüsterte: »Das ist nicht der Anwalt, den ich gesehen habe. Meier scheint einen neuen zu haben.«

Feulner warf ihm einen tadelnden Blick zu, und Ernst verstummte.

»Herr Dr. Brandt: bitteschön!«

»Meine Herren, Herr Manfred Meier hat mir heute früh ein Mandat erteilt, die entsprechende Mitteilung und die dazugehörige Vollmacht liegen Ihrem Vorgesetzten und Herrn Staatsanwalt Feulner bereits vor.«

Brandt hatte eine angenehme Stimme, die sein selbstbewusstes Auftreten noch verstärkte. Er sprach klares Hochdeutsch, wenn auch mit einer leichten Färbung, die auf eine Herkunft aus Norddeutschland schließen ließ. Schneider hatte so eine Ahnung, wer Meier den neuen Anwalt verschafft hatte.

»Ich halte nichts davon, mit Ihnen irgendwelche Tricksereien zu versuchen. Ich möchte mit Ihnen kooperieren, und ich möchte mit offenen Karten spielen – deshalb lege ich Ihnen gern die nächsten Schritte offen, die ich unternehmen werde.«

Er sah kurz in die Runde, um sich zu vergewissern, dass auch jeder aufmerksam zuhörte.

»Ich werde erwirken, dass mein Mandant möglichst schnell wieder auf freien Fuß gesetzt wird. Bisher habe ich die Indizien, mit denen Sie die Anschuldigungen gegen Herrn Meier zu stützen versuchen, nur oberflächlich durchsehen können – aber es scheint mir eindeutig, dass Sie in diesem Fall Ihre Schlüsse ein wenig voreilig gezogen haben.«

Schneider verlagerte sein Gewicht ein wenig, sein Stuhl knarrte und Brandt sah zu ihm hin.

»Das ist Kriminalhauptkommissar Schneider«, stellte ihn Binnig kurz vor, »er leitet die für den Fall zuständige Ermittlungsgruppe.«

»Angenehm, Herr Schneider. Sie scheinen aber nicht ganz meiner Meinung zu sein?«

Schneider machte sich erst gar nicht die Mühe, seinen Unwillen zu verbergen.

»So ist es, Herr Dr. Brandt.«

»Nun, dass wir beide manchmal nicht einer Meinung sein werden, das liegt wohl in der Natur der Sache. Nichtsdestotrotz« – er sprach das »st« mit hanseatisch scharfem S – »werden Sie nicht viel in die Waagschale werfen können, was meinem Wunsch und dem von Herrn Meier wirksam entgegenstünde.«

Schneider holte zu einer Erwiderung Luft, aber Feulner fiel ihm ins Wort.

»Gut, Herr Dr. Brandt, vielleicht kommen Sie jetzt kurz zu den Punkten, die Sie den Kollegen noch sagen wollten. Wir würden gerne möglichst wenig Zeit verlieren – wie Sie ja selbst gerade andeuteten, ist in den Ermittlungen noch einiges zu tun.«

Feulner sprach so kontrolliert wie immer, wenn er sich auf ein schwieriges Duell oder eine wichtige Argumentation konzentrierte – Brandt quittierte die Einlassung des Staatsanwalts mit einem leichten Schmunzeln.

»Selbstverständlich, Herr Staatsanwalt«, versetzte er entspannt. »Da Sie, meine Herren, von der Schuld meines Mandanten selbst zu diesem doch sehr frühen Zeitpunkt der Ermittlungen überzeugt sind, haben Sie auch im Haus von Herrn Meier nach Unterlagen gesucht. Und, soweit ich weiß, auch Bank- und Telekommunikationsdaten von ihm gesichert und gesichtet. Da ich die Unschuld meines Mandanten beweisen werde, könnte das unangenehme Konsequenzen für Sie alle nach sich ziehen – dann nämlich, wenn sich herausstellt, dass Sie den Zugriff auf diese Informationen zu Unrecht oder zumindest eher übereilt durchgeführt oder veranlasst haben. Ich möchte Sie deshalb in Ihrem eigenen Interesse herzlich darum bitten, von einer weiteren Durchsicht dieser Daten und Unterlagen Abstand zu nehmen.«

Schneider sah verblüfft zu Binnig und Feulner hin, beide zuckten leicht mit den Schultern.

»Ich brauche in diesem Punkt im Prinzip keine Zusicherung von Ihnen, das wird sich alles weisen, wenn ich für meinen Mandanten die entsprechenden Entscheidungen erwirkt habe. Und ich will auch zum jetzigen Zeitpunkt keine Unterlassung von Ihnen fordern – aber wenn Sie fürs Erste damit leben könnten, diese Daten nicht weiter für Ihre Ermittlungen zu nutzen, nach jetzigem Stand gewissermaßen freiwillig, dann würde ich das durchaus als starkes Signal für Ihre Kooperationsbereitschaft werten.«

Die verschwurbelten Satzgebilde des Anwalts waren anstrengend, aber was er wollte, lag ohnehin auf der Hand. Schneider dachte nach. Binnig und Feulner wollten offenbar nicht auf Konfrontationskurs gehen – bedeutete das, dass Brandt gute Karten hatte, um Meier auf freien Fuß zu bekommen? Zudem hatten sie bereits viele Daten und Unterlagen gesichert, die sie auch weiterhin auswerten konnten – das würde der Anwalt ohnehin nicht kontrollieren können, und dazu brauchten sie nicht weiterhin in Meiers Haus oder in seinen Bank- und Telefonverbindungen zu wühlen.

»Sie gestatten, dass ich mich etwas hemdsärmeliger ausdrücke?« Brandt war Schneiders Denkpause wohl zu lang geworden. »Wenn Sie jetzt die Finger von den Daten und vom Haus meines Mandanten lassen, erkenne ich den guten Willen und muss längst nicht so vehement die Ahndung Ihres unberechtigten Zugriffs fordern als sonst.«

»Das habe ich auch schon beim ersten Mal verstanden, Herr Dr. Brandt. Aber ich sollte schon Zeit haben, Ihren … Wunsch und seine Auswirkungen auf unsere Ermittlungsarbeit zu bedenken.«

Er sah noch einmal zu Feulner, der leicht nickte. Auch Binnigs Blick ermunterte ihn.

»Gut, einverstanden: Wir werden keine weiteren Datenabfragen zu Herrn Meiers Konten oder zu seinen Telefonverbindungen mehr auslösen.«

»Und sein Haus?«

»Wir werden fürs Erste auch keine weiteren Unterlagen in seinem Haus sicherstellen.«

»Und Sie geben die bereits gesicherten Unterlagen wieder heraus?«

Schneider sah zu Feulner hin. Letztlich war der Staatsanwalt der Herr des Verfahrens, der Leiter der Soko führte die Ermittlungen in seinem Auftrag.

»Ja, das können wir Ihnen zusichern«, sagte Feulner schließlich. Schneider war irritiert, weil der sonst so ehrgeizige Staatsanwalt diesmal ungewohnt ruhig das Feld räumte.

»Vielen Dank, meine Herren«, sagte Brandt höflich und erhob sich. »Nun werde ich mich noch ein wenig mit meinem Mandanten beraten und ihm auch die gute Nachricht bringen, dass Sie an einer einvernehmlichen Lösung dieser unangenehmen Situation interessiert sind.«

Er nickte noch einmal allen zu, gab Feulner und Binnig die Hand und verließ den Raum. Als Brandt draußen war und sich seine Schritte im Flur entfernt hatten, lehnte sich Feulner zurück und gönnte sich zu Schneiders Überraschung ein breites Grinsen.

»Ich habe mich ein wenig über Herrn Dr. Brandt erkundigt. Brandt ist in Bremerhaven und Umgebung als brillanter Anwalt bekannt, er ist der Hausjurist der Reederei, die Frau Kristensen leitet. Sie hat ihn für Meier angeheuert. Brandt ist spezialisiert auf Wirtschaftsrecht, aber seine Stammklientel paukt er notfalls auch aus allen möglichen anderen Schwierigkeiten heraus – vom Verkehrsvergehen bis hin zu Nachbarschaftsstreitereien, Stalking, Betrug … er ist sehr flexibel und ziemlich clever, und die freche Masche von gerade eben könnte ihm in manchen Verfahren wirklich Erfolge beschert haben. Mit Mord hatte er allerdings bisher noch nicht zu tun. Da Brandt sehr von sich überzeugt ist, geht er gerne den direkten Weg ganz nach oben – offenbar hat er auch in Baden-Württemberg gute Kontakte. Deshalb haben wir uns, als er hier war, so … nun ja: eingeschüchtert präsentiert, das scheint seinem Ego zu schmeicheln. Damit hat er keinen Grund, uns über die Beziehungsschiene Ärger zu bereiten und uns von der Arbeit abzuhalten – und wir haben ihm im Prinzip nur das zugestanden, was uns nicht schadet.«

»Wird er Meier freibekommen?«

»Vielleicht, vielleicht auch nicht – aber dafür muss er einen Haftprüfungstermin beantragen, wahrscheinlich macht er das noch heute. Das dauert seine Zeit: Drei, vier Wochen wird er schon warten müssen, unser lieber Dr. Brandt. Und bis dahin soll er ruhig glauben, dass er uns ordentlich ins Bockshorn gejagt hat. Die Unterlagen haben Sie alle kopiert und gespeichert, nehme ich an?«

Schneider nickte.

»Na, gut, dann können wir ja jetzt in Ruhe weiterarbeiten.«

Die Luft war kalt, aber von angenehmer Frische. Der Wald hielt den Wind ab, und Susanne und Sam hatten bald jeder einen Arm voll trockener Äste gesammelt. Sam, der vorneweg marschierte, hielt die Zweige, die er sich aus dem Weg biegen musste, fest, bis Susanne sie mit ihrer Hand übernommen hatte. Und als ihm doch einmal ein Zweig aus den Fingern rutschte und zu ihr hinschwang, warnte er sie mit einem kurzen Zuruf und sah gleich ganz besorgt nach ihr, ob sie sich womöglich verletzt hätte.

Sie fand seine Gegenwart sehr angenehm, er redete nicht zu viel, verhielt sich charmant – und mit seinen breiten Schultern und dem freundlichen, männlich markanten Gesicht war er ohnehin ganz nach ihrem Geschmack. Die Zeit verging wie im Flug, und als sie auf dem Rückweg ein Stück seitwärts im Unterholz das Knacken von Ästen und das Kichern einer Frauenstimme hörten, zwinkerten sie sich zu, legten das gesammelte Holz zur Seite und schlichen auf die Geräusche zu.

Hinter einem größeren Gebüsch rangelten Flaatz und Tobel spielerisch miteinander. Er hatte eine Hand in ihrer Bluse und schnappte mit dem Mund nach ihren Lippen, sie streichelte ihm über den Bauch und wich kichernd immer wieder ein bisschen zurück.

Vorsichtig schlichen Susanne und Sam zurück, nahmen ihr Brennholz auf und gingen schweigend, bis Sam es nicht mehr aushielt und vor Lachen prustete. Er war ohnehin sehr zufrieden mit sich: Als falscher Teilnehmer dieses Maya-Meetings hatte er gleich Susanne kennengelernt. Er fragte sich nur, wie eine so attraktive und sympathische junge Frau auf diesen Mumpitz hereinfallen konnte. Und eben war es ihm gelungen, ein paar Fotos von Roman Flaatz und seiner Geliebten zu schießen, ohne dass es Susanne bemerkt hatte – die Aufnahmen würde er noch heute Abend seiner Auftraggeberin nach Freiburg mailen.

Schwatzend und kichernd erreichten sie den neuen Zeltplatz. Spitzer lief ein paar Meter entfernt auf und ab, das Handy am Ohr.

»Ja«, sagte er, »natürlich bleibt's dabei, Christa. Aber heute brauchst du noch nicht zu kommen. Die Leute sind noch ganz aufgeregt wegen dem Mord, und seit gestern hatten wir alle Hände voll damit zu tun, ein neues Zeltlager aufzubauen – das alte hat die Polizei gesperrt. Und jetzt wollen wir heute mal den ersten Abend am Lagerfeuer verbringen. Ach so, noch was für dich, Christa: Wie gesagt – die Polizei lässt uns nicht mehr ins erste Zeltlager. Das heißt, dass dein … äh … Spielzeug dort noch im Zelt liegt. Du musst morgen halt das Nötigste noch einmal mitbringen, okay?«

Er hörte kurz zu.

»Ja, Christa, ich weiß, du bekommst das auch alles wieder. Aber jetzt gerade ist es halt nicht greifbar, da kann ich auch nichts machen. Du wirst schon noch ein paar Sachen in petto haben, oder? Und im Grunde genommen …« – er senkte die Stimme ein wenig und grinste anzüglich – »… hast du ja immer sozusagen alles, was du wirklich brauchst, ›am Mann‹, nicht wahr?«

Er kicherte, wurde, als die Stimme im Handy etwas lauter antwortete, wieder ernst und verabschiedete sich schließlich knapp.

Sam und Susanne gingen an Spitzer vorbei, als hätten sie nichts von seinem Telefonat mitbekommen, und vermieden es, ihn anzusehen. Aber Sam konnte sich ein Grinsen nicht verkneifen, denn er hatte den Verdacht, dass sich hinter dieser Christa jene Larissa verbarg, die ihm als alleinstehendem männlichen Teilnehmer im Begrüßungsschreiben angeboten worden war.

Das Lagerfeuer prasselte, die Flammen züngelten im Wind hin und her und tauchten die vorderen Zelte in ein warmes, unruhiges Licht. Spitzer hatte einen tragbaren CD-Player mitgebracht und eine sogenannte Weltmusik eingelegt, die den Werbesprüchen auf dem Cover zufolge traditionelle Klänge der Maya nachempfand. Die meist beruhigenden Melodien zu Percussion verliehen dem Treffen tatsächlich eine besondere Note, ansonsten war Gemurmel und manchmal Gelächter zu hören, wie man es auch sonst von Versammlungen an einem Lagerfeuer kannte.

Einige Anwesende hatten sich das Gesicht mit Fingerfarben bemalt, die meisten hatten sich noch dicke Wolldecken umgelegt, und einige streckten die klammen Finger in Richtung der Flammen, um sich etwas aufzuwärmen. Roman Flaatz und Karin Tobel saßen dicht beieinander und tuschelten. Susanne und Sam teilten sich eine Decke, prosteten sich mit Glühwein zu und schauten immer wieder zu dem anderen Paar hinüber, woraufhin sie sich meistens leicht anstießen und kicherten. Der Glühwein zeigte bereits Wirkung.

Carola Kristensen hockte im Schneidersitz auf ihrem zusammengelegten Schlafsack und nickte, als die CD zu Ende war, einem Endvierziger mit dünnem Haar zu, der daraufhin sofort aufstand und wenig später mit einer Gitarre zu seinem Platz zurückkehrte. Robert Glienecke zupfte ein wenig herum, stimmte die Saiten nach, dann hob er mit etwas näselnder Stimme an zu singen und schrammelte dazu unsauber gegriffene Akkorde.

Einige der Anwesenden brummten den Refrain von »We shall overcome« halblaut mit, Kristensen schwieg und schloss die Augen – sie mochte die Protestsongs von Joan Baez nicht allzu sehr, aber als Glienecke danach »El condor pasa« anstimmte, um sich zumindest örtlich ein wenig den Mayas anzunähern, seufzte sie leise und nahm einen großen Schluck Glühwein. Man musste mit dem vorlieb nehmen, was zu bekommen war.

Lena Lohrmann und Kai Hummel standen am offenen Fenster und schauten lächelnd zum Zeltlager hinunter. Sie pafften an ihren Selbstgedrehten, genossen den würzigen

Duft nach Tannennadeln, der sie einhüllte, und lauschten der Musik vom Lagerfeuer. Eine schöne Stimmung lag über dem Zeltplatz, und die beiden freuten sich schon auf die kommenden Abende – wenn diese Maya-Freaks jeden Tag hier mit Musik und Glühwein ausklingen ließen, konnte das ein richtig netter Dezember werden.

Da fiel Lena ein Mann auf, der sich vom Waldrand her näherte, sich immer ein paar Schritte auf ihr Haus und die daneben aufgebauten Zelte zubewegte, dann wieder stehenblieb, sich nach allen Seiten umsah, zögerte, wieder ein paar Meter näherkam, wieder stehenblieb.

»Schau mal, Kai«, sagte sie und deutete auf den Mann. »Da kommt Arnie, Meiers Mann fürs Grobe.«

Dienstag, 11.12.2012

Jutta Kerzlinger und Henning Brams bogen am Ebnisee auf gut Glück in den kleinen Weg entlang des Ufers ab. Durch das kleine Waldstück erreichten sie das einsam stehende Bauernhaus. Sie stellten den Wagen schon ein Stück vorher ab, gingen die letzten Meter zu Fuß und gaben sich, je näher sie den Zelten kamen, zunehmend Mühe, keine lauten Geräusche zu verursachen.

Das Bauernhaus lag still, auch im Lager regte sich nichts. Es war schon etwas dämmrig, ein kühler Wind strich über die Zelte und wirbelte von den Resten des Lagerfeuers etwas Asche auf. Rund um den Feuerplatz lagen Flaschen, Becher und Pappteller herum, auf denen noch Senf, Brotkrumen und Reste von Grillfleisch zu erkennen waren.

Die Zugänge der Zelte waren verschlossen, durch die eine oder andere Plane war leises Schnarchen zu vernehmen. Kerzlinger und Brams wollten gerade umkehren und wieder zum Auto zurückgehen, als zwei Zelte weiter die Plane zurückgeschlagen wurde und ein korpulenter Mann an der Feuerstelle vorbei in Richtung Bauernhaus tappte. Die beiden Beamten duckten sich und verfolgten ihn mit ihren Blicken – doch der verschwand in einem Seiteneingang des Hauses, ohne dass die Polizisten ihn erkannt hätten.

Die Figur allerdings konnte zu dem nach wie vor spurlos verschwundenen Weißknecht passen. Also postierte sich Brams hinter einem Baum, um den Mann gegebenenfalls auf dem Rückweg aufhalten zu können. Kerzlinger verbarg sich für alle Fälle an der vorderen Hauswand und konnte dem Mann, falls er fliehen wollte, den Weg zum See abschneiden.

Zehn Minuten später kam er wieder zum Vorschein. Brams erkannte ihn sofort und trat aus seiner Deckung. Er hob seinen Dienstausweis hoch, kam näher und sagte mit fester Stimme: »Herr Weißknecht, wir müssen mit Ihnen reden!«

Überrascht sah der ihn an, wirkte kurz unschlüssig, dann wandte er sich dem See zu und begann zu rennen. Kerzlinger schnitt ihm den Weg ab und wollte ihn stoppen, da holte Weißknecht mit seiner fleischigen Faust aus und hieb im Weiterrennen nach der Beamtin. Brams konnte hinterher gar nicht genau beschreiben, was genau passierte, aber Sekunden später schlug Weißknecht hart auf dem Boden auf, Kerzlinger schwang sich auf seinen Rücken, hielt sein rechtes Handgelenk wie ein Schraubstock umklammert und drückte ihm den Arm nach hinten.

»So, mein lieber Herr Weißknecht«, zischte sie ihm ins Ohr, und sie klang dabei nicht besonders angestrengt, »jetzt lassen Sie diesen Blödsinn und wir unterhalten uns wie erwachsene Menschen, ja?«

Carola Kristensen hatte den missglückten Fluchtversuch von Weißknecht beobachtet, als sie vom Joggen durch den Wald zurückkam. Auf dem Weg zu ihrem Zelt begegnete sie Susanne Beyer, die sichtlich erschrak und sofort etwas von Austreten und »musste dringend« stammelte. Kristensen wunderte sich noch darüber, als sie schon längst wieder in ihren klammen Schlafsack gekrochen war und wegdämmerte.

Kerzlinger und Brams hatten Weißknecht im Vernehmungsraum Gesellschaft geleistet, bis Schneider, Ernst und Maigerle eintrafen. Kerzlinger brachte die Kollegen im Flur aufs Laufende, und Maigerle schlug vor, sie solle an seiner Stelle an der Befragung teilnehmen.

»Wenn der Jutta nur sieht«, lachte er, »wird er das Zittern bekommen. Das könnte ich nicht annähernd leisten.«

Damit ging er in den Nebenraum, setzte sich hinter die einseitig verspiegelte Scheibe und wartete auf Brams. Ernst holte Kaffee für sich und die Kollegen. Als Kerzlinger und Schneider in den Vernehmungsraum traten, sah Weißknecht auf. Schneider ließ sich ihm gegenüber auf den Stuhl sinken, Kerzlinger lehnte sich an die Wand. Unsicher ging Weißknechts Blick zwischen den beiden hin und her, dann wieder abwärts zur Tischplatte, auf der seine Hände lagen. Er knetete seine Finger, wirkte durch und durch nervös und sah so aus, als hätte Schneider mit ihm leichtes Spiel – was auch immer der mit ihm vorhätte.

»Wir suchen Sie schon seit Freitag«, sagte Schneider nach einer Weile und ließ den Satz erst einmal auf sich beruhen.

Weißknechts Blick irrte durch den Raum, hinüber zur Spiegelwand, herüber zu Schneider, kurz zu Kerzlinger, schnell zur Tischplatte und dann wieder zu Schneider zurück. Der beobachtete ihn aufmerksam und ließ ihn ein wenig schmoren.

»Wo waren Sie denn die ganze Zeit?«

»Ich war ...«

Weißknecht wischte sich mit den fleischigen Fingern über die feuchte Oberlippe, strich sich das fettige Haar glatt.

»Ich war zu Hause.«

»So, so?«

»Ja, war ich.«

»Und warum haben meine Kollegen Sie dann nie zuhause angetroffen?«

Weißknecht zuckte mit den Schultern und presste die Lippen aufeinander.

»Waren Sie womöglich da – und haben den Kollegen einfach nur nicht aufgemacht?«

Er zuckte erneut mit den Schultern.
»Und warum nicht?«
»Ich hab … Ich war …«
Er rieb sich die Nase, fuhr sich über die Stirn und kratzte sich am Hinterkopf.
»Sie wissen, dass im Zeltlager beim Ebnisee ein Mord geschehen ist, oder?«
Weißknecht nickte.
»Und woher wissen Sie das?«
»Hab ich im Radio gehört.«
»Und was wissen Sie sonst noch über den Mord? Ich meine: was außer dem, was Sie im Radio gehört haben?«
»Nichts, wieso?«
»Da liegt ein Toter auf dem Lagerfeuer, für das Sie vermutlich das Brennholz gesammelt haben, und Sie wissen darüber nur das, was Sie im Radio gehört haben?«
Er nickte.
»Ach, reden Sie doch keinen Quatsch, Herr Weißknecht. Wieso sollte ich Ihnen das glauben?«
Er zuckte wieder mit den Schultern. Ernst kam mit dem Kaffee herein, stellte eine Tasse vor Schneider auf den Tisch und lehnte sich neben Kerzlinger an die Wand.
»Wollen Sie auch einen?«, fragte Schneider.
Weißknecht schüttelte langsam den Kopf und sah konzentriert vor sich auf die Tischplatte.
»Stellen Sie sich doch einfach mal vor, wie das auf mich wirken muss: In Ihrem ersten Zeltlager liegt ein Toter, Sie sind danach spurlos verschwunden, und nun, da meine Kollegen Sie morgens im zweiten Zeltlager aufgestöbert haben, wollen Sie nur das über diesen Mordfall wissen, was Sie im Radio gehört haben – klingt das für Sie glaubwürdig?«
Schulterzucken, schon wieder. Schneider seufzte.
»Hätte Herr Meier Sie nicht dringend gebraucht, nachdem dort beim See etwas so Schreckliches geschehen ist?«
»Xumucane k-p’eñal«, brummte Weißknecht. »Man nennt ihn nicht mehr bei seinem alten Namen.«

»Geschenkt, Herr Weißknecht, diese Spielchen interessieren mich nicht besonders, wissen Sie?«

»Das sind keine Spielchen. Wir treffen uns am See, um uns …«

»Ja, ja, ich weiß – ersparen Sie mir das Gerede vom Weltuntergang. Ich will wissen, wer dafür gesorgt hat, dass es für das Mordopfer ein ganz persönliches Ende gegeben hat. Noch einmal: Wir untersuchen hier einen Mord – das zumindest haben Sie im Radio ja gehört.«

Weißknecht nickte und schwieg.

»Übrigens«, begann Schneider nach einer Pause neu: »Falls Sie wirklich an diesen Mumpitz glauben, mit den Mayas und so und mit Meiers Prophezeiungen …«

»Natürlich glaube ich daran«, empörte er sich.

»Gut, dann sitzen Sie im Moment sozusagen auf heiligem Grund.«

»Wie: heilig?«

»Genau auf Ihrem Stuhl saß am Freitag Manfred Meier, Ihr großer Maya-Lehrer.«

»Sie haben Xumucane verhört? Hier?«

Schneider nickte.

»Und dann?«

»Haben wir Haftbefehl für ihn beantragt, jetzt sitzt er in Stammheim in Untersuchungshaft.«

»Aber das dürfen Sie nicht! Seine Gäste sind schon da, und sie brauchen Xumucane als Lehrer, als den einen, der ihnen den Weg zur Erleuchtung weist, der ihnen hilft, die letzten Tage angemessen zu verbringen und sich auf den entscheidenden Moment vorzubereiten!«

Weißknecht rasselte die Formulierungen nur so herunter, als hätte er sie für das Treffen mit Meiers Maya-Gemeinde auswendig gelernt.

»O doch, Herr Weißknecht, wir dürfen das. Wir haben Ihren feinen Herrn Meier im Verdacht, den Mord im Zeltlager begangen zu haben.«

Kerzlinger stutzte kurz, dass Schneider das so geradeheraus sagte, aber der Kommissar ließ Weißknecht während dieser beiden Sätze keinen Moment aus den Augen. Er suchte nach einer verräterischen Reaktion, aber Weißknecht wurde nur bleich, schluckte mehrmals und brachte dann mühsam hervor: »Ich will jetzt meinen Anwalt sprechen.«

»Schade«, dachte Schneider. »Keine Reaktion, aus der ich wirklich etwas schließen kann.«

»Wer ist denn Ihr Anwalt?«, fragte er schließlich.

Weißknecht zuckte wieder mit den Schultern.

»Haben Sie keinen?«, fasste Schneider nach.

»Nein.«

»Sollen wir Ihnen ein Telefonbuch bringen und Sie suchen sich einen aus? Oder kennen Sie einen Anwalt?«

»Xumucane wird einen für mich haben. Sagen Sie ihm Bescheid?«

Schneider nickte und erhob sich. Bis auf Weiteres war aus Arnie Weißknecht nichts mehr herauszubekommen.

Als der Sportwagen den Fratzenwiesenhof erreichte und in der Einfahrt von Christa Häbeles Haus ausrollte, stand die Bewohnerin gerade in der offenen Tür. Einen Moment sah sie erschrocken aus, und es wirkte beinahe so, als wollte sie sich davonmachen, doch dann verschränkte sie beide Arme vor der Brust und wartete ab, bis die beiden Männer aus dem Wagen zu ihr kamen.

»Guten Tag«, sagte Schneider und streckte ihr seinen Dienstausweis entgegen. »Wir sind von der Kriminalpolizei. Das ist mein Kollege Ernst, mein Name ist Schneider.«

»Ich weiß, dass Sie keine Kunden sind. Sonst würden Sie in meinem Terminkalender stehen. Und da steht für heute niemand.«

Sie lächelte, was ihr ungeschminktes Gesicht gleich viel hübscher wirken ließ. Christa Häbele war etwa einssiebzig groß und schlank, ihre glatten schwarzen Haare teilten sich über der Stirn in einem lässig verwuschelten Scheitel und fielen ihr bis auf die Schultern. Sie trug enge Jeans und einen Pulli, darunter schien sich eine eher knabenhafte Figur zu verbergen. Sie wirkte recht entspannt, allerdings bemerkte Schneider, dass ihre braunen Augen feucht schimmerten und rot unterlaufen waren.

»Herr Schaal, mein Vermieter, hat mir schon erzählt, dass Sie mich sprechen wollen. Und er hat mir auch verraten, dass er Ihnen meine Larissa-Visitenkarte zugesteckt hat. Worum geht's denn?«

»Um den Toten im Zeltlager von Herrn Meier, drunten beim Ebnisee – und darum, woher Sie Meier und Weißknecht kennen.«

»Na ja, das ist doch alles eine sehr kleine, sehr überschaubare Welt hier. Da bleibt es nicht aus, dass man auch in den umliegenden Orten Leute kennenlernt – in meinem Beruf ohnehin nicht.«

Sie zwinkerte den beiden Kommissaren zu und lächelte noch breiter. Ernst räusperte sich. Plötzlich sah sie an den beiden vorbei und nickte jemandem hinter ihnen zu.

»Grüß Gott, Herr Schaal!«, rief sie und fügte, nun viel leiser, hinzu: »Kommen Sie doch lieber mit ins Haus. Mein Vermieter ist … nun ja: recht interessiert an allem, was mich betrifft.«

Sie legte Schneider eine Hand auf die Schulter und schob erst ihn und dann Ernst ins Haus, verabschiedete sich lauthals von Schaal und schloss die Tür hinter sich.

»Kommen Sie?«

Sie ging den Flur entlang und bog rechts in ein helles, modern möbliertes Zimmer ein. Sitzecke, Holztisch, Stereoanlage, ein paar Regale mit Büchern und CDs, dazwischen Pflanzen und auf dem Tisch ein frischer Blumenstrauß – Christa Häbeles Wohnzimmer machte einen sehr sympathischen Eindruck.

»Trinken Sie einen Kaffee mit? Einen Tee? Saft, Sprudel, Bier?«

»Ein Kaffee wäre schön, aber nur, wenn's keine Mühe macht«, sagte Schneider, und Ernst schloss sich an.

»Keine Sorge, ich bin ja ohnehin dauernd auf Besuch eingerichtet.«

Sie hantierte in der benachbarten Küche, und wenig später saßen alle drei um den Holztisch herum, eine Tasse vor sich und in der Mitte eine Schale mit Keksen.

»Waren Herr Meier und Herr Weißknecht ... äh ... Kunden von Ihnen?«

»Arnie? Nein, um Himmels willen!«, rief sie und lachte. Es klang etwas gekünstelt.

»Und Herr Meier?«

»Der schon, seit einiger Zeit – er ist fast so etwas wie ein Stammkunde. Zumindest wusste ich schon sehr genau, was ihm gefiel.«

Sie sah Ernst an und lächelte. Der griff schnell nach einem Keks und kaute ihn eifrig in winzige Stückchen, bevor er ihn mit einem großen Schluck Kaffee hinunterspülte. Schneider verkniff sich ein Grinsen.

»Und in welche Richtung gingen Herrn Meiers ... Interessen?«

»Muss ich Ihnen das sagen? Das erscheint mir doch ziemlich privat.«

»Für den Toten im Zeltlager wurde es auch sehr privat. Ich glaube schon, dass wir alles wissen sollten, selbst wenn es auf den ersten Blick nichts mit dem Mord zu tun haben sollte.«

»Na ja, Manne ... ich meine: Herr Meier mochte es, wenn er sich mir überlegen fühlen konnte. Nichts sadomasomäßiges oder so, verstehen Sie mich nicht falsch – aber er wollte den Ton angeben, und ich ließ mich drauf ein. War auch nie ein Problem. Es soll ihm ja Spaß machen, und er soll wiederkommen – das hat bisher immer geklappt.«

Ernst nahm sich den nächsten Keks. Er dachte an Sabine, Zora Wilde kam ihm in den Sinn, dazwischen drängten sich allerlei Bilder mit Christa Häbele. Er verschluckte sich, trank Kaffee nach, räusperte sich und versuchte, sich ganz auf das Gespräch zu konzentrieren. Christa musterte ihn zwischendurch aus den Augenwinkeln, wieder umspielte ein leichtes Lächeln ihren Mund.

»Wann war er denn zuletzt bei Ihnen?«

»Als Kunde? Hier bei mir? Oh, das ist schon etwas länger her – aber drunten im Zeltlager haben wir uns ein paar Mal getroffen. Meistens am Abend, einmal sogar frühmorgens, aber das hab ich ihm gleich wieder ausgeredet – vier, halb fünf ist nicht so meine Zeit. Aber ihm hat es dort wohl sehr gut gefallen, egal zu welcher Zeit, und er war in diesem Zelt jedesmal sehr schnell fertig, war mir ganz recht. Ich fand das dort ohnehin etwas unheimlich – mir war so, als schleicht da einer draußen herum und beobachtet uns, aber richtig gesehen habe ich keinen.«

»Sollten Sie auch an diesem Treffen teilnehmen, an diesem Endzeit-Happening?«

»Nicht so direkt. Wir haben eine Vereinbarung getroffen, die diese Veranstaltung betraf.«

»Und worüber?«

Christa sah ihn spöttisch an, dann machte sie mit beiden Händen eine Geste, die sie von Kopf bis Fuß umfasste.

»Na, was glauben Sie?«

Ernst räusperte sich.

»Das heißt«, fasste Schneider nach, »dass Herr Meier Sie bat, sich um seine männlichen Gäste zu … kümmern?«

»Genau. Ich hatte im Lager schon ein Zelt eingerichtet – Wolfie hat mir gestern am Telefon gesagt, dass das Originallager einstweilen nicht benutzt werden darf, nun muss ich halt noch einmal ein paar Sachen richten und zum neuen Lager fahren. Egal: Manne und ich haben eine Pauschale verabredet, und Manne hat sie im Voraus bezahlt. Ich hab mir die Teilnehmerliste von ihm zeigen lassen, hab ihn zu den eingetragenen Männern befragt, meistens ältere Herren, manche in Begleitung – das sah ganz danach aus, als käme ich mit der vereinbarten Pauschale recht gut hin.«

»Und das erzählen Sie mir so einfach? Sie wissen doch, dass wir von der Polizei sind.«

»Ja, und? Prostitution ist nicht verboten, ich bin ordnungsgemäß gemeldet, und natürlich zahle ich meine Steuern und Sozialabgaben – da geht alles mit rechten Dingen zu, keine

Sorge. Außerdem hätten Sie das alles ohnehin rausbekommen. Vielleicht haben Sie es ja schon gewusst und wollten mich nur aufs Glatteis führen?«

»Und Herrn Meiers Rolle?«

»Er ist nicht mein Zuhälter, wenn Sie das meinen. Ich arbeite auf eigene Rechnung, und Manne hat die gesamte Pauschale, wie gesagt, bereits bezahlt. Für seine Gäste ist alles inbegriffen – ich nehme an, er hat von den Leuten vorab irgendeine Art von Teilnahmegebühr erhoben, aber davon weiß ich nichts. Heute wollte ich zum ersten Mal zu diesem neuen Zeltlager hinfahren und schauen, was es dort für mich zu tun gibt.«

Ernst rutschte unbehaglich auf seinem Platz hin und her und sah auf seine Tasse.

»Frau Häbele: Wo waren Sie in der Nacht von Donnerstag auf Freitag?«

»Hier.«

»Allein?«

»Nein, ich hatte Kundschaft, zumindest bis zum Abend.«

»Das müssen wir natürlich nachprüfen, und wir brauchen die genaue Uhrzeit, von wann bis wann Ihre Kunden da waren.«

»Kein Problem.«

Sie stand auf.

»Ich schau kurz in meinem Terminkalender nach, den habe ich drüben in meinem Arbeitszimmer. Kommen Sie doch am besten kurz mit rüber.«

Schneider erhob sich und folgte ihr. Ernst blieb sitzen.

»Wollen Sie nicht mitkommen?«, fragte sie vom Flur aus und sah ihn mit einem spöttischen Lächeln an.

Ernst räusperte sich noch einmal, schüttelte den Kopf und spürte, wie sich seine Ohrläppchen aufheizten. Sie lächelte ihn an, zwinkerte Schneider zu und ging durch die gegenüberliegende Tür. Sie drückte auf einen Schalter, und der ganze Raum wurde in ein kräftiges Rot getaucht. Zugleich mit dem Licht war auch ein CD-Player eingeschaltet worden, der nur Sekunden später leisen Jazzpop aus geschickt versteckten Lautsprechern ertönen ließ.

»So, Herr Schneider«, sagte sie leichthin und ging durch den Raum, »hier drin bin ich Larissa.«

Alles wirkte gemütlich, weiche Kissen und dicke Decken dominierten den Raum, an einer Wand hing ein großer Flachbildschirm, darunter standen in einem kleinen Regal einige DVDs in Reih und Glied, auf denen schon die Aufmachung des Rückens keine Fragen offen ließ. Auf einem anderen Regal standen mehrere bunt bedruckte Schachteln, deren Deckel geschlossen waren – vermutlich steckte darin ähnliches Sexspielzeug wie in dem Karton im Zelt.

Christa ging zu einer Schrankwand, deren linke Hälfte aus einem großen Spiegel bestand, während die rechte mit Postern geradezu tapeziert war, auf der sich nackte Frauen in lasziven Posen räkelten. Hinter dieser Tür kamen Schubladen und ein paar Fächer mit diversen Unterlagen zum Vorschein. Sie zog einen mit Plastik in Lederoptik eingebunden Buchkalender heraus und hielt Schneider die beiden Seiten für den fünften und den sechsten Dezember hin.

Am fünften gab es drei Einträge, und Schneider sah sie nur kurz an, da der Mord ja einen Tag später geschehen war – aber der Name Schaal fiel ihm trotzdem auf, eingetragen für halb zwei Uhr nachmittags. Christa war seinem Blick gefolgt.

»Ja, das ist mein lieber Vermieter.«

Sie verdrehte genervt die Augen.

»Der weiß natürlich, was ich hier mache. Ich habe es ihm gleich beim ersten Treffen gesagt, und als ich bemerkte, wie ihm dabei fast die Augen aus dem Kopf fielen, war schon klar, wie das laufen würde – das kannte ich schon.«

»Wie meinen Sie das?«

»Na ja: Der Vermieter weiß Bescheid, sagt aber nichts zu seiner Frau – und damit das so bleibt, darf er zwischendurch mal … nun ja: auf Kosten des Hauses, sozusagen. Dafür bleibt die Miete schön niedrig, das passt schon.«

Sie lächelte traurig.

»Ist aber keine große Sache, Herr Schaal ist nicht mehr der Jüngste, da läuft nicht mehr viel. Mit zwei-, dreimal im Monat ist er zufrieden. Am liebsten kommt er gleich nach dem Essen – da legt sich seine Frau ein Stündchen hin, und er sagt ihr, er sieht noch kurz auf dem Hof nach dem Rechten. Tja … Und während er meint, er hat mich damit gewissermaßen in der Hand, ist er wiederum drauf angewiesen, dass ich seiner Frau nichts erzähle. Im Großen und Ganzen können wir alle mit diesem Arrangement zufrieden sein.«

Schneider besah sich die Einträge für den Nikolausabend. Die Namen sagten ihm nichts.

»Dazu bräuchte ich noch die Adressen und die Telefonnummern, wir müssen das natürlich überprüfen.«

Christa sah besorgt aus.

»Wir machen das so dezent wie möglich, und wir fragen auch nur direkt Ihre Kunden, okay?«

»Danke.«

Sie überließ Schneider den Kalender, zog eine kleine Schreibplatte aus dem offenen Schrank und kritzelte einen Zettel mit drei Namen, Adressen und Telefonnummern voll.

Schneider sah, dass drei Termine für fünfzehn, siebzehn und einundzwanzig Uhr notiert waren; dazwischen stand – ganz klein und nur dünn mit Bleistift geschrieben – »halb acht, Arnie«. Er blätterte eine Seite weiter: Für den siebten Dezember gab es keinen Eintrag.

»Sagten Sie nicht, Herr Weißknecht sei kein Kunde von Ihnen?«

»Ist er auch nicht, er kam privat.«

»Aber er war auch hier … mit Ihnen …?«

»Nein, Arnie kommt mir nicht in dieses Zimmer, Gott bewahre!«

Schneider musterte sie.

»Arnie ist ein Freund, einfach ein guter Freund. Ich mag ihn, er ist so ein … irgendwie so ein tapsiger Bär, ein gutmütiger Kerl, und manchmal habe ich den Eindruck, dass er sich von Manne ausnutzen lässt.«

»Und was wollte er hier?«

»Reden.«

Sie zuckte mit den Schultern.

»Arnie kommt ab und zu mal vorbei, ich glaube fast, er ist ein bisschen verliebt in mich.«

Sie lächelte.

»Weiß er, was Sie berufsmäßig tun?«

Ihr Lächeln verflog.

»Ich weiß es nicht. Direkt erzählt habe ich es ihm bisher nicht, auch dieses Zimmer hat er noch nicht gesehen ...«

Sie dachte kurz nach.

»Ich weiß wirklich nicht genau, ob ihm das mit meinem Job so ganz klar ist. Arnie macht auf mich manchmal den Eindruck, dass er manches gar nicht wissen will – und vielleicht sogar absichtlich übersieht, wenn ihm etwas nicht recht ist, so wie es ist.«

»Sie sind jedenfalls noch nicht mit ihm ... wie soll ich es ausdrücken?«

»Ich hab nicht mit ihm geschlafen, ich hab ihn nicht angefasst, da lief nichts in dieser Richtung, gar nichts.«

Sie klang regelrecht empört, was hier, in Larissas Arbeitszimmer, doch ein wenig seltsam wirkte.

»Arnie ist ein guter Freund, er quatscht sich gern bei mir aus, und ich versuche ihm Tipps zu geben, wenn ich kann. Mir gefällt das. Endlich will mir ein Mann mal nicht an die Wäsche – ich muss nicht immer auf der Hut sein, irgendwelche Rollen spielen, sondern kann einfach mal ich selbst sein. Und ich habe den Eindruck, dass auch Arnie es genießt, mit mir zusammen zu sein, einen Wein zu trinken oder einen Kaffee und einfach stundenlang zu reden.«

Sie kehrten zurück ins Wohnzimmer, wo sich Ernst inzwischen wieder gefangen hatte.

»Die Musik läuft noch«, sagte er und nickte zu dem anderen Zimmer hinüber.

»Das macht nichts. Vielleicht kommt ja nachher noch einer, dann kommt schneller Stimmung auf. Und ich mag diese Musik, Sie nicht?«

»Doch, doch«, beeilte sich Ernst zu sagen, »doch, doch, schon.«

Sabine hatte eine ähnliche CD eingelegt, als er am sechsten Dezember von seiner Nikolausrunde nach Hause gekommen war, und keine zwei Minuten später war der komplette Ärger über die beiden Schneeballwerfer verflogen.

»Was waren das für Kunden am sechsten Dezember?«, fragte Schneider.

Sie reichte ihm den Zettel mit den Adressdaten.

»Aber wie gesagt: Das ist vertraulich, ja?«

Schneider nickte.

»Gut. Am sechsten Dezember war es eigentlich das Übliche«, sagte sie dazu. »Er hier« – sie deutete auf den ersten Namen – »kuschelt erst gern, bis er in Fahrt ist, und dann geht's mit großem Hallo und Geschrei bis zum Schluss durch. Ich habe für solche Fälle mein Arbeitszimmer extra zusätzlich dämmen lassen.«

Sie zuckte die Schultern und lächelte entschuldigend dazu.

»So sind sie halt, die lieben Kunden, aber insgesamt kann ich mich wirklich nicht beschweren. Dann er hier …«

Sie deutete auf den zweiten Namen.

»Kein Vorspiel, keine Gespräche, einfach rein, raus, tschüs – das macht der immer so. Ist beruflich wohl sehr unter Druck, hat keine Freundin und muss zum Feierabend ab und zu schnell Dampf ablassen – danach ist es ihm immer fast peinlich, und er verabschiedet sich sehr höflich.«

»Und der Dritte auf der Liste?«

»Der liebt Rollenspiele, da können Sie sich wahrscheinlich schon denken, was am Nikolausabend dran war, oder?«

Schneider grinste.

»So richtig mit Bart und Mütze?«

»Allerdings«, gab sie ihm recht. »Hat tierisch gekratzt, dieses struppige Kunsthaar, aber er war bis zum Ende nicht dazu zu bringen, sich diese lächerliche Perücke und den falschen Bart abzunehmen. Ich musste echt total aufpassen, dass ich nicht anfing zu lachen – aber es war schnell vorbei, wie immer bei ihm. Und dann hat er seine Sachen gepackt und ist wieder raus, wieder im Nikolauskostüm.«

Sie lachte herzlich. Schneider sah kurz fragend zu Ernst hin, der brauchte einen Moment, bis er begriff, dann hob er abwehrend die Hände und schüttelte energisch den Kopf.

»Was ist denn?«, fragte sie schließlich.

»Nichts«, sagte Schneider knapp, aber Christa war eine gute Beobachterin.

»Waren Sie am Sechsten auch als Nikolaus unterwegs?«

Ernst nickte.

»Ja, das mach ich für den Sohn eines Freundes.«

»Nett von Ihnen«, lobte sie ihn. »Und nächstes Jahr können Sie gerne auch bei mir vorbeikommen.«

»Frau Häbele«, fragte Schneider dazwischen, »wann kam denn an diesem Abend Herr Weißknecht zu Ihnen?«

»Er war etwas spät dran, kam erst so gegen acht hier an und stellte sein Moped vor dem Haus ab. Ich war schon nervös geworden, weil sich für neun Uhr ja mein Nikolaus angesagt hatte. Die Kunden lasse ich zum Seiteneingang rein, schon weil er von Schaals Haus nicht einsehbar ist. Damit sich nicht noch meine Vermieterin wundert ... Aber wenn beide gleichzeitig hier eingetroffen wären, wäre mir das nicht recht gewesen. So aber war alles gut: Arnie kam, wir haben uns Kaffee gekocht, haben gequatscht wie immer, und als es an der Seitentür klingelte, bin ich raus. Das Radio lief, Kaffee war noch genug da, und Arnie wusste, dass ich in etwa einer halben Stunde wieder bei ihm sein würde – und mein Arbeitszimmer ist ja, wie ich schon sagte, gut isoliert. Ich setzte mich hinterher wieder zu ihm, wir haben noch bis in die Nacht geredet, und dann sind wir schlafen gegangen.«

Schneider hob eine Augenbraue.

»Jeder für sich, natürlich«, fügte sie hinzu. »Ich oben im Schlafzimmer, er im Raum daneben – das habe ich mir als Gästezimmer eingerichtet.«

»War Herr Weißknecht die ganze Nacht hier?«

»Ja, natürlich.«

»Davon hat er uns nichts erzählt.«

»Wie meinen Sie das?«

»Wir haben ihn vorhin befragt, und er wollte uns nicht sagen, wo er die Nacht vom sechsten auf den siebten Dezember verbracht hat.«

Kurz war sie irritiert, dann fing sie sich wieder.

»Da sehen Sie mal, was das für ein feiner Kerl ist! Vielleicht glaubte er, dass er mich … na ja … kompromittieren würde, wenn er Ihnen erzählt hätte, dass er die Nacht in meinem Haus verbracht hat.«

»Und er war wirklich die ganze Nacht hier?«

»Klar, wenn ich's Ihnen doch sage! Arnie schnarcht dermaßen laut, wenn der irgendwann in der Nacht damit aufhören würde, wachen Sie von der plötzlichen Stille sofort auf. Wir haben morgens noch miteinander gefrühstückt – aber fragen Sie mich bitte nicht nach der Uhrzeit. Ich habe nicht drauf geachtet, und Sie haben ja selbst gesehen, dass für Freitag kein Termin im Kalender stand.«

Schneider musterte sie einen Moment, dann erhob er sich.

»Wir müssen gehen, Frau Häbele. Ihre Karte hat mir Herr Schaal ja schon gegeben, und Ihre private Nummer steht im Telefonbuch. Kann gut sein, dass wir Sie noch einmal anrufen.«

»Sehr gute Kekse, Frau Häbele«, sagte Ernst und stand ebenfalls auf.

»Ach, sagen Sie doch Christa zu mir – oder … gerne auch Larissa.«

Sie lächelte ihn unverwandt an, gab beiden Kommissaren zum Abschied die Hand, steckte dem nun puterrot anlaufenden Ernst noch eine Larissa-Visitenkarte zu und brachte die Männer zur Tür.

Dort drehte sich Schneider noch einmal um.

»Fragen Sie sich eigentlich gar nicht, woher wir von Ihrer Verbindung zu Meier wissen?«

»Er wird Ihnen davon erzählt haben, nehme ich an.«

»Nein, hat er bisher nicht. Aber wir haben Herrn Meiers Anrufbeantworter abgehört – da haben Sie am Freitag draufgesprochen und haben ihn gebeten, sich doch möglichst bald um Weißknecht zu kümmern, der sei, so sagten Sie in etwa, gerade völlig durch den Wind. Auch Sie wirkten ziemlich aufgeregt. Was war denn los mit Weißknecht?«

»Ach, nichts, er … Ich …«

Schneider wartete, aber sie sprach nicht weiter.

»Meier sitzt in Untersuchungshaft.«

»Ich weiß, Wolfie hat mich angerufen.«

»Können Sie uns etwas sagen, was ihn entlastet?«

»Tut mir leid, so gern ich Manne helfen würde, aber … aber ich war ja die ganze Nacht hier, mit Arnie. Das hab ich Ihnen ja schon erzählt.«

»Sie waren in der Nacht von Donnerstag auf Freitag also nicht im Zeltlager?«

»Nein, was hätte ich dort denn zu suchen gehabt?«

»Vielleicht gab es schon einen Auftrag von Meier?«

»Einen Auftrag? Was für einen Auftrag denn?«

Sie wirkte jetzt sehr nervös.

»Sagen Sie es uns, Frau Häbele.«

Eine Zeitlang schwieg sie, dann beruhigte sie sich allmählich, und ein trotziger Zug schlich sich in ihre Miene.

»Nein, tut mir wirklich leid, da kann ich Ihnen nicht weiterhelfen. Mannes Gäste sind erst ab Sonntag eingetroffen, und um sie sollte ich mich ja kümmern.«

»Kennen Sie einen Herrn Röhm? Hansjochen Röhm aus Gschwend.«

»Nein, der Name sagt mir nichts. Vielleicht kennt ihn Arnie – der wohnt auch in Gschwend.«

Schneider sah sie einen Augenblick lang nachdenklich an, bevor er hinausging. Ernst schwieg noch, als Schneider den Sportwagen schon durch den Wald vom Ebnisee weg in Richtung Waiblingen lenkte. Die Soko würde sich nachher noch einmal treffen, und über die Freisprecheinrichtung gab Schneider die Namen und Adressen von Christa Häbeles Nikolausabendkunden an die Kollegen im Innendienst durch und schärfte ihnen ein, unbedingt ausschließlich die Männer selbst zu befragen. Vielleicht hatten sie dann pünktlich zur Besprechung schon erste Ergebnisse.

Christa stand noch kurz in der Tür und sah den Kripobeamten hinterher. Dieser Ernst schien mit ihrer direkten Art nicht so gut zurechtzukommen – vielleicht konnte ihr das noch nützlich werden. Dann sah sie Schaal aus dem Haus treten. Sie nickte ihm knapp zu, verschwand im Flur und lehnte sich erschöpft an die geschlossene Tür.

Die Soko saß auch diesmal in kleinerer Besetzung beisammen. Im Umfeld von Hansjochen Röhm hatte sich – von dessen Freundschaft zu Arnie Weißknecht abgesehen – kein Anhaltspunkt für irgendeine Verbindung zwischen Röhm und Meier ergeben.

Staatsanwalt Feulner hatte ausrichten lassen, dass Meiers Anwalt nur sehr schwer mit der Nachricht zurechtkam, er müsse auf einen Haftprüfungstermin mindestens bis zum achtundzwanzigsten Dezember warten. Schneider konnte sich das Grinsen, mit dem Feulner diese Information durchgegeben hatte, gut vorstellen. Einen Haftbefehl gegen Weißknecht wollte der Staatsanwalt nicht beantragen – im Moment hatte Arnie ein Alibi für die Mordnacht, und nachdem sich herausgestellt hatte, dass er die meiste Zeit, als die Polizei ihn gesucht hatte, einfach daheim saß und nur nicht auf die Türglocke reagiert hatte, konnte Feulner auch eine mögliche Fluchtgefahr nicht als Grund anbringen.

»Inzwischen«, berichtete Schneider, »haben wir noch einmal mit ihm gesprochen, aber daran, dass er die ganze Nacht bei Frau Häbele verbracht hatte, wollte er sich erst erinnern, als wir ihn konkret auf ihre Aussage angesprochen haben. Sein Anwalt, übrigens ebenfalls dieser brillante Brandt aus dem Norden, der die ganze Zeit dabeisaß, bezeichnete das Alibi daraufhin natürlich sofort als wasserdicht und forderte die sofortige Freilassung seines Mandanten. Ich jedenfalls traue diesem Alibi nicht so recht, aber fürs Erste müssen wir es wohl mal so stehen lassen.«

»Und was ist mit Frau Häbele?«, hakte Ernst nach.

Schneider musterte den Kollegen einen Moment lang, war sich aber nicht sicher, ob er in Ernsts Blick noch Ärger wegen des Gesprächs mit »Larissa« erkennen konnte.

»Für den Mord selbst«, sagte er schließlich. »kommt sie eher nicht in Frage, aber dafür, dass sie es war, die vor Röhm kniete, als er starb, spricht manches. Sie sagt zwar, dass sie Röhm nicht kennt – aber das muss sie ja gar nicht, um ihn zu bedienen. Aber vor allem: Das Alibi, das sie Weißknecht gibt, schützt auch sie selbst.«

»Ihre Freier haben wir überprüft«, meldete sich Maigerle zu Wort und erinnerte sich grinsend an die teilweise etwas skurril verlaufenen Gespräche. Immerhin hatte er in allen drei Fällen sofort den Betroffenen selbst am Telefon, zwei waren zu Hause gewesen, einer im Büro.

»Sie glauben ja gar nicht, wie hilfsbereit Männer plötzlich sind, wenn man sie wegen eines Termins bei Larissa befragt, und die ahnunglsose Ehefrau klappert im Hintergrund mit Töpfen und Geschirr. Das ging alles sehr schnell, und unser Nikolausliebhaber konnte sich auch tatsächlich daran erinnern, dass vor dem Haus ein altes Moped stand, als er gegen neun zu ›Larissa‹ kam.«

»Gut«, sagte Schneider. »Zumindest zu diesem Zeitpunkt scheint Weißknecht also wohl wirklich bei ihr gewesen zu sein.«

Er wandte sich an Reezer, der ihm gegenübersaß.

»Sie waren doch noch einmal beim Vermieter von Frau Häbele. Hat er in der Nacht auf Freitag irgendetwas bemerkt?«

»Nein, es sei alles ruhig gewesen. Und Schaal macht auf mich durchaus den Eindruck, als habe er auch nachts Augen und Ohren offen. Zumindest ist Weißknecht nicht mit seinem Moped weggefahren. Ich hab mir das alte Ding mal bei ihm daheim angesehen und hab's auch mal laufen lassen: Das macht einen Höllenradau, es ist wahrscheinlich frisiert – offenbar hat Weißknecht daraus, dass er schon als Jugendlicher mal wegen so etwas erwischt wurde, nichts gelernt. Untergestellt hat er das Moped im Moment im Erdgeschoss seines Hauses. Wenn er das immer so macht, können die Kollegen es nicht gesehen haben, wenn sie ihn sprechen wollten; wir wissen also nicht, ob es damals da war oder nicht.«

»Hat Schaal das Moped am Freitag Morgen noch vor Frau Häbeles Haus stehen sehen?«

»Ja, das stand da bis ...« Er blätterte in seinen Notizen. »... bis Freitag Nachmittag. Eine genau Uhrzeit wusste er nicht mehr, aber er hat gesehen, wie Frau Häbele erst mit Weißknecht auf dem Beifahrersitz im Auto nach Hause kam, wie er dann mit dem Moped losfuhr, und Frau Häbele mit dem Auto auch gleich wieder.«

»Damit wissen wir also, dass die beiden am Donnerstag Abend gegen neun Uhr im Haus waren, und dass sie das Haus am Freitag Nachmittag gleichzeitig verließen.«

Er sah in die Runde.

»Nun müssen wir nur noch rausfinden, woher sie am Freitag kamen und was sie in den Stunden dazwischen getan haben.«

Mittwoch, 12.12.2012

Gegen zehn Uhr vormittags wurde Christa Häbele von Reezer in den Vernehmungsraum gebracht. Ernst beobachtete die Vernehmung vom Nebenzimmer aus durch die verspiegelte Wand. Schneider und Maigerle befragten sie und versuchten, Widersprüche in ihrer Aussage über die Zeit von Donnerstag Abend bis Freitag Nachmittag zu finden. Aber sie wiederholte ihre Angaben, widersprach sich nicht, verzettelte sich nicht – entweder sagte sie also wirklich die Wahrheit, oder sie log sehr geschickt. Und von manchen Punkten wusste Schneider ja, dass sie stimmten.

Ihre Version lautete: Weißknecht war von Donnerstag Abend, etwa acht Uhr, bis Freitag Morgen, etwa neun Uhr, durchgehend bei ihr gewesen; nach einem gemeinsamen Frühstück fuhr sie mit Weißknecht zum Supermarkt in Althütte, um seinen Wocheneinkauf zu erledigen; danach kamen sie wieder zurück auf den Fratzenwiesenhof, und sie kochte für ihn und sich; am Nachmittag fuhr Weißknecht mit dem

Moped nach Hause. Sie fuhr ebenfalls nach Gschwend, um ihm den Einkauf nach Hause zu fahren; dort blieb sie etwa eine Stunde, und auf der Rückfahrt zum Fratzenwiesenhof sah sie Schneider, Ernst und Maigerle, die sie damals allerdings noch nicht gekannt hatte, ins Schwobastüble gehen.

Sie wurde wie Weißknecht von Dr. Brandt vertreten. Der smarte Jurist saß hellwach mit am Tisch und griff sofort ein, sobald seine Mandantin allzu sehr unter Druck gesetzt wurde. Dazu kam es seiner Meinung nach, als Schneider mehrfach nacheinander fragte: »Und Sie sind nicht irgendwann in der Nacht runter zum Zeltlager gegangen? Auch Herr Weißknecht ist in der Nacht nicht weggegangen?«

Häbele verneinte jeweils, und irgendwann wurde es Brandt zu bunt: »Das sollte jetzt wirklich reichen, Herr Schneider. Sie haben von Frau Häbele und auch schon von Herrn Weißknecht gehört, dass beide die ganze Nacht hindurch das Haus von Frau Häbele nicht verlassen haben. Können wir das nun endlich mal gut sein lassen? Sie haben keine Widersprüche in der Aussage meiner Mandantin entdeckt, und selbst wenn Sie wieder und wieder dieselbe Frage stellen: Weder Frau Häbele noch Herr Weißknecht waren in der Nacht am Tatort.«

Seine Mandantin schwieg von nun an und starrte auf die Tischplatte. Sie wirkte erschöpft und gereizt, und schließlich ließ Schneider sie gehen.

Diesmal hatten Schneider und Ernst mehr Glück: Roland Heger war zuhause, und er bat sie in die Essküche, die einen schönen Blick hinaus auf die Wiese und den Waldrand bot.

»Wir würden gerne von Ihnen erfahren, warum Sie Freitag früh extra einen Umweg gemacht haben, um noch im Zeltlager dieser Maya-Fans vorbeizuschauen.«

»Das habe ich Ihnen doch alles schon erzählt: Ich habe mir Sorgen gemacht wegen des Lagerfeuers.«

»Das Sie von der Stelle, an der Sie aus dem Wald traten, auf keinen Fall sehen konnten.«

»Ich wusste ja, wo sich der Feuerplatz befindet.«

»Und das Feuer war außerdem zu diesem Zeitpunkt schon heruntergebrannt.«

»Das konnte ich nicht wissen. Sie haben ja gerade selbst gesagt, dass ich die Feuerstelle vom Waldrand aus zunächst nicht sehen konnte.«

»Und warum haben Sie damit gerechnet, dass dort ein Feuer brannte?«

Er zuckte mit den Schultern.

»Die haben da ständig gezündelt, ich habe mir halt Sorgen gemacht.«

»Nein«, sagte Schneider nur, und Heger sah ihn verblüfft an. »Sie hatten einen anderen Grund, extra zu diesem Lager hinzugehen, und den wüsste ich gerne. Wobei ... einen gewissen Verdacht habe ich schon.«

»Ja? Da bin ich aber gespannt.«

»Sie leben von Ihrer Frau getrennt.«

»Was hat das denn damit zu tun?«

»Sie schauen gerne den jungen Nachbarinnen vom Ende der Straße hinterher.«

»Wer erzählt denn so was? Meine blöde Nachbarin, diese elende Tratschtante? Kann ich mir gut vorstellen. Vielleicht ist sie ja neidisch – die Monika ist halt nicht mehr so taufrisch wie früher, der schaut keiner mehr hinterher.«

Er lachte bitter.

»Im Ernst, Herr Heger: Was hofften Sie, im Zeltlager zu beobachten?«

»Ich ... also hören Sie mal!«

Hegers Empörung war schlecht gespielt, und Schneider verzog nur missbilligend das Gesicht. Er fragte nicht weiter, sah den anderen nur ruhig an und wartete ab. Heger wurde zunehmend nervös, er holte sich ein Glas Leitungswasser und setzte sich.

»Was wird das jetzt?«, fragte er schließlich.

»Wir würden gerne wissen, was Sie im Zeltlager beobachten wollten.«

»Nichts. Ich wollte sichergehen, dass das Feuer nicht mehr brannte und keine Gefahr mehr für den Wald bestand.«

»Aber war es nicht schade, dass es aus war?«

»Wieso?«

»Na, im Schein des Lagerfeuers haben Sie doch viel besser gesehen, was in diesem etwas abseits stehenden Zelt vor sich ging.«

Heger riss die Augen auf.

»Sehen Sie«, sagte Schneider, »nun kommen wir der Sache doch schon etwas näher. Sie haben sich ab und zu spätabends vor Ihrer Runde durch den Wald ins Zeltlager geschlichen, um nachzusehen, ob es in diesem Zelt wohl wieder zur Sache ging. Wir haben mit der Frau, die Sie dort heimlich beobachtet haben, gesprochen – ihr kam es so vor, als sei jemand ums Zelt geschlichen, während sie und ihr Begleiter intim miteinander wurden.«

»Aber ich …«

»Wissen Sie, Herr Heger, ob Sie nachts Pärchen in Zelten zusehen, das ist eher Ihr Problem als meines. Aber wenn wir keinen glaubhaften Grund von Ihnen zu hören bekommen, warum Sie einen Umweg machten – dann beginne ich mich schon zu fragen, ob Sie nicht womöglich doch etwas mit dem Mord zu tun haben.«

»Ich? Mit dem Mord? Um Himmels willen, nein!«

»Also?«

Heger zögerte, dann nickte er.

»Ja, gut, ich hab die beiden eines Abends im Zelt verschwinden sehen. Dann bin ich nah ran, aber ich habe mehr gehört als gesehen – na ja, und seit ich allein lebe, fehlt mir das halt. Ich … Das hat mir gutgetan, und ich habe ja auch niemandem etwas Böses zugefügt, nicht wahr? Also bin ich ab und zu dorthin, und zwei-, dreimal habe ich die beiden belauscht. Wobei … belauscht trifft es nicht so ganz … die haben einen ziemlichen Lärm gemacht.«

»Na, bitte, Herr Heger, es geht doch. Aber warum sind Sie in der Mordnacht so spät noch hingegangen? Nach Ihrer Runde durch den Wald war es fast vier Uhr morgens – haben Sie um diese Zeit wirklich jemanden in dem Zelt erwartet?«

»Ich … Ja, eines Morgens waren frühmorgens tatsächlich zwei zugange.«

Schneider fiel ein, dass Christa Häbele das ebenfalls erwähnt hatte.

»Und zu Beginn Ihres Rundgangs?«

»Bin ich nicht zum Zeltlager.«

»Wirklich nicht?«

»Nein.«

»Wann sind Sie denn losgegangen?«

»So gegen drei habe ich das Auto hier abgestellt und bin dann gleich in den Wald. Es hatte kurz zuvor ein bisschen geschneit – Ihre Techniker können doch sicher feststellen, dass ich seit dem Schneefall nur einmal im Zeltlager war, oder?«

»Ja, das können sie. Und Sie haben niemanden gesehen?«

»Den Toten halt, und das hab ich ja gleich gemeldet.«

»Niemanden außer ihm?«

Heger schüttelte den Kopf.

»Auch nicht, als Sie hier mit dem Wagen ankamen? Nicht, als Sie im Wald unterwegs waren?«

»Nein, niemanden. Nur den Toten.«

Schneider und Ernst erhoben sich.

»Fürs Erste sollten Sie damit außer Verdacht sein – und suchen Sie sich lieber eine Freundin, das mit dem Spannen kann böse enden.«

Heger brachte sie hinaus und sah ihnen mürrisch hinterher.

»Arschloch«, dachte er, »der hat doch keine Ahnung …«

Das Lagerfeuer prasselte und wärmte die drum herumsitzenden Männer und Frauen. Carola Kristensen hatte neben Susanne Platz genommen, und sie erwies sich als sehr charmante und sehr freundliche Gesprächspartnerin. Eine Zeitlang hörte Susanne ihr gespannt zu, was die Funktion als Geschäftsführerin einer Reederei alles an Aufgaben mit sich brachte – dann war sie an der Reihe. Sie erzählte das Wenige, das sie von Susanne Beyer wusste und fantasierte einiges andere dazu.

»Dass Sie aus Hanau stammen, hört man Ihnen gar nicht an«, sagte Kristensen nach einer Weile.

»Ach, ich hab schon als Kind nur Hochdeutsch gesprochen, das war meinen Eltern gar nicht so recht. Aber ich kann's schon noch«, meinte sie leichthin und wiederholte einen kurzen hessischen Brocken, den sie mal in einer Comedysendung aufgeschnappt hatte: »Hessische Messeschdesche!«

Kristensen lachte.

»Sehr schön, aber bleiben wir lieber beim Hochdeutsch, ich versteh sonst kein Wort!«

»Gerne.«

Sie fabulierte drauflos, wie sie angeblich Xumucane kennengelernt hatte – eine Geschichte, die wahrscheinlich so oder so ähnlich auf alle hier am Lagerfeuer zutraf: seine Bücher gelesen, sich darin wiedergefunden, eine Lesung besucht, vom Charisma des Autors beeindruckt, Newsletter abonniert und dann zum Treffen hier am Ebnisee angemeldet.

Kristensen nahm einen Schluck Wein und sah ins Feuer.

»Mich beeindruckt Xumucane immer wieder«, sagte sie nach einer Weile. »Zuletzt erst jetzt, im Vorfeld dieses Treffens. Ich hatte ihn, wie wohl wir alle hier, gefragt, was ich denn zu den Kosten der Veranstaltung beitragen dürfe – ich habe Geld genug, und wenn ich damit eine gute Sache unterstützen kann ... Ich habe ihn richtig bedrängt, bis er mir seine Kontonummer gegeben hat ... ich habe gefragt, welche Summe ich ihm denn schicken darf. ›Ganz nach Ihren Möglichkeiten‹, sagte er, ›aber auf keinen Fall mehr als vierzigtausend Euro.‹ Ich habe aber etwas mehr überwiesen – schließlich ist es ja auch möglich, dass nicht alle Teilnehmer so gut situiert sind wie ich, dann leistet der Reichere eben einfach einen etwas größeren Beitrag.«

Wilfried Rosen, der ihr Kontakt zur Soko war und den sie einmal am Tag heimlich übers Handy anrief, hatte Susanne heute erzählt, dass die meisten Teilnehmer des Treffens rund vierzigtausend Euro überwiesen hatten – Kristensen allerdings mehr, und Susanne Beyer und Samuel Leichtweg deutlich weniger.

»Aber was soll ich Ihnen sagen?«, fuhr die Reederin fort, »die achtzigtausend, die ich Xumucane überwiesen hatte, fand ich schon Tage später auf meinem Konto wieder – er hatte das Geld zurücküberwiesen. Ist das nicht ein feiner Zug? Ich meine: Er hätte das Geld doch nehmen können, ich wollte es ja freiwillig hergeben – nein, Xumucane hat seine Prinzipien, das gefällt mir. Meine zweite Überweisung hat er akzeptiert, da war ich wirklich froh, auch dankbar, man will ja doch seinen Beitrag leisten.«

Sie beugte sich ein wenig zu Susanne hin.

»Ich hab mich nämlich wieder nicht ganz an Xumucanes Limit gehalten.«

Sie kicherte leise, klang schon etwas angeheitert und trank ihr Glas leer.

Donnerstag, 13.12.2012

»Gehen wir es noch einmal durch«, sagte Schneider und stellte sich an den Bildschirm. »Hansjochen Röhm steht mit dem Rücken zum Lagerfeuer, hat die Hosen heruntergelassen, und ihm wird von hinten mit Wucht eine Eisenstange durchs Herz gerammt.«

Er musterte die Kollegen in der Runde. Bis auf die Rechtsmedizinerin, die im Moment nichts weiter zu dem Fall beitragen konnte, waren diesmal alle anwesend. Und inzwischen wünschten sich alle, nicht nur der anfangs fast euphorische Feulner, diesen Fall bald vom Tisch zu haben, der schon am ersten Tag so gut wie geklärt gewirkt hatte.

»Inzwischen vermuten wir, dass es Christa Häbele war, die vor Röhm kniete. Das passt beruflich, sie hätte Zeit gehabt, und das Alibi, falls sie lügt und Weißknecht nur decken will, schützt auch sie. Mir geht dazu noch durch den Kopf, dass sie von Meier vorab eine Pauschale bekommen hat für ihre … na ja: Dienstleistungen an den Teilnehmern des Treffens. Aber Röhm war kein Teilnehmer, zumindest steht er nicht in Meiers Liste. Warum kniet sie also vor ihm? Kennt sie ihn vielleicht doch? Aber wenn Röhm – ich spinn das mal weiter – Stammkunde war und das Ganze wäre womöglich eine Gefälligkeit oder etwas in der Art gewesen … da müsste Frau Häbele doch befürchten, dass wir das rausfinden, etwa indem wir ihren Kalender durchgehen, oder?«

Er ließ eine Pause, dann zuckte er mit den Schultern.

»Zurück zum Alibi. Nehmen wir an, Frau Häbele oder Weißknecht oder sie beide sind zu Fuß zum Zeltlager gegangen, dann hätte Schaal nachts selbst bei unruhigem Schlaf nichts mitbekommen müssen. Und von ihrem Haus zum Lager geht es nur etwas mehr als einen Kilometer bergab – das ist selbst in der Nacht in weniger als zwanzig Minuten zu schaffen. Und nach dem Mord hätte sie, hätte er oder auch sie beide schnell wieder unbemerkt zurück in Häbeles Haus sein können.«

Maigerle meldete sich zu Wort.

»Nehmen wir mal an, die beiden wären tatsächlich nachts gemeinsam zum Lager gegangen. Wer sagt uns denn, dass auch beide wieder gemeinsam zurückgingen?«

»Wie kommen Sie darauf?«

»Als Frau Häbele am Freitag von Weißknecht nach Hause fährt, spricht sie unterwegs Meier auf die Mailbox. Sie klingt besorgt, sie redet davon, dass es Weißknecht nicht gut geht und so weiter – macht das auf Sie wirklich den Eindruck, als hätte dieser Arnie eine ruhige Nacht in Frau Häbeles Haus verbracht, morgens gemütlich mit ihr gefrühstückt, wäre mit ihr einkaufen gegangen und hätte dann noch bei ihr zu Mittag gegessen? Wovon soll es ihm denn dann schlecht gehen? Kochen wird Frau Häbele ja wohl können, wenn sie allein lebt.«

»Sie haben recht. Und was glauben Sie, wo Weißknecht dann gewesen sein könnte?«

Maigerle zuckte mit den Schultern.

»Falls er nachts nicht mit Frau Häbele nach Hause gegangen ist und – weil sie zu Fuß unterwegs waren – auch kein Fahrzeug hatte, um nach Gschwend zu seinem Haus zu kommen … muss er in dieser Nacht ja irgendwo untergeschlüpft sein.«

Alle sahen zu Ernst hin, der seit jeher in Ebni lebte und die Gegend kannte wie seine Westentasche.

»Hm …«, machte er und dachte laut. »Vielleicht das Gasthaus am See, irgendein Gebäude auf dem Areal des Hotels oberhalb vom See, der Kiosk beim gebührenpflichtigen Parkplatz …«

Er machte eine kurze Pause und stellte sich die weitere Umgebung des Sees vor.

»Das Bauernhaus von Kai Hummel und Lena Lohrmann. Weiter hinten gibt es noch einen Hof auf einer Anhöhe. Im Wald stehen ein paar Jägerstände – da weiß ich aber nicht genau wo, da kann uns das Forstamt weiterhelfen. Und oben an der Straße vom Kreisel in Richtung Murrhardt ist gegenüber des Kleinkastells eine Hütte, da könnte man auch unterkriechen, wenn man die Tür aufbricht. Ach, und eins noch: Die Gallengrotte wäre eine Möglichkeit. Der Wanderweg dorthin führt direkt vom ersten Zeltlager der Maya-Freaks in den Wald hinein, und die Grotte ist windgeschützt, wenn man sich da ein bisschen reinzwängt, kann man es zwischen den Felsblöcken und in den Hohlräumen darunter sicher eine Nacht lang aushalten.«

»Gut, Kollegen, dann wissen wir ja alle, was wir zu tun haben.«

Schneider verteilte die Untersuchung eines Teils der Plätze an die Anwesenden, und die Kollegen vom Innendienst riefen einige Streifenbeamte zu Hilfe, die sich an den anderen Orten umsehen sollten.

Susanne kam gerade aus dem Wald zurück. Sie hatte alles ordentlich vergraben, aber obenauf etwas Toilettenpapier so drapiert, dass niemand versehentlich hineintrat. Kurz vor dem

Waldrand hörte sie Sams Stimme. Sie sah sich um: Er stand vielleicht fünfzehn, zwanzig Meter seitlich von ihr und hatte das Handy am Ohr. Langsam ging sie weiter, um vielleicht etwas belauschen zu können.

»Aber Wera, das ist doch …«, rief er ins Telefon. »Ich … du weißt doch …!«

Die Frau am anderen Ende der Leitung ließ ihn offenbar kaum zu Wort kommen, und als er kurz darauf auflegte, sah er ziemlich bedröppelt aus. Susanne blieb stehen, wo sie war, und sah zu ihm hinüber. Er bemerkte sie und kam nach kurzem Zögern zu ihr.

»War ich sehr laut?«, fragte er.

»Schon, aber im Zeltlager hat, glaube ich, niemand etwas mitbekommen. Und ich werd's niemandem erzählen, okay?«

»Ja, danke«, brummte er und ging neben ihr auf die Zelte zu.

»Ärger?«

Er zuckte mit den Schultern.

»Mit deiner Freundin?«

»Nach dem Telefonat von eben würde ich sagen: mit meiner Exfreundin.«

Susanne lächelte, die Nachricht war ihr angenehm.

Freitag, 14.12.2012

Maigerles Idee hatte zu einem Volltreffer geführt. Die meisten Orte, die Ernst eingefallen waren, brachten nichts ein. Die Bewohner der entsprechenden Häuser hatten in der Nikolausnacht nichts beobachtet und auch danach nichts bemerkt, was auf einen geheimen Übernachtungsgast hingedeutet hätte.

In Raders Waldschenke war allerdings eingebrochen worden. Die Wirtin hatte den Einbruch am Samstag gemeldet, als sie in ihrem Lokal direkt am Seeufer, das derzeit bis auf wenige Wochenenden mit schönem Wetter geschlossen war, mal wieder nach dem Rechten sehen wollte. Als die Meldung auf dem

Revier einging, war gerade Schichtwechsel, und drei Verkehrsunfälle gleichzeitig brachten zusätzliches Durcheinander – in dem ganzen Wirrwarr kam der zuständige Beamte gar nicht auf die Idee, der Einbruch könnte mit dem Mordfall am Lagerfeuer zu tun haben.

Und in der Gallengrotte wurde menschlicher Kot gefunden. Die Kriminaltechnik sicherte noch weitere Spuren, die darauf hindeuteten, dass dort unlängst jemand übernachtet hatte. Die Kotproben sowie Haare und Hautschuppen, die ebenfalls in der Grotte gesichert wurden, waren bereits im Labor, und Rau hatte eine Vergleichsprobe von Weißknecht angefordert. Folgendes ergab sich: Weißknecht hatte sich tatsächlich in der Gallengrotte aufgehalten, und es hatte seither zweimal leicht geschneit – was dazu passen würde, dass Weißknecht in der Nacht des Mordes an Röhm in der Grotte gewesen war.

Schneider besprach sich mit Feulner. Dann wurde ein Termin für Samstag Vormittag verabredet, bei dem Meier, Häbele und Weißknecht gemeinsam vernommen werden sollten, zunächst in drei getrennten Räumen, am Ende, falls ein furioses Finale nötig schien, vielleicht auch alle zusammen in einem Raum.

Samstag, 15.12.2012

Feulner, Schneider, Ernst und Maigerle besprachen sich in einem Konferenzraum der Haftanstalt Stuttgart-Stammheim. Meier saß hier ohnehin in U-Haft, und Häbele und Weißknecht hatten sie einzeln von Streifenwagen herbringen lassen. Mit Kerzlinger und Brams von der Kripo sowie Reezer und Ohser vom Polizeiposten Welzheim machten sie sich schließlich auf den Weg zu den Vernehmungsräumen.

Kerzlinger und Brams gingen in den Raum, in dem Arnie Weißknecht wartete. Sichtlich nervös kaute er auf seiner Unterlippe herum und erschrak ein wenig, als er Jutta Kerzlinger sah – ihren sportlichen Auftritt, der seinen morgendlichen Fluchtversuch beendet hatte, würde er so schnell nicht vergessen.

Zu Christa Häbele gingen Maigerle und Katja Ohser; sie bezogen Position neben der Tür und auf einem direkt vor der verspiegelten Glaswand stehenden Stuhl. Häbele wirkte ebenfalls sehr nervös, immer wieder fuhr sie sich durchs Haar und rieb sich das Gesicht. Sie sah müde aus.

In das dritte Vernehmungszimmer begaben sich Ernst und Reezer, die sich nebeneinander an die Wand lehnten, den recht ruhigen Meier beobachteten, aber kein Wort zu ihm sagten.

Draußen auf dem Flur ging Dr. Brandt sofort auf Staatsanwalt Feulner zu.

»So kurzfristig war es mir nicht möglich, zwei Assistenten hierherzubeordern«, sagte er. »Deshalb möchte ich Sie bitten, dass Sie meine Mandanten nacheinander befragen – ich will dabei sein können.«

»Kein Problem, Herr Brandt«, antwortete Feulner, und Schneider war sicher, dass er den akademischen Titel seines Widersachers absichtlich weggelassen hatte. »Wir hatten das ohnehin so vor. Und wir haben keine Spielchen nötig – Sie hatten ja zu Beginn Ihres ersten Mandats ebenfalls darauf hingewiesen, dass Sie gerne mit offenen Karten spielen. Nun ja … bei uns ist das wirklich der Fall.«

Damit ließ er Brandt stehen und betrat, gefolgt von Schneider, den Raum mit Weißknecht, Kerzlinger und Brams. Brandt drückte sich hinter ihnen durch die Tür, sah sich nach einem freien Stuhl um, fand aber keinen und stellte sich daraufhin direkt neben seinen Mandanten.

Die Vernehmungen waren zäh und liefen bei allen dreien nach demselben Muster ab: Die Kommissare fragten, meist führte Schneider das Wort, und fassten nach, doch weder Meier noch Häbele oder Weißknecht sagten mehr als »Weiß ich nicht« oder »Kein Kommentar«. Schließlich wurde Meier wieder zurück in seine Zelle gebracht, und Brandt, der Häbele und Weißknecht selbst nach Hause bringen wollte, verabschiedete sich von ihnen, sichtlich zufrieden mit dem Verhalten seiner Mandanten.

Sam hatte gesehen, wie Susanne mit Toilettenpapier in den Wald gestiefelt war, nun lehnte er seit zehn Minuten an einem Baum und wartete darauf, dass sie zurückkam. Von seiner Stelle aus war sie nicht zu sehen, aber ein Stück weiter rechts raschelte es im Unterholz, und Sam kam es so vor, als hätte er dort eine geduckte Gestalt auf das Zeltlager zuschleichen sehen.

Sofort duckte er sich genauso, huschte ein paar Schritte in den Wald hinein, folgte einem parallel zum Waldrand verlaufenden Wildwechsel und hielt auf die Stelle zu, an der er gerade jemanden erspäht zu haben glaubte. Tatsächlich raschelte es wieder, diesmal ein paar Meter näher am Zeltlager. Sam sah sich um, ein Stück weiter im Wald entdeckte er Susanne. Sie hockte neben einem Busch, hatte den Fremden wohl auch bemerkt und sah nun angestrengt in seine Richtung.

Sam hielt weiter auf den Unbekannten zu und kam dadurch in Susannes Blickfeld. Sie gab ihm Zeichen, deutete auf die Stelle, wo sich der Fremde befinden musste, und Sam gab ihr mit einer Geste zu verstehen, dass er ihn auch schon entdeckt hatte: Er kauerte am Boden und machte Fotos vom Zeltlager und seiner näheren Umgebung.

Mit zwei Schritten war Sam bei ihm, packte ihn an den Schultern und riss ihn so heftig nach hinten, dass er völlig überrumpelt wie ein Maikäfer auf dem Rücken liegen blieb und erschrocken zu dem muskulösen Sam hinaufsah, der breitbeinig über ihm stand.

»Wer sind Sie? Und was machen Sie hier mit Ihrem Fotoapparat?«

Sams Fäuste schlossen und öffneten sich, es war nicht schwer zu erraten, dass mit ihm gerade nicht gut Kirschen essen war. Hasselmann rappelte sich langsam auf, er hielt seine Kamera umklammert und sah Susanne entgegen, die inzwischen herankam und sich neben Sam stellte.

»Ich bin Journalist, Hasselmann. Und ich schreibe über den Mordfall hier und über die Hintergründe.«

»Jetzt nicht mehr, du Pappnase.«

Sam riss ihm die Kamera aus der Hand und machte Anstalten, sie mit voller Wucht gegen den nächsten Baum zu schleudern.

»Nicht«, stoppte ihn Susanne. »Der verklagt dich!«

»Soll er doch.«

»Du musst ihm die Kamera ersetzen, glaub mir. Er darf sich hier aufhalten, und er darf fotografieren, soviel er mag – solange er keine Persönlichkeitsrechte verletzt und die Arbeit der Polizei nicht behindert.«

Sam sah sie staunend an.

»Woher weißt du das denn so genau?«

»Erzähl ich dir ein andermal.«

»Okay … So, und nun zu dir, du Schmierfink: Hier hast du deine blöde Kamera wieder, und jetzt machst du, dass du fortkommst, aber zackig! Die Frau hier war gerade hinten im Wald austreten, und wenn du nicht gleich verschwunden bist, könnte ich dich durchaus für einen Spanner halten. Wir verstehen uns?«

»Ja, schon recht«, brummte Hasselmann, schnappte sich die Kamera und hielt sie reflexartig hoch, um Sam und Susanne zu fotografieren.

Sams linken Haken sah Hasselmann nicht einmal kommen, aber er rieb sich noch den Unterkiefer, als der Mann und die Frau schon lange wieder ins Zeltlager zurückgekehrt waren. Dann klaubte er die Kamera vom Boden auf und trollte sich.

Sonntag, 16.12.2012

Schneider und die Kollegen hatten einen freien Tag eingeschoben. Aus Meier, Weißknecht und Häbele hatten sie nichts herausbekommen – vielleicht half es ja, die drei mal ein, zwei Tage schmoren zu lassen. Zur Sicherheit wurden Weißknecht und Häbele rund um die Uhr beobachtet. Den übrigen Soko-Mitgliedern tat ein Tag Pause gut, nachdem sie seit dem siebten Dezember ununterbrochen Spuren verfolgt, Indizien bewertet und Hintergründe recherchiert hatten.

Der kleine Rainald stapelte Bauklötze zu wackligen Türmen und klatschte sie mit der flachen Hand um. Schneider, ganz der stolze Vater, kroch auf dem Boden herum, um die Klötzchen wieder einzusammeln und sie vor seinem Sohn aufzuhäufen. Dann ging das Ganze von vorne los, und das glückliche Juchzen und Glucksen des kleinen Jungen füllte das ganze Haus.

Als Sybille alles vorbereitet hatte und ins Wohnzimmer kam, um ihre beiden Jungs zu Tisch zu bitten, war sie sofort gefangen von dem idyllischen Bild von Vater und Sohn Schneider. Ein paar Minuten blieb sie stehen, sagte nichts und genoss den Anblick. Doch selbst in dieser Situation war Schneider anzusehen, wohin seine Gedanken ständig abschweiften.

»Blöde Arbeit«, dachte Sybille, dann flötete sie: »Alle Schneiders zu Tisch, bitte!«

Seit dem Zwischenfall mit dem aufdringlichen Reporter schien Susanne seine Gegenwart noch mehr zu genießen als vorher schon. Sam beobachtete sie aufmerksam und achtete darauf, dass er sehr oft in ihrer Nähe war.

Der eine Grund dafür war: Die junge Frau gefiel ihm ausnehmend gut, ihre Figur, ihr Gesicht, ihre Bewegungen, ihre Schlagfertigkeit – hätte ihn Wera nicht eben erst recht rüde abserviert und ihm damit erst einmal die Lust auf eine feste Beziehung genommen – mit Susanne könnte er sich so etwas durchaus vorstellen. Und das, obwohl er sie erst seit ein paar Tagen kannte.

Der zweite Grund war: Er fragte sich, ob er sie überhaupt kannte. Einmal am Tag verschwand er unter irgendeinem Vorwand aus dem Lager und fuhr mit seinem Motorrad zum Wohnmobil, mailte seiner Auftraggeberin neue Infos oder Fotos – und recherchierte ein wenig im Internet. Fast alle Teilnehmer des Treffens waren erfolgreiche Geschäftsleute, über die sich online schnell und reichlich Informationen finden ließen. Auch Susanne Beyer hatte im Internet Spuren hinterlassen: eine achtundvierzigjährige Witwe aus Hanau, die mit »seiner« Susanne nicht den Hauch einer Ähnlichkeit hatte.

Wer also war Susanne wirklich? Und warum nahm sie, wenn sie mit Toilettenpapier im Wald verschwand, immer das Handy mit? Warum sah sie sich, wenn sie einen geschützten Platz fand, immer noch nach allen Seiten um und hockte sich erst dann hin? Welche Kurzwahlnummer rief sie an, zu wem raunte sie mit gesenkter Stimme in den Apparat? Heute wollte er es genauer wissen. Er hatte zuletzt ein paar Mal mit ihr geflirtet, und sie hatte sich nicht abgeneigt gezeigt – mal sehen, was auf diese Art noch zu erreichen war. Und wie er auf das, was er dadurch erfahren würde, reagieren musste.

Montag, 17.12.2012

Schneider blätterte lustlos in den Unterlagen. Die Soko wollte besprechen, wie man in die neue Woche starten sollte – aber im Moment gab es keinen aussichtsreichen neuen Ansatz.

»Wir nehmen uns Häbele, Weißknecht und Meier heute noch einmal vor, aber ehrlich gesagt glaube ich nicht, dass sie alle oder einer von ihnen heute gestehen werden. Die haben sich mit ihrem Schweigen ganz bequem eingerichtet – und wenn Meier wirklich nicht an den Weltuntergang glaubt, muss er sich auch nicht beeilen, rechtzeitig zum Einundzwanzigsten wieder draußen zu sein. Weißknecht könnten wir noch etwas unter Druck setzen, er scheint mir das schwächste Glied des Trios zu sein, aber mit Brandt an seiner Seite … Vielleicht kommt bei ihm der Faktor Zeit ins Spiel: Falls er nur etwas beobachtet, aber nichts mit dem Mord zu tun haben sollte, wäre er vielleicht gern dabei, wenn die Welt untergeht, während draußen am See Folklieder zur Gitarre gesungen werden. Und Christa Häbele hat ohnehin alle Zeit der Welt: Von Meier hat sie schon eine Pauschale bis zum Einundzwanzigsten kassiert, da muss sie nicht zwingend noch etwas dazuverdienen.«

Er suchte nach einer Notiz, die er vor Beginn der Besprechung gemacht hatte – die er zum Glück gemacht hatte, denn im Moment war ihm entfallen, was er hatte sagen wollen.

»Ah, hier … Erwarten wir denn aus dem Lager der Maya-Freaks noch etwas?«

Kopfschütteln rundum.

»Gut, Herr Rosen. Sie halten ja den Kontakt mit Frau Forberger – ziehen Sie sie doch bitte ab, sobald sie das nächste Mal anruft, okay?«

»Mach ich. Sie hat übrigens einen guten Job gemacht, finde ich. Hat sich jeden Tag gemeldet, am frühen Abend oder am frühen Morgen, wenn sie sich zum Austreten in den Wald verdrückt hatte. Sehr geschickt, die Kollegin, und auch sehr aufmerksam. Sie hat mir immer wieder Namen und Infos genannt, die ich mit unseren Unterlagen abklären konnte. Hat auch immer alles gestimmt, nur gestern kam eine Info rein, die nicht passte: Ein Teilnehmer namens Samuel Leichtweg habe ihr erzählt, er stamme aus der Freiburger Gegend – aber unter dem Namen Leichtweg ist in Meiers Liste ein 64-jähriger Mann aus Frankfurt am Main notiert. Das muss ich ihr nachher sagen – da scheint noch jemand undercover mitzumischen.«

»Umso besser, dass wir Frau Forberger da wieder rausholen.«

Zum ersten Kuss kam es nach dem Mittagessen. Pappsatt von der habhaften schwäbischen Kost wollte sich Sam noch ein wenig die Füße vertreten, bevor er sich wieder im Zeltlager mit den anderen treffen würde. Er hatte Susanne gefragt, ob sie ihn begleiten wolle, und sie hatte sofort zugesagt. Es knisterte zwischen den beiden, und Susanne wollte sich nur zu gern auf Sam einlassen.

Sie verließen das Schwobastüble über die Terrasse, spazierten durchs Dorf und an dessen Westrand auf einem kleinen Weg in Richtung Wald. Unter den ersten Bäumen drehte sich Sam plötzlich zu ihr um, fasste sie an den Schultern, sah ihr tief in die Augen, zog sie zu sich und drückte seine Lippen auf ihren Mund. Sie schlang ihre Arme um ihn und küsste ihn wieder.

Fünf, sechs Minuten lang standen sie so da, bis Sam bemerkte, dass sie von einem der Häuser am Ortsrand beobachtet wurden. Er zeigte Susanne die fremde Frau, die dort oben an einem großem Wohnzimmerfenster stand. Er winkte der Frau kurz zu, hakte Susanne unter und ging mit ihr in den Wald hinein.

»Hast du dich eigentlich nie gefragt, warum ich im Winter zu dieser Versammlung mit einem kleinen Geländemotorrad komme?«

Er sagte das so beiläufig, als sie gerade den Voggenhof hinter sich hatten, dass Susanne versehentlich ein »Doch, schon …« rausrutschte. Er aber lächelte nur und redete weiter.

»Mit dem Motorrad bin ich nur ganz zum Schluss gefahren. Das wär mir im Dezember dann doch zu kalt, den ganzen Weg von Freiburg hoch.«

Er lachte und legte ein wenig an Tempo zu. Susanne musste sich anstrengen, um mit ihm Schritt zu halten. Dann sagte er nichts mehr, bis sie rund zehn Minuten später das nächste Waldstück durchquert hatten und unten im Tal auf die Landstraße zwischen Althütte und Ebni stießen.

»Da, schau!«

Sam deutete auf sein Wohnmobil, das auf der anderen Straßenseite auf dem Waldparkplatz stand.

»Damit bin ich hergefahren, das Motorrad passt hinten auf die Halterung, die du dort sehen kannst.«

»Aha?«, machte Susanne und sah ihn nachdenklich an. »Und warum so umständlich, warum bist du nicht einfach mit dem Camper bis zum Schwobastüble gefahren?«

»Das erzähl ich dir im Wohnmobil. Kommst du?«

Er ging zügig über die Straße, wartete auf der anderen Seite auf sie, hielt ihr die Tür auf und sah sich – bevor er hinter ihr ins Innere schlüpfte – noch aufmerksam nach allen Seiten um.

Dienstag, 18.12.2012

Es klopfte an der Tür, Schneider rief »Herein!« und schob die Akte beiseite, die er gerade nach Hinweisen durchforstete. Wilfried Rosen vom Soko-Innendienst trat ein und blieb stehen.

»Frau Forberger hat sich bisher nicht gemeldet«, sagte er, und die Sorge um die Kollegin war ihm ins Gesicht geschrieben. »Sie hätte normalerweise gestern Abend oder heute früh anrufen müssen, wie sonst jeden Tag – aber Fehlanzeige. Und ich kann sie auf ihrem Handy nicht erreichen. Und jetzt geht mir halt diese Geschichte mit dem falschen Samuel Leichtweg nicht mehr aus dem Kopf. Was, wenn der sie enttarnt hat? Was, wenn die Kollegin jetzt in Gefahr ist?«

»Mist!«, schimpfte Schneider, stand auf und stürmte zur Tür hinaus. »Trommeln Sie die anderen bitte zusammen?«, hörte Rosen den Soko-Chef noch vom Flur her rufen, dann verschwand Schneider auch schon in Ernsts Büro.

Maigerle hatte Daniela, die Bedienung im Schwobastüble, bis zum kleinsten Detail befragt, das ihr zu dem Mann einfiel, den sie bei der Anmeldung für Samuel Leichtweg gehalten hatte. Schließlich zog er noch einige Fotos hervor, die er ihr zeigte – auf dem vierten erkannte sie den falschen Leichtweg sofort: Edmund Schauffler, der Freiburger Privatdetektiv, dessen Wohnmobil seit Tagen auf dem Waldparkplatz zwischen Ebni und Althütte stand.

Maigerle flitzte vors Haus, gab Schneider Bescheid, und nur ein paar Minuten später stand Maigerles Wagen auf dem kleinen Waldweg, der zu dem Parkplatz mit Schaufflers Camper führte, dass er den Wohnwagen und den größten Teil des Parkplatzes drumherum im Auge behalten konnte. Zwischen Maigerle und dem Camper sorgten Büsche und Bäume und etwa sechzig Meter Entfernung für ausreichend Deckung. Gleich darauf bog Schneiders Porsche in den kleinen Weg ein und blieb dahinter stehen, und schließlich schlüpfte Schneider neben Maigerle auf den Beifahrersitz.

»Gab es etwas zu sehen?«, fragte er.

»Nein, nichts, alles still.«

Maigerle seufzte und fügte hinzu: »Totenstill, sozusagen.«

»Mensch, hören Sie bloß auf, Maigerle«, brummte Schneider. Er wirkte nervös. »Wenn der Kollegin etwas passiert, das verzeih ich mir nie. Da macht sie so einen guten Job, und dann können wir sie nicht warnen, wenn es gefährlich für sie wird.«

Er schüttelte den Kopf, dann atmete er tief durch.

»Den anderen habe ich schon Bescheid gegeben, Ernst, Reezer und noch ein paar weitere Kollegen müssten gleich eintreffen, und dann gehen wir rüber.«

Nach knapp zwanzig Minuten parkte ein dritter Wagen hinter Schneiders Porsche, Ernst stieg aus und deutete auf eine Stelle im Wald. Schneider kniff die Augen zusammen, dann sah er vier uniformierte Beamte von Baum zu Baum schleichen, langsam auf das Wohnmobil zu.

»Die haben ihre Autos einen Weg weiter in Richtung Althütte geparkt und sehen zu, dass uns niemand durch den Wald abhaut.«

»Gut, dann wollen wir mal«, sagte Schneider.

Aus Ernsts Wagen waren inzwischen noch Henning Brams und Jutta Kerzlinger gestiegen, alle zückten ihre Waffen und machten sich zügig und dabei möglichst leise auf den Weg zum Camper. Wenig später standen Brams und Ernst ein paar Schritte vom Wohnmobil entfernt in Deckung, einer zielte auf die hintere Eingangstür, der andere aufs Führerhaus. Maigerle stellte sich unterhalb eines kleinen Fensters direkt neben die Hintertür, und Kerzlinger hielt sich bereit, die womöglich verriegelte Tür notfalls mit Gewalt aufzubrechen.

Doch die Türen ließen sich problemlos öffnen. Schnell hielt Schneider seine Pistole ins Innere des Fahrzeugs, dann ließ er sie sinken und wich langsam ein paar Schritte zurück.

Brams und Ernst rannten aus ihrer Deckung hervor, Maigerle und Kerzlinger, die beide nicht das Innere des Campers sehen konnten, sahen sich an, als befürchteten sie das Schlimmste. Ernst hatte die Tür erreicht, sah hinein – und war völlig verblüfft. Sein Mund klappte auf, und er sah verdutzt zwischen den beiden Insassen des Campers hin und her.

Susanne Forberger hielt sich die Winterjacke vor die Brust, die nackten Schultern ragten oben heraus, die nackten Füße unten, und ihr Haar war zerzaust wie frisch aus dem Bett gekrochen. Edmund Schauffler stand daneben, nackt wie er war, und hatte sich nicht einmal die Mühe gemacht, sich zu bedecken. Er wirkte ebenfalls verschlafen und quittierte die seltsame Szene mit einem immer breiter werdenden spöttischen Lächeln.

Einerseits war Schneider stinksauer, dass der Einsatz ein so peinliches Ende gefunden hatte – andererseits aber heilfroh, dass der jungen Kollegin nichts passiert war.

»Schaffen Sie mir diesen Typen aus den Augen!, schimpfte er, und Ernst und Maigerle begleiteten Schauffler nach draußen. Sie hatten seine Personalien, er hatte zum Abgleich mit Spuren am Tatort für alle Fälle eine Speichelprobe abgegeben und bot an, sich täglich telefonisch bei der Soko Lagerfeuer zu melden. Sein Auftrag war abgeschlossen, als Privatdetektiv war er ordnungsgemäß registriert, und die Ermittlungen der Polizei hatte er durch seine Undercover-Aktion auch nicht wirklich beeinträchtigt.

Dass er sich in Susanne Forberger verliebt oder zumindest die Nacht mit ihr im Wohnmobil verbracht hatte, war nicht strafbar – und durchaus nachvollziehbar: Forberger war nicht ganz Schneiders Typ, aber sie sah gut aus und hatte ein sehr freundliches, sympathisches Wesen.

»Tut mir übrigens leid, dass ich Ihnen solche Sorgen gemacht habe«, sagte Susanne, die noch vor ihm saß und etwas nervös darauf wartete, was ihr Vorgesetzter nun noch zu sagen hatte.

»Wir hatten die Information, dass sich Schauffler genau wie Sie undercover unter diese Freaks gemischt hat – und wir hatten von Ihnen unüblich lange nichts gehört. Da kam ich zu dem Schluss, dass Sie in Gefahr sind.«

»Das mit dem Anruf war natürlich Mist – ich hätte mich unbedingt bei Herrn Rosen melden sollen, aber ... na ja ... Sam hat mich ... Ich hab's vergessen, kommt nicht wieder vor.«

»Gut. Ein solcher Einsatz sollte auch reichen, meinen Sie nicht auch?«

Schneider grinste ein wenig, Susanne nickte erleichtert.

»Aber warum haben Sie Schauffler gerade Sam genannt? Er heißt Edmund, soweit ich weiß.«

»Das hat er mir gestern Abend erzählt. Er ist ja Privatdetektiv, und er ist ein großer Fan dieser Sam-Spade-Romane. Kennen Sie die?«

»Nein, ich hab's nicht so mit Krimis. Und weiter?«

»Also: spade heißt auf Deutsch etwa Schippe, Spaten, Schaufel. Und da er Schauffler heißt, legte er sich noch den Vornamen Sam zu, als Künstlernamen gewissermaßen – und schon war er der deutsche Sam Spade. Wir haben viel gelacht gestern Abend, er ist ein richtig witziger Typ.«

»Freut mich für Sie. Aber jetzt machen Sie mal Feierabend, meinetwegen auch mit Ihrem deutschen Sam Spade – aber er soll mir in den nächsten Tagen lieber nicht unter die Augen kommen. Und wenn Sie ihn dann mal zur Weihnachtsfeier oder so mitbringen, werde ich mich schon wieder beruhigt haben.«

Er sah sie nicht unfreundlich an und nickte zur Tür hin.

»Raus jetzt!«

Mittwoch, 19.12.2012

Zwei Stunden lang hielt Arnie Weißknecht durch, dann machte er den entscheidenden Fehler. Weißknecht schien weniger abgebrüht zu sein als Meier und Häbele, irgendwann musste er zusammenbrechen – zumindest hoffte das die Soko Lagerfeuer.

Am Mittwoch war es so weit.

»Sie wissen, wer dort unten in diesem Zeltlager auf dem Lagerfeuer lag, oder, Herr Weißknecht?«

Er sah zu seinem Anwalt, der zuckte mit den Schultern, und Arnie nickte zögernd.

»Hansjochen Röhm war Ihr Nachbar.«

»Ja.«

»Und nicht nur das: Er hat sich auch immer sehr um Sie gekümmert.«

Arnie schluckte, dann nickte er wieder.

»Seine Frau hat mir erzählt, dass er für Sie fast so etwas wie ein Vaterersatz war. Wie kam's eigentlich dazu?«

Das hatte ihm Röhms Witwe zwar schon ausführlich erzählt, aber Schneider wollte Weißknecht erst einmal zum Reden bringen, vielleicht würde er sich dann ja irgendwann verplappern.

Arnie zögerte, dann begann er doch – erst stockend, dann immer flüssiger erzählte er vom Tod seiner Mutter, davon, dass sie mit den Röhms gut befreundet gewesen war, und davon, wie sich Röhm immer sehr um ihn gesorgt und ihm auch ab und zu aus der Patsche geholfen hatte – die ganze Geschichte eben, die Schneider schon kannte, dazu ein paar Details, von denen Frau Röhm nichts wusste, und alles leicht verändert durch Arnies Perspektive. Als er fertig war, wirkte er erschöpft. Brandt musterte seinen Mandanten besorgt und schien fieberhaft zu überlegen, unter welchem Vorwand er diese Vernehmung beenden konnte.

»Es muss Sie doch fast zerrissen haben«, sagte Schneider in die kurze Pause hinein, »als Herr Röhm vor Ihren Augen starb.«

Arnies Kopf sackte auf seine Brust, leises Schluchzen schüttelte seinen Oberkörper.

»Herr Weißknecht?«

»Ich … ich hab das erst später erfahren. Ich …«

Brandt legte ihm die Hand auf die Schulter.

»Bitte, Herr Weißknecht, Sie sollten in Ihrer Verfassung nun lieber nichts mehr sagen.«

Er wandte sich an Schneider.

»Können wir eine Pause machen? Sie sehen doch, dass mein Mandant völlig fertig ist.«

Schneider blieb ruhig sitzen und tat, als habe er Brandt gar nicht gehört.

»Ein paar Sekunden noch«, ging es ihm durch den Kopf. »Mein Gott, wir brauchen noch ein paar Sekunden, dann könnte Weißknecht …«

»Ich hab ihn in der Nacht nicht erkannt«, murmelte Arnie unvermittelt.

Er hob langsam den Kopf, sah Schneider unendlich traurig an.

»Ich hab ihn doch nur von hinten gesehen.«

»Scheiße!«, dachte Schneider, als ihm klar wurde, was das bedeuten musste.

Brandt wurde bleich und vergaß ganz, seinen Mandanten zu stoppen.

»Ich hab nur gesehen, dass da ein Mann am Lagerfeuer stand. Dann beugte sich Christa zu ihm hin, machte ihm den Gürtel auf, zog ihm die Hosen runter und kniete sich hin.«

Tränen liefen ihm über die Wangen.

»Warum hat sie das nur getan? Christa war doch meine Freundin. Alle haben mir erzählt, dass sie mit anderen Männern … gegen Geld … Sie verstehen schon. Aber ich hab das nie geglaubt, Christa doch nicht! So schön, so lieb, so … so rein, wissen Sie?«

Ihm lief die Nase, aber er achtete zunächst nicht darauf. In seinen Blick kam etwas Flackerndes, offenbar hatte er sich von Christa Häbele ein ganz eigenes Bild gebastelt und alles ausgeblendet, was auf die unerwünschte Wahrheit hindeutete.

»Wir sind schon seit Jahren befreundet, und kein einziges Mal hat sie sich mir gegenüber irgendwie unanständig verhalten. Sie hat mir geholfen, wir haben geredet, stundenlang geredet. Nachts, daheim, hab ich viel an sie gedacht, hab von ihr geträumt, davon, dass ich ihr einen Kuss gebe, dass ich ihre Haut streichle – aber wenn ich dann wieder mit ihr zusammen war, hab ich mich nicht getraut. Das zwischen uns war auch ohne jede Berührung ganz zärtlich, ganz intim – das wollte ich nicht kaputt machen.«

Nun fuhr er sich doch mit dem Ärmel über den Mund und zog die Nase hoch.

»Und dann, mitten in der Nacht, muss ich raus zum Pinkeln, und wie ich so vor der Toilette stehe, sehe ich draußen Christa weggehen. Also habe ich mich schnell angezogen und bin ebenfalls raus. Sie war schon ein Stück vor mir, aber ich konnte sie noch sehen, also bin ich ihr hinterhergegangen. Schließlich sind wir am Zeltlager angekommen, sie ist gleich zum Lagerfeuer, hat gewinkt, ich habe aber nicht gesehen, wem. Und dann ist sie zu dem Mann hin ... Zwischen ihm und mir flackert das Lagerfeuer, ich hab nur Umrisse erkannt und bin deshalb ein Stück näher rangeschlichen und hab mich an einem Zelteck versteckt. Christa und der Mann haben eine Weile miteinander geredet, sie hat ihm über die Oberarme gestreichelt ... Und dann hat sie ihm da unten hingefasst ...«

Er deutete zwischen seine Beine.

»Dann hat sie sich hingekniet, ihm den Gürtel aufgemacht ...«

Arnie atmete schwer, Wut schien in ihm mit seinen Erinnerungen an die Mordnacht aufzukommen.

»Irgendwann hab ich's nicht mehr ausgehalten. Ich hab mir eine Eisenstange von dem Stapel geschnappt und bin aufs Feuer zugerannt. Die Stange ist ganz leicht rein in den Mann, dann hab ich sein Gewicht gespürt, hatte Angst, dass er womöglich auf Christa fallen könnte ... auf meine Christa ... also hab ich die Stange mit einem Ruck nach hinten gezogen, hab losgelassen und bin ein paar Schritte vor der Hitze des Lagerfeuers zurückgewichen.«

Er stierte ins Leere.

»Dann war es ganz still. Das Feuer hat geprasselt, und zwischendurch war immer wieder mal ein Zischen zu hören, so, als würde eine Rote auf dem Grill platzen und Flüssigkeit in die Glut tropfen. Sonst war nichts zu hören.«

Arnie schluckte, er rieb sich die Augen und sah Schneider nun unverwandt und mit klarem Blick an.

»Und dann bin ich abgehauen. Bin gerannt, immer schneller, in den Wald hinein und durchgerannt bis zur Gallengrotte. Ein paar Mal bin ich gestolpert im Dunkeln, aber in der Grotte hat mir nichts mehr wehgetan, gar nichts mehr. Ich bin unter die Felsblöcke gekrochen und hab mich dort zusammengekauert. Viel geschlafen habe ich nicht in der Nacht, vielleicht immer wieder mal ein paar Minuten. Wegen der Kälte war es nicht, die hab ich kaum gespürt, ebenso wenig wie die Schürfwunden vom Hinfallen. Bin einfach nur dagehockt, hab die Augen geschlossen – bis ich all die Bilder nicht mehr aushalten konnte. Der Mann am Feuer, Christa vor ihm auf den Knien … Dann hab ich die Augen wieder aufgemacht, bis die Bilder weg waren, und dann hab ich sie wieder geschlossen und hab versucht zu schlafen. Und irgendwann am Freitag kam Christa und hat mich mitgenommen.«

Er hob den Blick.

»War das nicht nett von ihr? Sehen Sie … sie mag mich auch …«

Ein trauriges Lächeln huschte über sein Gesicht, dann verstummte er, und es wurde still im Raum.

Weißknechts Geständnis brachte natürlich die Wende.

Christa Häbele quittierte die Mitteilung, ihr Freund Arnie habe alles zugegeben, mit stillem Weinen. Und als sie sich wieder gefasst hatte, erzählte sie die Ereignisse der Nacht von Donnerstag auf Freitag aus ihrer Sicht. Es gab keine Widersprüche zu Arnies Version, aber sie hatte nicht mitbekommen, dass er ihr zum Zeltlager gefolgt war.

»Woher kannten Sie den Toten?«, fragte Schneider schließlich.

»Ich kannte den nicht«, widersprach sie. »Herr Dr. Brandt hat mir gesagt, dass er Hansjochen Röhm heißt und Gemeinderat in Gschwend ist.«

»Und wie kamen Sie mit ihm dann in diese intime Situation?«

»Das war eine Idee von Manne. Er erzählte mir, dass da ein Mann sei, der ihm das Endzeittreffen versauen wollte. Der hat wohl früher Mannes Bücher gedruckt und war stinksauer auf ihn, seit er zu einer anderen Druckerei gewechselt ist. Und wenn das Treffen platzen würde, sagte Manne, dann sei auch meine schöne Pauschale futsch – das wäre natürlich Mist gewesen. Also bestellte er diesen Mann in der Nacht auf Freitag ins Zeltlager, angeblich, um mit ihm allen Streit auszuräumen. War mir zwar nicht klar, warum der Typ kommen sollte, mitten in der Nacht, wegen so alter Kamellen, aber … na ja …«

Sie zuckte mit den Schultern.

»Es ging nicht um den alten Druckauftrag«, erklärte Schneider. »Röhm ging es um Arnie Weißknecht, für den er eine Art Vaterersatz war. Er machte sich Sorgen, dass Meier einen schlechten Einfluss auf seinen Schützling ausüben und ihn womöglich in Schwierigkeiten bringen könnte. Und ich vermute mal, er setzte Meier unter Druck, damit er Arnie nicht in irgendwelche Machenschaften verstrickte, die er im Umfeld dieses Maya-Treffens vermutete.«

»Pff, Machenschaften … Da ist mit diesem Röhm aber die Fantasie durchgegangen!«

Schneider zuckte mit den Schultern, und sie ließ sich auf die Stuhllehne zurücksinken.

»Da sieht Arnie also seine Freundin, mich, mit seinem Ersatzvater … und dadurch wird er zum Mörder …«

Sie schüttelte fassungslos den Kopf.

»Sie, Frau Häbele, wird Meier ja wohl kaum engagiert haben, um bei Arnies Ersatzvater einen guten Eindruck zu machen. Ich meine: Er fädelt für ihn ein Treffen mit einer Prostituierten ein – Röhm war wohl nicht der Mann, bei dem das Pluspunkte gebracht hätte. Also nehme ich an, er wollte etwas in die Hand bekommen, um seinerseits Röhm unter Druck zu setzen, den honorigen Lokalpolitiker, Geschäfts- und Ehemann. Richtig?«

Sie nickte.

»Er schickte mich vor, ich sollte Röhm an die Wäsche, und Manne wollte von seinem Zelt aus heimlich Fotos davon machen. Damit wollte er ihn erpressen, wollte ihm drohen, seiner Frau und seinen Geschäftspartnern die Bilder zu zeigen – alles mit dem Ziel, dieses Maya-Treffen in Ruhe abhalten zu können.«

»Glaubt Meier an diesen ganzen Hokuspokus?«

»Kann ich mir nicht vorstellen. Er glaubt nur an Kohle – und davon hat ihm die Veranstaltung hier sicher eine Menge eingebracht. Wenn ich mir überlege, was für eine Pauschale er mir bezahlt hat …«

Eine Pause entstand und Brandt machte schon Anstalten, seine Mandantin zum Aufstehen zu bewegen.

»Moment noch bitte, Herr Dr. Brandt. Frau Häbele: Sie haben Arnie ein falsches Alibi gegeben – weil Sie ihn schützen wollten, obwohl Sie wussten, dass er den Mord begangen hat?«

»Schützen wollte ich auch mich selbst – ich hätte in Ihren Augen ja ebenfalls die Mörderin sein können. Und in dieser Nacht im Zeltlager … Gesehen beziehungsweise erkannt habe ich Arnie damals nicht. Zwischen mir und ihm stand erst dieser Röhm und verdeckte mir die Sicht auf den Täter, und als der Tote im Feuer lag, blendeten mich die Flammen so stark, dass ich nicht erkennen konnte, wer dahinter langsam zurückging und schließlich wegrannte. Aber dann war Arnie bei meiner Rückkehr nicht im Haus, er tauchte am nächsten Tag nirgendwo auf, ich machte mir Sorgen, suchte ihn und fand ihn schließlich in der Gallengrotte, wo er sich verkrochen hatte und völlig durch den Wind wirkte – von da an war ich mir sicher, dass er Röhm getötet hat. Aber Arnie, dieser massige Kerl, kann keiner Fliege was zuleide tun. Und dann bekam ich allmählich ein schlechtes Gewissen: Mir wurde klar, dass er mich womöglich doch mehr mochte, als ich es immer hatte wahrhaben wollen – und als er mich dann sah, kniend vor dem anderen … Ich fühlte mich mitschuldig daran, dass er zum Mörder wurde.«

Nun war eigentlich alles klar, aber aus Routine klopfte Schneider auch noch die letzten Details auf ihre Stimmigkeit hin ab.

»Haben Sie geschrien, als Röhm vor Ihren Augen getötet wurde?«

»Nein, ich war wie im Schock. Dieser Röhm hatte keine rechte Lust, ich musste richtig ran und mich ordentlich anstrengen, um bei ihm überhaupt eine Reaktion auszulösen, na ja: Er war ja auch nicht mehr der Jüngste. Ich war also sehr konzentriert bei der Sache und wusste erst gar nicht, warum der plötzlich so zu mir herruckte. Da habe ich nach oben geschaut und gesehen, wie dieser Pfahl aus seiner Brust ragt. Dann kippt er nach hinten aufs Feuer, die Augen noch immer schreckgeweitet, und dann diese furchtbaren Geräusche, als er verbrannte … Das vergesse ich mein Lebtag nicht mehr, ganz sicher nicht.«

Sie schluckte, offenbar machte ihr die Erinnerung wieder zu schaffen.

»Ich bin irgendwann ganz langsam aufgestanden, Manne hat mich ein Stück weggeführt und auf mich eingeredet, ich soll am besten alles für mich behalten, er kümmert sich und so weiter. Und dann bin ich nach Hause getrottet, habe etwas Wein getrunken, und irgendwann gegen Morgen bin ich eingeschlafen.«

Christa verstummte, dann sah sie Schneider lange an.

»Und Arnie hat das wirklich gemacht, weil er mich so sehr mochte? Sozusagen aus Eifersucht?«

»Letztlich wohl eher, weil er durch die Szene am Lagerfeuer das Bild von Ihnen als Heiliger nicht mehr aufrechterhalten konnte. Aber ja: Im Prinzip hat er Röhm getötet, weil er Sie so sehr mochte. Weil er Sie liebte, Frau Häbele.«

»Schöne Scheiße!«

»Ja.«

Auch Manfred Meier bestätigte Arnies Geständnis. Christa Häbeles Behauptung, er habe Röhm erpressen wollen, stritt er aber rundweg ab.

»Der wollte meine Veranstaltung wirklich platzen lassen, bis dahin stimmt das alles. Ich habe ihn zum Zeltplatz bestellt, um mit ihm zu reden. Er kam prompt, vermutlich wollte er seinen kleinen Arnie aus meinem Sündenpfuhl retten, der hatte da einen richtig missionarischen Eifer, dieser Spießer. Und ich habe mir gedacht: Wenn ich Christa schon so viel Geld bezahle, dass sie sich um meine Teilnehmer kümmert, kann sie doch genauso gut auch zu Röhm ein bisschen nett sein.«

»Und das haben Sie fotografiert, um ihn hinterher zu erpressen.«

»Nein, hab ich nicht. Würde ich nie tun!«

»Reden Sie keinen Blödsinn, Herr Meier. Natürlich haben Sie das fotografiert! Natürlich haben Sie das Zusammentreffen mit Christa Häbele genau zu diesem Zweck arrangiert! Und vielleicht hätten Sie Röhm nicht nur dazu gezwungen, Sie und Ihre Gäste in Ruhe zu lassen – vielleicht hätten Sie auch noch etwas Geld von ihm erpresst, wenn Sie schon dabei sind. Oder, Herr Meier?«

»Herr Schneider«, fuhr Dr. Brandt dazwischen, »ich verbitte mir diese Unterstellungen. Das entbehrt jeder Grundlage!«

»Eben«, höhnte Meier. »Und beweisen können Sie das ohnehin nicht – den Fotoapparat finden Sie nie!«

Er lachte, Brandt wandte sich ab und raufte sich die Haare. Mit seinen Mandanten hatte er diesmal kein Glück gehabt.

»Wieso finden wir den nicht?«, setzte Schneider nach, solange Meier noch selbstgewiss grinsend vor ihm saß. »Wo ist er denn versteckt?«

»Den hab ich in den See geworfen. Viel Spaß beim Suchen!«

Schneider grinste, und Meier registrierte die Zufriedenheit des Kommissars irritiert.

»Und da sind die Bilder von Christa und Röhm drauf? Haben Sie weiterfotografiert, als Röhm auf dem Lagerfeuer lag? Als Arnie wegrannte? Als Christa aufstand und immer noch schweigend auf den brennenden Leichnam starrte?«

»Nein, ich hab …«

Allmählich dämmerte es Meier, dass er sich verplappert hatte.

»Ich hab nur den Toten auf dem Feuer fotografiert, Christa, wie sie aufstand, und Arnie, wie er wegrennt. Ich musste doch sichergehen, dass niemand auf die Idee kommt, ich könnte der Mörder sein.«

»Aber genau das haben wir von Ihnen gedacht. Genau deswegen sind Sie in U-Haft gekommen – da hätten Sie uns das mit den Fotos doch sagen können. Unsere Kollegen hätten den See abgesucht, hätten die Fotos gefunden, die Ihre Unschuld zumindest für den Mord beweisen – und schon wären Sie wieder draußen gewesen. Warum haben Sie diese Chance nicht genutzt?«

»Weil im Kameraspeicher jede Menge Fotos mit Christa zu sehen sind, wie sie sich an Röhm zu schaffen macht – aber kein Einziges mit dem fliehenden Arnie«, dachte Meier bei sich, schwieg aber.

»Warum nicht?«, fasste Schneider nach.

»Weil die Scheißkamera im See liegt und Sie die dort niemals finden werden!«

»Wo haben Sie sie denn reingeworfen?«

»Weiß ich nicht mehr.«

»Denken Sie nach, Mensch!«

Meier schwieg. Dass er nicht Röhms Mörder war, hatte Arnies Geständnis schon klargestellt. Die Fotos mit Röhm und Christa konnten ihn noch wegen versuchter Erpressung in Schwierigkeiten bringen – wozu sollte er der Polizei für ihre Suche auch noch Tipps geben.

Zumal die Kamera gar nicht im See lag, sondern in einem silberfarbenen Metallkoffer mit Zahlenschloss wohlversteckt darauf wartete, dass die Zeitschaltuhr ablief und die eingebaute kleine Bombe den Koffer samt seinem Inhalt, die Kamera samt aller darauf gespeicherten Bilder in winzige Bestandteile zerfetzen würde. Immerhin hatte er für den Abend des einundzwanzigsten Dezember seinen heimlichen Abgang geplant.

Während seine Gäste im Zeltlager mit Wein und Bier und tranigen Liedern die letzten Minuten bis zum erwarteten Weltuntergang feiernd verbrachten, wollte er sich aus dem Staub machen und seinem Geld, das er eigentlich in der ersten Woche des Treffens ins Ausland hatte überweisen wollen, nachreisen.

Wer wusste schon, ob er da noch Zeit finden würde, an die Kamera zu denken und ihren Speicherchip zu löschen?

Meier lehnte sich zurück und war sehr zufrieden mit seiner Planung.

Donnerstag, 20.12.2012

Am späten Vormittag spazierten die Teilnehmer des Maya-Treffens wieder zum Zeltlager. Sie wirkten wie eine Wandergruppe, einer hatte seine Gitarre umgehängt, ein paar andere trugen offene Bierflaschen in der Hand und nahmen immer wieder mal einen Schluck.

Kai und Lena hörten die Gruppe schon von weitem herankommen und beeilten sich, einige Joints bereitzulegen – das selbstgezogene Kraut kam recht gut an bei den Maya-Fans, und die beiden hatten nichts gegen eine zusätzliche Einnahmequelle einzuwenden. Die Teilnehmer selbst hatten kein Geld einstecken, aber Wolfram Spitzer kaufte ihnen die Selbstgedrehten zu einem guten Preis ab und verteilte sie unter den Teilnehmern.

Am Seeufer waren drei Taucher zugange, andere ließen sich von zwei Ruderbooten in der Seemitte immer wieder bis zum Grund hinabsinken. Wenn sie wieder auftauchten, brachten sie Schuhe mit und allerlei Unrat – doch der Fotoapparat Meiers war nicht darunter.

Rau, der den Einsatz zusammen mit einem Kollegen koordinierte, fluchte unablässig wie ein Rohrspatz und stapfte missmutig die Seepromenade auf und ab.

Freitag, 21.12.2012

Gegen siebzehn Uhr machten die Taucher für heute Feierabend. Für Samstag war noch eine weitere Tauchrunde geplant, dann sollte es auch gut sein: Weißknechts Geständnis hatte sich bisher als wasserdicht erwiesen, und darüber hinaus konnten die Fotos aus Meiers Kamera nur noch seinen Versuch beweisen, Röhm mit kompromittierenden Fotos zu erpressen – das war zwar eine Sauerei und hätte Meier einigen Ärger beschert, aber es rechtfertigte keinen unbegrenzt hohen Aufwand. Und dass sie hier im See ohne eine genauere Angabe den Fotoapparat wirklich finden konnten, war mehr als unwahrscheinlich.

Schneider und Ernst hatten noch Bürokram erledigt, und nun freuten sie sich auf einen gemeinsamen Abend: Sybille Schneider und Ernsts Freundin Sabine hatten schon den ganzen Nachmittag ein mehrgängiges Menü vorbereitet, auch Ernsts Eltern würden dabei sein, und seit dem frühen Morgen lag schon ein Karton mit Schneiders liebstem Merlot auf der Rückbank des Sportwagens.

Ein anderes Stück Karton, die Visitenkarte einer gewissen »Larissa«, hatte Sabine zwei Tage zuvor in Ernsts Jackett gefunden – doch bisher hatte sie es noch nicht übers Herz gebracht, ihn darauf anzusprechen. Natürlich hoffte sie, dass das irgendetwas mit seinem aktuellen Fall zu tun hatte, aber ganz sicher war sie sich nicht.

Die beiden Kommissare wollten auf der Heimfahrt noch nach den Kollegen sehen. Rau und die Taucher bogen gerade aus dem Uferweg in die Hauptstraße ein, als Schneider die Stelle ebenfalls erreicht hatte. Sie winkten Rau kurz zu, aber der sah so wütend aus, dass sie ihn lieber ohne weitere Begrüßung ziehen ließen.

Schneider stellte den Porsche ab und ging mit Ernst ein paar Schritte am See entlang. Alles lag idyllisch vor ihnen, und nichts deutete darauf hin, dass nur etwa vierhundert Meter entfernt ein Mann brutal ermordet wurde. Als sie das Nordende des Ebnisees erreicht hatten und auf ein niedriges Gebäude zuhielten, das nur eine kleine Wiese vom Ufer trennte, kam ihnen eine Frau entgegen und hielt einen metallisch glänzenden Koffer in die Höhe.

»Sie sind doch von der Kripo, nicht wahr?«

»Ja«, sagte Schneider und stellte sich und Ernst vor.

»Ich habe den Einbruch bei uns in der Waldschenke gemeldet.«

Sie deutete auf das Gebäude hinter sich.

»Ihre Kollegen haben mich gefragt, was alles gestohlen worden sei. Es war nicht viel, ein paar Getränke, ein paar Schokoriegel, so was eben. Aber der hier …«

Sie hob den Koffer noch einmal hoch.

»Der hier ist bei uns zurückgelassen worden. Wir haben ihn erst gar nicht bemerkt, ich hab ihn erst heute früh gefunden und dann den Tag über wieder vergessen. Der stand ganz hinten zwischen Kistenstapeln – grad so, als hätte ihn dort jemand versteckt. Keine Ahnung, was da drin ist, aber vielleicht nehmen Sie ihn am besten mit. Ihre Kollegen habe ich gerade verpasst, aber Sie können den doch sicher auch mitnehmen, oder?«

»Klar, mach ich. Haben Sie reingesehen?«

»Nein, da ist ein Zahlenschloss dran.« Dann fügte sie noch hinzu: »Aber ich hätte natürlich auch sonst nicht hineingesehen!«

»Natürlich nicht«, sagte Schneider und ließ sich den Koffer geben.

Allzu schwer war er nicht, er schüttelte ihn, etwas im Inneren klapperte. Der Verschluss ließ sich nicht öffnen, also ließ er es dabei bewenden – sollten sich doch Raus Leute mit dem blöden Schloss herumärgern. Er verabschiedete sich von der jungen Frau, kehrte mit Ernst zum Wagen zurück und legte den Koffer neben dem Weinkarton auf die Rückbank. Dann trat er das Gaspedal durch, und Sekunden später war der gelbe Porsche mit quietschenden Reifen um die nächste Kurve verschwunden.

Schneider sah zu Ernst hinüber, der in den Beifahrersitz gedrückt wurde und über den Übermut seines Kollegen nur grinsend den Kopf schüttelte, dann lachte er auf.

Das Leben war eine Lust. Sein Wagen lag wie ein Brett auf der Straße. Kurz dachte er daran, einen weiteren Umweg einzulegen, um mit dem Wagen noch ein wenig durch den Schwäbischen Wald zu flitzen, dann fiel ihm wieder ein, wie sehr Sybille ihn gemahnt hatte, heute Abend nur ja pünktlich zu sein. Also bog er in Ebni gleich nach dem Schwobastüble rasant von der Hauptstraße in Ernsts Wohngebiet ab und kümmerte sich nicht weiter um das Hupen eines von Althütte her entgegenkommenden Lieferwagens.

Im Inneren des kleinen Koffers auf dem Rücksitz zählte währenddessen eine digitale Zahlenanzeige lautlos Sekunde um Sekunde herunter:

0:00:00:03 …
0:00:00:02 …
0:00:00:01 …
0:00:00:00

ENDE

Dank

Danke an alle, die sich auch seltsame Fragen gefallen ließen und die diesem Buch informative und skurrile Details etwa zu Polizeiarbeit und Rechtsmedizin, zum Ebnisee und zu Kalendern und Kultur der Maya bescherten – die Fehler, falls Sie welche finden, kreiden Sie einfach mir an.

Sollte sich jemand in diesem Buch wiedererkennen, danke ich für das (unverdiente) Lob: Wie in Krimis üblich, sind Handlung und Personen frei erfunden. Für Versuche, herauszufinden, was an den Schauplätzen real und was erfunden ist, wünsche ich viel Spaß.

Und schließlich möchte ich mich herzlich bei allen Lesern bedanken, die Schneider, Ernst und die anderen Figuren der ENDLICH-Krimis über die Jahre hinweg so treu begleitet haben.

Jürgen Seibold